# Kopalnie króla
# Salomona

# H. Rider Haggard

Tłumaczył
Jerzy Łoziński

# Kopalnie króla Salomona

ZYSK I S-KA
WYDAWNICTWO

Tytuł oryginału
*King Solomon's Mines*

Copyright © for this edition Zysk i S-ka Wydawnictwo, 2013
Copyright © for the Polish translation Zysk i S-ka Wydawnictwo, 2013

*All rights reserved*

Redaktor
Hanna Kossak-Nowocień

Opracowanie graficzne i łamanie
Grzegorz Kalisiak | *Pracownia Liternictwa i Grafiki*

Ilustracja na okładce
Maciej Szajkowski

Projekt okładki
Tobiasz Zysk

Reprodukcja mapy
Tobiasz Zysk

Wydanie I w tej edycji

ISBN 978-83-7785-157-9

Zysk i S-ka Wydawnictwo
ul. Wielka 10, 61-774 Poznań
tel. 61 853 27 51, 61 853 27 67, faks 61 852 63 26
Dział handlowy, tel./faks 61 855 06 90
sklep@zysk.com.pl
www.zysk.com.pl

*Dedykacja*

*Ten wierny, niczym nieupiększony zapis
niezwykłej przygody
narrator
ALLAN QUATERMAIN
z należnym szacunkiem dedykuje
wszystkim dużym i małym chłopcom,
którzy po niego sięgną*

## NOTA AUTORA

Korzystając z okazji, autor chciałby podziękować za ciepłe przyjęcie, którego doczekały się w ciągu ostatnich dwunastu lat kolejne wydania niniejszej opowieści. Ma też nadzieję, że w obecnej postaci trafi ona w ręce jeszcze szerszego grona czytelników i że także w następnych latach bawić będzie tych, którzy w sercach dość zachowali młodości, aby kochać historie o skarbach, wojnach i pasjonujących przygodach.

*Ditchingham*
*11 marca 1898 roku*

## POST SCRIPTUM

Dzisiaj, w roku 1907, przy okazji kolejnego wydania mogę dać tylko wyraz ogromnej radości, że moja opowieść w dalszym ciągu cieszy się powodzeniem wśród czytelników. Fakty potwierdziły wyobraźnię; odkryto kopalnie króla Salomona, które sobie wymarzyłem; znowu dostarczają złoto, a jak najnowsza wieść niesie: także i diamenty. Kukuani — czy raczej Matabele — zostali okiełznani kulami białych ludzi, ciągle jednak są osoby, które znajdują coś dla siebie na tych prostych stronicach. Że tak może się dziać dla trzeciego i czwartego pokolenia czytelników — a może nawet dłużej — na to z pewnością miałby nadzieję nasz stary przyjaciel Allan Quatermain.

*H. Rider Haggard*
*Ditchingham 1907*

# WSTĘP

Teraz, gdy książka jest już w druku i niebawem ma się ukazać światu, bardzo doskwierają mi jej ułomności i co do stylu, i co do treści. Jeśli chodzi o tę ostatnią, od razu chciałem podkreślić, że nawet nie udaję, iż przedstawiłem to wszystko, co zrobiliśmy i zobaczyliśmy. Wiele jest rzeczy związanych z naszą wyprawą do krainy Kukuanich, nad którymi z chęcią bym się zatrzymał, a o których tutaj ledwie tylko wspomniałem. Mam tu na myśli przede wszystkim pozbierane przeze mnie legendy o kolczugach, które takie nam oddały przysługi w bitwie pod Loo, a także Milczących, gigantycznych figurach przed wejściem do jaskini ze stalagnatami. Z wielką ochotą zająłbym się takimi kwestiami, które mnie wydają się pasjonujące, jak, na przykład, różnice między dialektami Zulusów i Kukuanich. Śmiało można by dobrych kilka stron poświęcić rozważaniom nad florą i fauną krainy Kukuanich[1]. Jest też niezwykle interesująca kwestia, tutaj ledwie muśnięta, a mianowicie zagadnienie wspaniałej organizacji ich armii. System ten, moim zdaniem, na głowę bije rozwiązania przyjęte przez wodza plemion zuluskich Czakę, pozwala bowiem na bardzo szybką mobilizację, a nie pociąga za sobą czegoś tak okropnego jak przymusowy celibat. Niewiele też wspomniałem o ludowych i rodzinnych zwyczajach Kukuanich, bardzo niekiedy osobliwych, a także o ich mistrzostwie w wytapianiu metali i kowalstwie. Znakomitym tego przykładem są

---

[1] Odkryłem osiem gatunków antylop, o których wcześniej nie miałem pojęcia, a także liczne nowe gatunki roślin, najczęściej należące do dyniowców (przyp. A. Q.).

ich *tolla*, ciężkie noże bojowe o rękojeściach z kutego żelaza, a klingach ze znakomitej stali solidnie osadzonej w żelaznej oprawie. Po konsultacji z sir Henrym Curtisem i kapitanem Goodem uznałem, że najlepiej będzie, gdy rzecz całą opowiem możliwie jak najprościej, szczegóły zaś zostawię do ewentualnego późniejszego opracowania. Zanim do tego dojdzie, wszystkim zainteresowanym służę wszelkimi informacjami, jakich mogliby potrzebować.

Cóż, teraz pozostaje mi już tylko przeprosić za ułomność mojej pisaniny. Tłumaczyć się mogę jedynie tym, iż ręka ma bardziej nawykła do strzelby niż do pióra, i ani śmiem się porywać na wszystkie te wzniosłości i kwiecistości, jakie znajduję w powieściach, od czasu do czasu bowiem zdarza mi się jakąś przeczytać. Sądzę, że są one — wzniosłości i kwiecistości — nader przydatne, i żałuję, iż nie stać mnie na nie, zarazem jednak nie mogę pozbyć się wrażenia, iż rzeczy proste mają osobliwą moc oddziaływania i łatwiejsze są do zrozumienia, aczkolwiek być może nie jest to kwestia, w której powinienem się wypowiadać. Ostrej dzidy — jak brzmi powiedzenie Kukuanich — nie trzeba polerować; na tej samej zasadzie pozwalam sobie wierzyć, że prawdziwa historia, choćby i najdziwniejsza, nie wymaga słownych ozdobników.

*Allan Quatermain*

# ROZDZIAŁ I

# SPOTYKAM SIR HENRY'EGO CURTISA

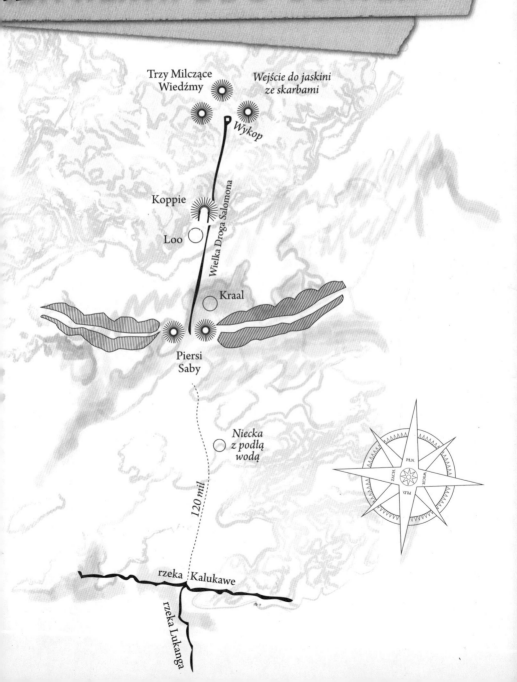

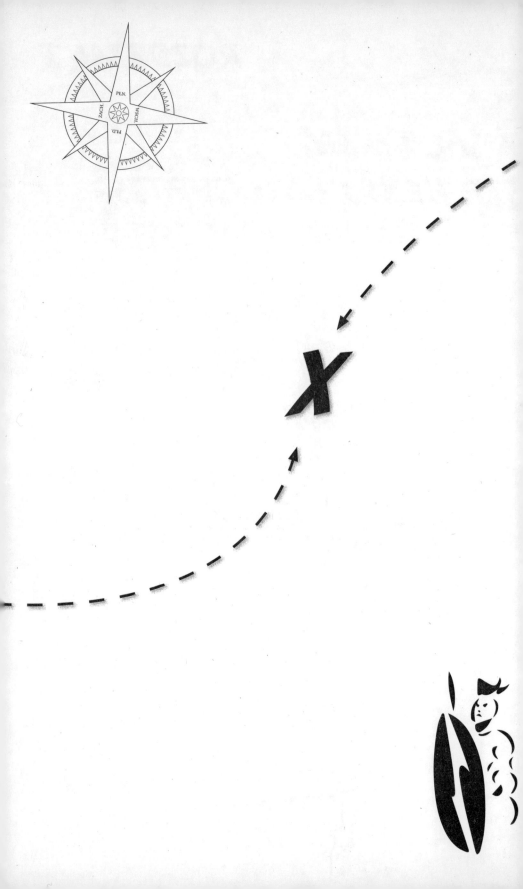

**D**ziwne to doprawdy, żebym w moim wieku — skończyłem pięćdziesiąt pięć lat — sięgał po pióro, aby spisać pewną historię. Ciekawym bardzo, jak też ona będzie wyglądać, gdy ją skończę, jeśli w ogóle dotrę do jej kresu. Wielu rzeczy chwytałem się w życiu, które zdaje mi się całkiem długie, może z tego względu, iż tak wcześnie zacząłem pracować. W wieku gdy inni chodzili do szkoły, ja już zarabiałem na życie w Kolonii Przylądkowej. Od kiedy pamiętam handlowałem, polowałem, biłem się albo tyrałem w kopalni. A przecież dopiero przed osiemnastoma miesiącami w końcu się dorobiłem. Sporo tego uzbierałem — jeszcze nie wiem, ile — ale nie sądzę, bym przez najbliższe piętnaście, szesnaście miesięcy zaglądał do swego dobytku. Potulny jednak ze mnie człek, potulny i nienawidzący gwałtu, a na dodatek mam już po uszy tej awantury. Że też zechciałem spisać tę książkę — to takie do mnie niepodobne. Żaden ze mnie literat, chociaż bardzo mnie wciąga Stary Testament, a także *Legendy Ingoldsby'ego*. To cóż, zastanówmy się nad moimi racjami, nawet tylko po to, by sprawdzić, czy w ogóle jakiekolwiek mam.

Powód pierwszy: poprosili mnie o to sir Henry Curtis i kapitan John Good.

Powód drugi: siedzę tutaj, w Durbanie, z bolącą lewą nogą. Ciągle mi dokucza od czasu, gdy dopadł mnie ten przeklęty lew, teraz jest jednak szczególnie niedobrze, więc utykam bardziej niż zwykle. Musiała być jakaś trucizna w lwich kłach. Czym bowiem wyjaśnić to, że rany już zaleczone znowu się otwierają i to zazwyczaj, zważcie, o tej samej porze roku, w której bestia na mnie napadła? To naprawdę trudna sprawa dla kogoś, kto tak jak ja zastrzelił sześćdziesiąt pięć lwów, że sześćdziesiąty szósty odgryza mu nogę jak prymkę tytoniu. Bardzo to niszczy rutynę życia codziennego i nawet jeśli odłożyć na bok wszystkie inne rzeczy, jestem już wiekowym człowiekiem i wcale mi się to nie podoba. To tak na marginesie.

Powód trzeci: mój syn Harry szkoli się w Londynie w szpitalu na doktora, więc chcę go czymś zająć, żeby chociaż przez jakiś tydzień miał w głowie coś innego niż psoty. Praca w szpitalu musi być czasami nużąca, gdyż nawet krojenia martwych ciał można mieć czasami dość, a ponieważ ta opowieść może być różna, lecz z pewnością nie nudna, na dwa, trzy dni lektury wleje trochę życia w codzienne sprawy Harry'ego.

I wreszcie powód czwarty: chcę opowiedzieć najdziwniejszą historię, z jaką kiedykolwiek się zetknąłem. Może to zabrzmieć dziwnie, zwłaszcza że nie występuje tu żadna kobieta, z wyjątkiem Foulaty. Nie, zaraz! Jest jeszcze Gagool, o ile była kobietą, a nie diablicą. Tak czy siak, miała najmniej setkę, a skoro o żeniaczce nie mogło być mowy, więc jej tu nie liczę. Jedno w każdym razie mogę powiedzieć spokojnie: żadna halka nigdzie się tu nie pojawi.

No cóż, chyba lepiej wrócę w jarzmo. To swoiste mokradło, w którym grzęznę aż po ośki. Ale *sutjes, sutjes*, jak mawiają Burowie — z pewnością nie wiem, jak oni to piszą — i wszystko jakoś delikatnie pójdzie. Dobry zaprzęg da sobie w końcu radę, byle tylko woły nie były chude. Nic się nie uda z chudymi sztukami. Więc zaczynajmy.

Ja, Allan Quatermain, dżentelmen z Durbanu w Natalu, pod przysięgą stwierdzam: takie oto zeznanie złożyłem przed sądem na smutną okoliczność śmierci nieszczęsnego Khivy i biednego Ventvögla...

Coś mi to nie wygląda na dobry początek książki. A poza tym, co ze mnie za dżentelmen? Kto to taki? Nie wiem zbyt dobrze, ale miałem przecież do czynienia z czarnuchami... Nie, wykreślę „czarnucha", bo nie lubię tego słowa. Znałem krajowców, którzy są dżentelmenami, i sam to przyznasz Harry, mój synu, zanim skończysz to czytać, że znałem podłych białych z mnóstwem pieniędzy i pochodzących ze znakomitych domów, którzy nimi nie są.

Tak czy siak, urodziłem się dżentelmenem, chociaż przez całe życie nie byłem nikim więcej niż wędrownym kupcem i myśliwym. Czy pozostałem dżentelmenem? Nie mnie o tym sądzić, oceńcie sami. Bóg mi świadkiem, że się starałem. Wielu ludzi zabiłem w swoim życiu, zawsze jednak w samoobronie, a nigdy z okrucieństwem ani z rozlaniem niewinnej krwi. Skoro Wszechmocny darował nam życie, to chciał też, jak mniemam, byśmy go bronili. W każdym razie czyniłem wszystko z takim właśnie przekonaniem i mogę się tylko karmić nadzieją, że nie zostanie ono przeciw mnie podniesione, kiedy wybije moja godzina. Tak, tak, świat to okrutny i niegodziwy, a jak na człowieka potulnego brałem udział w wielu waśniach. Słuszne były czy niesłuszne — tego nie wiem. Wiem natomiast, że nigdy niczego nie ukradłem, no, może raz urządziłem jednego Kafira na stado bydła, ale ten mi potem tak brzydko odpłacił, iż ciągle myślałem, jak wyrównać rachunki.

Mija zatem jakichś osiemnaście miesięcy od czasu, gdy po raz pierwszy spotkałem sir Henry'ego Curtisa i kapitana Gooda. A stało się to tak. Polowałem na słonie za Bamangwato, ale miałem pecha. Cała wyprawa źle się układała, a ja na dodatek miałem gorączkę. Jak tylko trochę się podkurowałem, trafiłem do Diamentowych Pól, gdzie sprzedałem całą kość słoniową razem z wozem i zaprzęgiem, zwolniłem myśliwych i wziąłem dyliżans do Cape Town. Po tygodniu tam spędzonym, przepłaciwszy za hotel i zobaczywszy wszystko, co było do zobaczenia (włącznie z ogrodem botanicznym, pięknie, moim zdaniem, reprezentującym kraj, oraz nowym budynkiem Parlamentu, który akurat reprezentantem jest marnym), postanowiłem wracać do Natalu na pokładzie „Dunkeld", który czekał przy nabrzeżu na płynący z Anglii „Edinburgh Castle". Wykupiłem kabinę, zaokrętowałem się, po południu pasażerowie zmierzający do Natalu przesiedli się z „Edinburgh Castle", podnieśliśmy kotwicę i wyszliśmy w morze.

Pośród pasażerów, którzy zjawili się na pokładzie, szczególnie dwóch wzbudziło moją uwagę. Pierwszy, mniej więcej trzydziestoletni, był najbardziej barczystym i długorękim mężczyzną, jakiego kiedykolwiek widziałem. Miał żółte włosy, wielką, równie żółtą brodę, ostro rzeźbione rysy i duże, głęboko osadzone szare oczy. Nigdy nie widziałem bardziej urodziwego mężczyzny. Ten w jakiś sposób przypominał mi Duńczyka z czasów archaicznych. O dawnych Duńczykach wiem niewiele (chociaż jeden całkiem współczesny ocyganił mnie na dziesięć funtów), kiedyś jednak widziałem obrazek z tymi jegomościami, którzy trochę mi wyglądali na białych Zulusów. Popijali sobie z długich rogów, a długie włosy spływały im po plecach. Kiedy teraz spoglądałem na mego przyszłego przyjaciela stojącego przy schodach prowadzących na mostek, pomyślałem, że gdyby tylko dał włosom podrosnąć, wielkie ramiona przyodział w kolczugę, wziął do jednej ręki topór, a do drugiej puchar z rogu, mógłby pozować do tego malunku. A tak, nawiasem mówiąc, rzecz ciekawa i dowodząca, jak też się krew przejawia, dowiedziałem się bowiem później, że sir Henry Curtis, gdyż tak się nazywał ów jegomość, istotnie miał w sobie duńską krew[1]. Przypominał mi także kogoś jeszcze, ale wtedy nie mogłem sobie uświadomić kogo.

---

[1] Zdaje się, że Mr Quatermain ma dość mgliste przekonania na temat dawnych Duńczyków; nam zawsze się wydawało, że był to lud ciemnowłosy. Może miał na myśli Sasów (przyp. wydawcy angielskiego).

Drugi mężczyzna, ten, który rozmawiał z sir Henrym, był niski, krępy i z zupełnie innej gliny ulepiony. Od pierwszego spojrzenia wiedziałem, iż musi to być marynarz. Nie wiem, na czym to polega, że trudno nie rozpoznać marynarza. W swoim życiu nie raz i nie dwa wypuszczałem się z nimi na polowania i zawsze należeli do najlepszych, najodważniejszych i najsympatyczniejszych z ludzi, chociaż zwykli używać ordynarnego języka. Stronę czy dwie temu spytałem, kim jest dżentelmen. A oto odpowiedź: najczęściej jest nim oficer Marynarki Królewskiej, chociaż i między nimi może się zdarzyć od czasu do czasu czarna owca. Przypuszczam, że to bezkresne morze obmywa im serca, a dech bożych wiatrów gna precz gorycz z ich umysłów, czyniąc ich tym, czym człowiek być potrafi.

Wróćmy do rzeczy: znowu miałem rację. Tak, był to trzydziestojednoletni porucznik marynarki, który po siedemnastu latach został oddalony ze służby Jej Królewskiej Mości z czysto honorowym tytułem kapitana, nie dało się go bowiem awansować. Tego właśnie muszą się spodziewać ludzie służący Królowej: dokładnie wtedy, gdy zaczną się rozeznawać w swojej pracy i wejdą w najlepszą porę życia, zostaną ciśnięci, by szukać sobie miejsca w zimnym świecie. W porządku, może nic nie mają przeciw temu, co się jednak tyczy mnie, wolę już zarabiać na chleb jako myśliwy. I tu równie trudno o pensa, mniej jednak człowiek poczuje kopniaków.

Jak się dowiedziałem z listy pasażerów, mężczyzna nazywał się Good, kapitan John Good. Był barczysty, średniego wzrostu, ciemny, krępy i na pierwszy rzut oka dość dziwny: zawsze taki czysty, zawsze tak gładko ogolony i zawsze z monoklem w prawym oku. Wydawało się, że szkło wręcz tam wrosło, na żadnym bowiem nie było sznurku, Good zaś nigdy go nie zdejmował, oczywiście, z wyjątkiem chwil, gdy je czyścił. Zrazu myślałem, że także z nim śpi, jak się jednak później okazało, nie miałem racji. Idąc do łóżka, wkładał je do kieszeni spodni wraz ze sztucznymi zębami. Miał ich piękne dwa komplety, które nierzadko, jako że moje nie są najlepsze, zmuszały mnie do złamania dziesiątego przykazania. Uprzedzam jednak wydarzenia.

Ledwie ruszyliśmy, nastał wieczór, który przyniósł ze sobą bardzo złą pogodę. Od lądu powiała zimna bryza, a coś w rodzaju podwójnie zgęszczonej szkockiej mgły przegnało z pokładu niemal wszystkich. Sam „Dunkeld" zaś dno miał dość płaskie, gładko więc wspinał się na fale, lecz kołysał na nich nader ciężko. Nieraz się wydawało, że już, już, a wywróci się stępką do góry, co jednak nigdy nie następowało. Nie sposób było się przechadzać, stałem zatem blisko maszynowni, gdzie panowało ciepło, i zabawiałem się obserwacją wiszącego przede mną wahadła, które kolebało się wraz z ruchami kadłuba, zaznaczając kąt jego odchyleń.

— Złe wahadło, kiepsko wyważone — posłyszałem obok siebie odrobinę rozdrażniony głos. Obejrzałem się i dojrzałem marynarza, który przyciągnął moją uwagę, gdy nowi pasażerowie wchodzili na pokład.

— No proszę, a czemu pan tak myśli?

— Myślę? W ogóle nie myślę. Bo jakby to pudło — ciągnął, podczas gdy statek prostował się z przechyłu — rzeczywiście o taki kąt się wahnęło, nigdy by się już nie wyprostowało, ot co. Ale tak to już jest z tymi handlowymi szyprami. Niczym się nie przejmują.

Właśnie rozbrzmiał dzwonek na kolację, co wcale mnie nie zmartwiło, gdyż okropna to rzecz musieć słuchać wynurzeń oficera marynarki wojennej. Znam tylko jedną sytuację jeszcze gorszą, a mianowicie, kiedy szyper statku handlowego wypowiada swe grzeczne opinie na temat oficerów Marynarki Królewskiej.

Razem zeszliśmy do mesy, gdzie znaleźliśmy siedzącego już za stołem sir Henry'ego Curtisa. Good zajął miejsce obok niego, ja naprzeciw nich. Niedługo potrwało, a już z ożywieniem rozmawialiśmy z kapitanem o strzelaniu i podobnych rzeczach. Stawiał wiele pytań, a ja odpowiadałem tak, jak potrafiłem. Wreszcie doszliśmy do słoni.

— Świetnie pan trafił, sir! — zawołał ktoś siedzący obok mnie. — Trudno znaleźć lepszego specjalistę! Nikt nie powie panu o słoniach więcej od łowcy nad łowcami Quatermaina.

Sir Henry, który dotychczas siedział cichy i spokojny, teraz wyraźnie drgnął, nachylił się na stołem i niskim, pełnym głosem, jakiego należało się spodziewać po tak wielkich płucach, spytał:

— Przepraszam, sir, czyżby nazywał się pan Allan Quatermain?

Potwierdziłem, tamten zaś mruknął tylko do siebie, jak mi się wydawało, „Co za szczęście", i znowu pogrążył się w milczeniu.

Kolacja dobiegła kresu, a kiedy opuszczaliśmy jadalnię, sir Henry spytał mnie, czy nie zechciałbym zajść do jego kajuty, aby wypalić fajkę. Zgodziłem się, więc poprowadził mnie do kabiny, a była to kabina co się zowie! Kiedyś składała się z dwóch kajut, ale kiedy Dunkeldem postanowił popłynąć sir Garnet Wolseley albo inny z tych dostojnych panów, zburzyli ściankę działową i nigdy już nie postawili jej z powrotem. Stała tu sofa, a przed nią mały stolik. Sir Henry posłał stewarda po butelkę whisky i wszyscy trzej zasiedliśmy przy stoliku i zapaliliśmy fajki.

— Panie Quatermain — odezwał się Henry Curtis, gdy steward przyniósł whisky i zapalił lampę — dwa lata temu, o tej mniej więcej porze, jeśli się nie mylę, był pan w Bamangwato, na północ od Transwalu.

— W rzeczy samej — powiedziałem dość zdziwiony, że taki dżentelmen miałby się tak dobrze wyznawać w moich poczynaniach. Jak sądziłem, nie budziły one powszechnego zainteresowania.

— Zdaje się, że trochę pan tam handlował? — spytał kapitan Good szybko, jak to on.

— Trochę. Załadowałem dobrami wóz aż po dach, zatrzymałem się kawałek za osadą i stałem tak długo, aż wszystko sprzedałem.

Sir Henry, który z rękami opartymi na blacie siedział naprzeciw mnie w wiklinowym fotelu, spojrzał mi teraz w twarz swymi wielkimi szarymi oczyma. Dziwny w nich jakiś niepokój, pomyślałem.

— Zdarzyło się panu spotkać tam człowieka nazwiskiem Neville?

— A jakże. Rozłożył się koło mnie obozem na dwa tygodnie, aby dać wytchnąć wołom, zanim ruszy w głąb kontynentu. Kilka miesięcy temu otrzymałem list od pewnego prawnika, który pytał, czy wiem, co się z nim stało, na co odpowiedziałem zgodnie z całą mą ówczesną wiedzą.

— Tak — pokiwał głową sir Henry — pański list dotarł w moje ręce. Napisał pan, że dżentelmen nazwiskiem Neville z początkiem maja opuścił Bamangwato w wozie, w którym znaleźli się także furman, chłopiec zaprzęgowy i myśliwy Kafir imieniem Jim. Neville zapowiedział również, że chciałby dotrzeć aż do Inyati, najdalej położonej osady handlowej w kraju Matabele, gdzie planował sprzedać wóz, żeby dalej ruszyć pieszo. Poinformował pan też, że musiał rzeczywiście pozbyć się wozu, gdyż pół roku później widział go pan jako własność Portugalczyka, który oznajmił, iż nabył go w Inyati od białego. Nazwiska sprzedającego nie pamiętał, ale przypominał sobie, że z tubylczym służącym wyruszył on w głąb kraju, jak się zdaje, na polowanie.

— Istotnie.

Zapadła cisza, aż wreszcie sir Henry się odezwał.

— Panie Quatermain, przypuszczam, że ani pan nie wie, ani nie może się domyślić, jaki był powód mojej, to znaczy pana Neville'a, podróży na północ i jaki był jej cel ostateczny?

— Coś mi się obiło o uszy — powiedziałem, ale nie śmiałem tego rozwijać.

Sir Henry i kapitan Good popatrzyli na siebie, a ten ostatni lekko skinął głową.

— Cóż, panie Quatermain — rzekł potomek dawnych Duńczyków — opowiem panu pewną historię, a potem poproszę o radę, a może nawet i pomoc. Agent, który przekazał mi pański list, powiedział, że mogę panu całkowicie zaufać jako osobie dobrze znanej i powszechnie szanowanej w Natalu, szczególnie za sprawą zdolności do zachowywania dyskrecji.

Lekko się skłoniłem, a jako że skromny ze mnie człowiek, by ukryć zakłopotanie, wypiłem spory łyk whisky z wodą, sir Henry zaś ciągnął.

— Neville to mój brat.

— O-o! — wykrztusiłem i wreszcie wiedziałem, kogo mi sir Henry przypominał. Jego brat był znacznie niższy i nosił ciemną brodę, kiedy się jednak teraz nad tym zastanowiłem, uznałem, że ich oczy miały ten sam odcień szarości, spoglądały z tą samą bystrością, a i rysy twarzy były całkiem podobne.

— Był to jedyny i młodszy ode mnie brat, i jeszcze pięć lat temu nie zdarzyłoby się, byśmy dłużej niż miesiąc przebywali w oddaleniu. Jednak właśnie pięć lat temu, jak to się czasem przydarza rodzinom, stało się nieszczęście. Doszło do ostrej kłótni. W gniewie zachowałem się wobec brata bardzo niesprawiedliwie.

Tu kapitan Good zdecydowanie pokiwał głową. W tej właśnie chwili statek poważnie się przechylił, a iluminator znajdujący się na prawej ścianie znalazł się niemal nad naszymi głowami. Kiedy więc tak siedziałem z rękami w kieszeniach i patrzyłem nad siebie, widziałem Gooda kiwającego głową jak jakiś zaciekły mandaryn.

— Jak pan z pewnością wie — ciągnął sir Henry — kiedy ktoś umiera, nie zostawiwszy testamentu, a jedynym jego majątkiem jest nieruchomość, wszystko przechodzi na jego najstarszego syna. Trzeba trafu, że w czasie gdyśmy się poróżnili, zmarł nasz ojciec, nie spisawszy swej ostatniej woli. Odkładał to nieustannie, a potem było już za późno. W efekcie brat, który nie miał żadnego zawodu, został bez pensa przy duszy. Było, rzecz jasna, moim obowiązkiem zatroszczyć się o niego, tyle jednak było we mnie zawziętości na niego, że nic nie zrobiłem, aby zapewnić mu godne życie. Przyznaję się do tego z wielkim wstydem... — tutaj ciężko westchnął. — Niczego nie chciałem mu skąpić, natomiast czekałem na jakiś gest z jego strony, a on tymczasem nie wykonał żadnego. Przykro mi, że kłopoczę tym pana, panie Quatermain, ale bez tego nie mógłbym wszystkiego wyjaśnić, prawda, Good?

— Jak najbardziej, jak najbardziej — powiedział kapitan.

— A pan Quatermain, jestem pewien, zachowa to wszystko dla siebie.

— Oczywiście — zapewniłem, skądinąd i tak już dumny ze swej dyskrecji.

— Trochę przesadziłem, że brat nie miał pensa przy duszy — ciągnął sir Henry — jednak na jego koncie leżało wtedy zaledwie kilkaset funtów. O niczym mnie nie uprzedzając, podjął tę marną sumę i pod przybranym nazwiskiem Neville wyprawił się do południowej Afryki w szaleńczej nadziei, że dorobi się fortuny. Dowiedziałem się o tym, niestety, poniewczasie. Minęły jakieś trzy lata bez żadnej wieści o bracie, chociaż ja pisałem kilkakroć, ale najwidoczniej listy do niego nie trafiały. W miarę upływu czasu rósł mój niepokój o niego.

Cóż, panie Quatermain, na sobie przyszło mi sprawdzić słuszność powiedzenia, że krew gęstsza jest od wody.

— Wiele w nim racji — potwierdziłem, myśląc o sobie i Harrym.

— Zrozumiałem, panie Quatermain, że z chęcią oddałbym połowę swego majątku, byle tylko wiedzieć, że George, jedyny z mych bliskich krewnych, jest bezpieczny i zdrowy. Gdybym tylko mógł go znowu zobaczyć!

— Ale oddać to pan nie oddał, panie Curtis — żachnął się Good, wyzywająco spoglądając na tamtego.

— Tak więc z biegiem czasu, panie Quatermain, coraz gorętsze było moje pragnienie, by ustalić: żyje mój brat czy też nie, a jeśli żyje, by znowu sprowadzić go do domu. Zacząłem rozpytywać, a jednym z rezultatów był pański list. Było w nim coś zadowalającego, dowodził bowiem, że widział go pan żywego, ponadto jednak niewiele było rzeczy pocieszających. Aby więc ująć to jak najkrócej: zdecydowałem się przyjechać, by samemu go poszukać, a kapitan Good był tak uprzejmy, by mi towarzyszyć.

— Fakt — potwierdził Good. — Nie miałem akurat nic innego do roboty. Zdechłbym z głodu wywalony przez szanownych lordów z admiralicji na bruk. A teraz, sir, może zechciałby pan nam opowiedzieć, co wie lub słyszał o dżentelmenie nazwiskiem Neville?

# ROZDZIAŁ II

# LEGENDA KOPALŃ SALOMONA

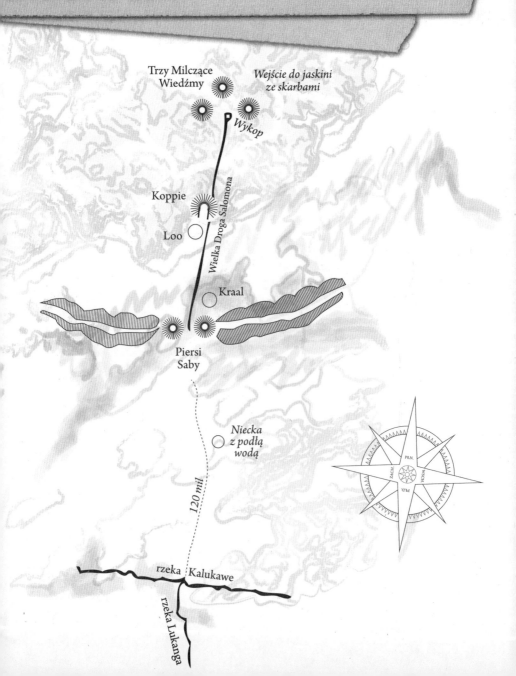

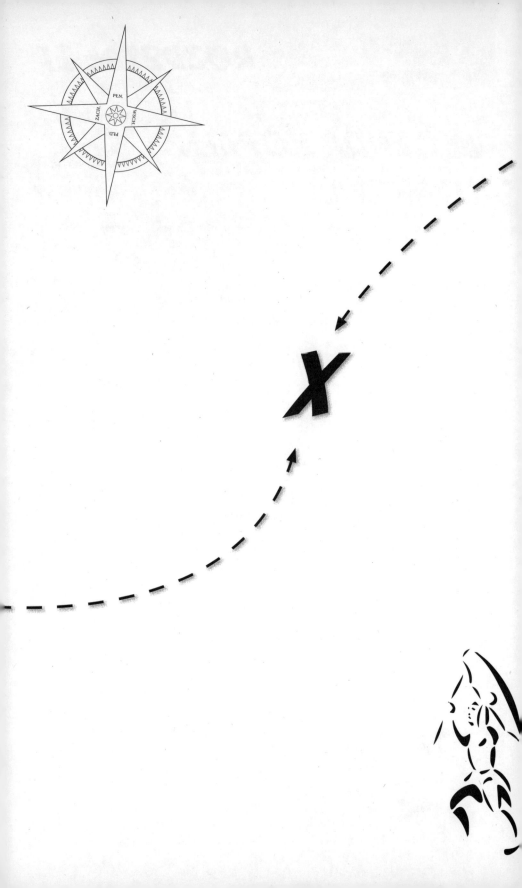

— Co zatem słyszał pan w Bamangwato o wyprawie mego brata? — ponaglił mnie sir Henry, gdy nie odpowiadając kapitanowi Goodowi, zająłem się nabijaniem fajki.

— Cóż, usłyszałem, i aż po dziś dzień nikomu o tym nie wspominałem, że udał się do kopalń Salomona.

— Kopalń Salomona? — zgodnie zakrzyknęli obaj moi słuchacze. — A gdzież one są?

— Nie wiem, mogę co najwyżej powiedzieć, gdzie się ponoć znajdują. Raz jeden widziałem szczyty gór, które mają je rzekomo otaczać. Między mną a nimi rozpościerało się wtedy sto trzydzieści mil pustyni, a nie wiem, czy — za wyjątkiem jednego — jakikolwiek biały kiedykolwiek ją pokonał. Może jednak najlepiej będzie, jeśli opowiem panom legendę kopalń Salomona, wy jednak przyrzekniecie, że bez mojej zgody nie ujawnicie nawet słówka z tych, które tu padną. Czy panowie się zgadzają? Wierzcie mi, że mam powód, by poczynić takie zastrzeżenie.

Sir Henry skinął głową w milczeniu, a kapitan Good mruknął:
— Tak, oczywiście, naturalnie.

— Cóż — zacząłem — jak pewnie panowie zgadują, łowcy słoni najczęściej mało czym się interesują poza codziennymi kłopotami i podstępami Kafirów. Od czasu do czasu może się między nimi zdarzyć ktoś, kto zada sobie trud zbierania opowieści krajowców, aby w ten sposób odtworzyć jakiś fragment historii tego Czarnego Lądu. Właśnie od kogoś takiego usłyszałem po raz pierwszy o kopalniach Salomona, a było to niemal trzydzieści lat temu. Była to moja pierwsza wyprawa na słonie do Matabele. Człowiek ów nazywał się Evans, zginął, nieszczęśnik, rok później, zaatakowany przez rannego bawoła, a pochowali go koło Wodospadów Wiktorii. Któregoś wieczoru, pamiętam, opowiadałem Evansowi o dziwnych wyrobiskach, na jakie natknąłem się, polując na kudu i antylopy eland w tej części Transwalu, którą zwą Lydenburg. Teraz słyszę, że znowu je odkryli, szukając złota, ale ja już lata temu o nich wiedziałem. Jest tam szeroka droga dostawcza wykuta w litej skale, a kończy się ona wejściem do czegoś w rodzaju podestu. W środku widać sterty przetykanego złotem kwarcu poukładane do przeróbki, co sugeruje, że kopiący, kimkolwiek byli, musieli miejsce to opuścić w pośpiechu. Podest ten obudowany jest na dobre dwadzieścia kroków i powiem tylko, że to kawał świetnej roboty.

„Widziałem ci ja coś jeszcze dziwniejszego", Evans na to i jakże mi nie zacznie opowiadać o ruinach miasta, które znalazł daleko, w głuszy, a które, jak mniemał, musiał być resztkami biblijnego Ofiru, co, przy okazji powiem, sugerowali już ludzie bardziej uczeni na długo przed Evansem. Pamiętam, że — jak to młody — chętnie takim opowieściom nadstawiałem uszu, gdyż niezmiernie porywały wyobraźnię wszystkie te dawne cywilizacje, a także skarby wydarte przez podróżników żydowskich czy kartagińskich z tej ziemi na długo przed tym, nim dopadło ją czarne barbarzyństwo. Trwałem więc zasłuchany, kiedy znienacka spytał mnie Evans: „A słyszałeś kiedyś, młodzieńcze, o Górach Sulimana na północnym-zachodzie krainy Muszakulumbwe?". Odrzekłem, że nie. „Otóż tutaj właśnie Salomon miał swoje kopalnie, to znaczy kopalnie diamentów". „A pan skąd to wie?", spytałem. „Skąd? Jak to skąd? Przecież Suliman to nic innego jak przekręcony Salomon[2], a, poza tym, w Manice stara znachorka, Isanusi, opowiadała mi, że ludzie

---

[2] „Suliman" to arabska forma „Salomona" (przyp. tłum.).

po drugiej stronie gór mówią narzeczem zulu i są spokrewnieni z Zulusami, chociaż są od nich roślejsi i powabniejsi. Co ważniejsze, mieli ponoć żyć pośród nich wielcy czarownicy, którzy wiedzę swą pozyskali od jakiegoś białego człowieka w czasach, »gdy świat spowijała jeszcze noc«. Ów biały zaś wiedział, gdzie jest cudowna kopalnia »świetlistych kamieni«".

Cóż, wtedy śmiałem się tylko na te słowa, acz zaciekawiły mnie, gdyż nikt jeszcze wtedy nie wiedział o złożach diamentów. Potem jednak zginął biedny Evans i przez następnych dwadzieścia lat nic w tej sprawie nie słyszałem. Po owych dwudziestu latach — a czas to długi, drodzy panowie, nie każdy łowca słoni tyle przeżyje — dotarło do mych uszu coś konkretniejszego o Górach Sulimana i krainie za nimi. Znalazłem się, hen, poza krainą Manica, w miejscu zwanym Kraalem Sitandy, marnym, bo ledwie co było tam do zjedzenia, a zwierza wokół prawie żadnego. Wielka dopadła mnie tam gorączka i bardzo kiepsko się czułem, aż tu pewnego dnia zajeżdża Portugalczyk, a do towarzystwa ma tylko jakiegoś Mulata. Dobrze ich znam, to portugalskie nasienie z Delagoa; mało kto bardziej się nadaje na stryczek od tych łajdaków, co tuczą się cierpieniem i hańbą niewolników. To jednak mówię ogólnie, gdyż ten w niczym nie przypominał znanych mi dotąd psubratów, bardziej zdatny na jednego z tych układnych Donów, o których raz albo dwa czytałem. Wysoki był, szczupły, z wielkimi ciemnymi oczyma i ładnie wygiętym siwawym wąsem. Niewiele rozmawialiśmy, bo jego angielszczyzna była łamana, a ja niewiele rozumiem po portugalsku, w każdym razie powiedział mi, że nazywa się José Silvestre i mieszka gdzieś nad Zatoką Delagoa. Kiedy zaś nazajutrz zjawił się ze swym Mulatem, żegnając się, zdjął kapelusz, zupełnie jak za dawnych lat. „Do widzenia, *señor*", powiedział, „jeśli się jeszcze kiedyś spotkamy, będę najbogatszym człowiekiem na świecie i nie zapomnę o panu". Leciutko się uśmiechnąłem — na nic więcej nie miałem siły — i patrzyłem tylko, jak się oddala na zachód, ku wielkiej pustyni. Zastanawiałem się, czy zwariował, czy też rzeczywiście zamierzał coś tam znaleźć.

Tydzień upłynął, gorączka zmalała, siedzę ja któregoś wieczoru na ziemi przed swym namiocikiem i, wpatrując się w rozgrzane czerwone słońce zapadające za pustynię, obgryzam ostatnie udko z drobiu, który kupiłem od krajowca za kawał materiału wart dwadzieścia takich ptaków. Siedzę i nagle widzę na wznoszącym się przede mną stoku oddaloną o jakieś trzysta jardów postać, najwyraźniej Europejczyka, bo w płaszczu. Wlecze się na czworakach, potem staje, kuśtyka parę jardów, a potem znowu pada na ręce i kolana. Widząc, że to ktoś najwyraźniej w potrzebie, wysłałem na pomoc jednego z moich myśliwych. Gdy już zbliżył się dostatecznie, to jak panowie myślą, kogo rozpoznałem?

— Rzecz jasna, Joségo Silvestre — powiedział kapitan Good.

— Istotnie, Joségo Silvestre, a raczej jego szkielet ledwie co obleczony skórą. Twarz miał pożółkłą, ciemne oczy omal mu nie wypadły z czaszki, tak niewiele było na niej ciała. Nic tylko skóra żółta jak pergamin, białe włosy i sterczące kości. „Wody, na rany Chrystusa, wody!", stęknął. Wargi miał popękane, język napuchnięty i sczerniały. Dałem mu wody zmieszanej z odrobiną mleka, a on wielkimi łykami wypił ze dwie kwarty, i chociaż jednak chciał więcej, to nie dałem mu. Znowu zaczęła nim szarpać gorączka, padł i bełkotał coś o Górach Sulimana, diamentach i pustyni. Wziąłem go do namiotu i zatroszczyłem się o niego tak, jak mogłem, ale wiedziałem, czym się to wszystko musi skończyć. Około jedenastej uspokoił się, więc ułożyłem się, aby trochę odpocząć, i zasnąłem. Zbudziłem się o brzasku i w słabym świetle zobaczyłem, że siedzi. Dziwna kanciasta figura. Wpatrzony w pustynię. Wreszcie pierwsze promienie słońca popełzły po wielkiej równinie, aż dosięgnęły grani najwyższego łańcucha Gór Sulimana, odległych o dobre sto mil. „Tam jest!", krzyknął po portugalsku umierający i wyciągnął długie, wychudzone ramię. „Jest tam. Ale ja nigdy tam nie dotrę! Nikt nie dotrze!". Umilkł, a potem podjął nagłe postanowienie.

„Przyjacielu", rzekł, obracając się do mnie, „jesteś tu? Ciemnieje mi w oczach". „Tak", odparłem, „jestem, połóż się i odpocznij". „Ha!", westchnął, „niedługo istotnie odpocznę. Dużo będę mieć na to czasu, całą wieczność. Posłuchaj, umieram! Byłeś dla mnie dobry, więc dam ci ten papier. Może uda ci się tam dojść, jeśli potrafisz pokonać pustynię, która zabiła mego wiernego służącego i mnie". Sięgnął pod koszulę i wyciągnął zza niej coś, co w pierwszej chwili zdało mi się kapciuchem tytoniowym, jaki Burowie robią ze skóry *swart-vet-pens*, czyli antylopy szablorogiej. Był zabezpieczony wąskim paskiem skóry, który nazywają *rimpi*, a Silvestre, widząc po kilku próbach, że nie potrafi go rozsupłać, ze słowem „Rozwiąż" na ustach podał mi pakunek. Tak zrobiłem i oczom moim ukazał się kawałek porwanego żółtego materiału, na którym widniały jakieś rdzawe litery. Wewnątrz znajdował się kawałek papieru. Silvestre ciągnął słabym, coraz wątlejszym głosem: „Na papierze jest wszystko to, co na szmacie. Odczytanie tego zabrało mi całe lata. Posłuchaj, mój przodek, uciekinier polityczny z Lizbony i jeden z pierwszych Portugalczyków, którzy tu przybyli, spisał to, umierając w tych górach, ani przedtem, ani potem nietkniętych stopą białego człowieka. Nazywał się José da Silvestra, żył trzysta lat temu. Niewolnik, który czekał na niego po tej stronie gór, znalazł go martwego, a to, co napisał jego pan, poniósł do Delagoa. Przez cały czas pismo to było w rękach mojej rodziny, ale nikt nawet nie spróbował go odczytać. Ja strawiłem na to całe życie, ale skorzysta na tym ktoś inny, a jeśli to mu się uda, stanie się najbogatszym człowiekiem na świecie. Wiem, co mówię, najbogatszym. Tylko nie dawaj tego nikomu, idź sam!". Potem zaczął marnieć, odpływać, a po godzinie było już po wszystkim. Niechajże Bóg ma go w swojej opiece. Umarł spokojnie, a ja go pochowałem pod ciężkimi głazami tak, by szakale się do niego nie dobrały. Wkrótce zabrałem się stamtąd.

— Ale ten dokument! — odezwał się sir Henry, najwyraźniej ogromnie poruszony.

— Tak, tak, dokument, co takiego w nim było?! — przyłączył się kapitan.

— No cóż, panowie, skoro chcecie, to wam powiem. Nikomu go nie pokazałem z wyjątkiem mojej kochanej żony, która już odeszła, a wszystko to uważała za jeden wielki nonsens. Prócz niej widział go stary portugalski kupiec, pijus, który mi wszystko przełożył, a następnego ranka nic już nie pamiętał. Oryginał na płótnie chowam w domu w Durbanie wraz z przekładem don Joségo, ale przy sobie mam angielskie tłumaczenie i kopię mapy, jeśli na to miano zasługuje. Oto ona.

*Ja, José da Silvestra, który umieram teraz z głodu w małej pieczarze na bezśnieżnym stoku północnej strony sutka bardziej na południe wysuniętej z dwóch gór, które nazwałem „Piersiami Saby", na strzępie ubrania zapisuję to w roku 1590 odpryskiem kości, za inkaust mając swoją krew. Jeśli niewolnik mój to odnajdzie i poniesie do Delagoa, niechże mój przyjaciel (imię nieczytelne) o rzeczy całej powiadomi króla, aby ten wysłał armię, która, jeśli uda jej się pokonać pustynię i góry oraz bitnych Kukuanich i ich diabelskie sztuczki, do czego wielu trzeba zabrać kapłanów, uczyni go najbogatszym z monarchów od czasów Salomona. Na własne oczy widziałem niezliczone diamenty w skarbcu Salomona za Białą Śmiercią, ale zdradzony przez Gagool, łowczynię czarowników, unieść ze sobą mogłem tylko własne życie. Niechże ten, kto podąży za mapą, wespnie się na lewą pierś Saby, a kiedy dotrze do sutka, na jego północnej stronie dojrzy wielki trakt położony przez Salomona; którym po trzech dniach dotrze do siedziby króla. I niechże zabije Gagool. Módlcie się za moją duszę. Żegnajcie.*

JOSÉ DA SILVESTRA

Kiedy skończyłem czytać tekst i pokazałem mapę, którą ręka umierającego nakreśliła własną krwią, zapadła pełna zdumienia cisza.

— No cóż — odezwał się w końcu kapitan Good — dwa razy objechałem świat na okrągło, byłem w jego wszystkich portach, ale niech zawisnę na stryczku, jeśli kiedykolwiek słyszałem czy czytałem osobliwszą historię.

— Istotnie, nader to dziwna opowieść, panie Quatermain — rzekł sir Henry — i chciałbym wierzyć, że pan nas nie nabiera. Wiem, że robi się tak czasami z żółtodziobami.

— Skoro tak pan myśli, sir Henry — powiedziałem dość rozsierdzony, składając swoje papiery; wcale mi się to nie podoba, gdy ktoś bierze mnie za jednego z tych durniów, którzy radzi kłamią jak najęci, a nowo przyjezdnych raczą opowieściami o myśliwskich przygodach, które nigdy się nie wydarzyły — oznacza to koniec naszej rozmowy.

Z tymi słowami zacząłem zbierać się do wyjścia, ale powstrzymała mnie wielka ręka sir Henry'ego.

— Niechże pan nie wstaje, panie Quatermain, bardzo pana przepraszam. Doskonale widzę, że nie ma pan zamiaru nas nabierać, jednak historia ta brzmi tak niewiarygodnie, iż doprawy trudno dać jej wiarę.

— Stanąwszy w Durbanie, będzie pan mógł obejrzeć oryginalną mapę i tekst — powiedziałem dość udobruchany, gdyż kiedy odrobinę się zastanowiłem, musiałem przyznać, iż nic w tym dziwnego, że mógł nie uwierzyć w moje słowa. — Nic jednak jeszcze panu nie powiedziałem o pańskim bracie. Znałem Jima, który mu towarzyszył. Rodowity Beczuana, świetny myśliwy i, jak na krajowca, bardzo sprytny. Tego dnia, gdy pan Neville wyruszał, zobaczyłem Jima, który stał przy moim wozie i kroił na dyszlu tytoń.

„Jimie", powiadam, „a na co to się wypuszczacie? Na słonie?". „Nie, *Baas*", on na to, „mamy na oku coś znacznie lepszego niż kość słoniowa". „Cóż to może być takiego? Złoto?", pytam zaciekawiony. „Nie, *Baas*, coś znacznie cenniejszego niż złoto", mówi Jim i śmieje się od ucha do ucha.

Więcej nie pytałem, nie chciałem się bowiem poniżać, zdradzając ciekawość, byłem jednak zaintrygowany. Wreszcie Jim skończył ciąć tytoń. „*Baas*", mówi, a ja nic, jakbym nie słyszał. „*Baas*!". „Co tam znowu?". „*Baas*, wyprawiamy się na diamenty". „Diamenty?! To w złą stronę się udajecie. Trzeba wam na Diamentowe Pola". „A słyszał *Baas* kiedy o Bergu Sulimana (Górach Salomona)?". „Tak". „A słyszał *Baas* o diamentach, co tam leżą?". „Słyszałem jakieś bzdury, Jimie".

„Nie, nie, żadne bzdury, *Baas*. Znałem kiedyś kobietę stamtąd, przyjechała do Natalu z dzieckiem. Opowiadała mi o tym, ale już nie żyje". „Jeśli twój pan chce jechać do krainy Sulimana, Jimie, to stanie się pastwą sępów, a i z tobą będzie nie inaczej, o ile coś się tam znajdzie do zdziobania z twojego marnego szkieletu". A Jim nic, tylko się śmieje. „Może i tak, *Baas*. Trza przecie człekowi umrzeć. Chętnie przedtem zobaczę jakie nowe strony, a tu słoni coraz mniej". „Oj, chłopcze, chłopcze", pokiwałem głową, „niech no cię tylko kostucha złapie za to żółte gardło, to posłuchamy, jak zaśpiewasz".

Pół godziny później zobaczyłem, jak rusza wóz pana Neville'a. Jim biegł w moją stronę. „Do widzenia, *Baas*", powiada, „nie chciałem się rozstać bez pożegnania, bo zda mi się coś, że ma pan rację i możemy się już nigdy nie zobaczyć". „I co, twój pan naprawdę chce jechać do Bergu Sulimana, Jimie, czy tak ci się tylko powiedziało?". „Nie, nie, jedzie, jedzie. Powiedział mi, że musi się na czymś dorobić, więc czemu nie na diamentach". „To zaczekaj chwilę, Jimie", mówię, „zabierzesz notkę do twego pana, ale musisz mi przyrzec, że dasz mu ją dopiero, gdy dojedziecie do Inyati (co było o parę setek mil). Dobrze?". „Tak, *Baas*".

Wziąłem więc kawałek papieru, a na nim napisałem: „Niechże wespnie się na lewą pierś Saby, a kiedy dotrze do sutka, na jego północnej stronie dojrzy wielki trakt Salomona", potem zaś zwróciłem się do Jima: „Weź to, Jimie, a kiedy wręczysz swemu panu, powiedz, że najlepiej, aby tej sugestii trzymał się dosłownie. Nie możesz tego dać mu teraz, gdyż nie chcę, żeby zaczął mnie dręczyć pytaniami, na które nie będę mógł odpowiedzieć. A teraz zmykaj, leniuchu, bo wóz ledwie już widać". Jim wziął kartkę i puścił się biegiem, a ja, niestety, nie mam już nic więcej do powiedzenia na temat pańskiego brata, sir Henry, chociaż obawiam się…

— Panie Quatermain — zaczął uroczyście sir Henry — chcę odszukać mego brata i gotów jestem podążyć jego śladem w Góry Sulimana, a nawet dalej, jeśli będzie potrzeba. Albo go wreszcie znajdę, albo upewnię się, że nie żyje. Podąży pan ze mną?

Jestem, jak chyba już mówiłem, człowiekiem ostrożnym, a nawet strachliwym. Aż się wzdrygnąłem na samą myśl o tym. Wydawało mi się, że wypuszczenie się na taką wyprawę musi się skończyć śmiercią. Nawet jeśli odłożyć na bok takie rzeczy jak to, że miałem syna na utrzymaniu, to nie byłem gotów, by na coś takiego się narażać.

— Nie, dzięki, sir Henry, raczej nie — odpowiedziałem. — Za stary już jestem na takie uganianie się nie wiadomo za czym, zwłaszcza iż skończyć mogę jak mój przyjaciel Silvestre, a że mam pod opieką syna, więc nie mogę szafować swoim życiem.

Sir Henry i kapitan Good wydawali się bardzo rozczarowani tą odpowiedzią.

— Panie Quatermain — odezwał się ten pierwszy. — Jestem zamożnym człowiekiem i bardzo mi zależy na rozwiązaniu tej sprawy. Może pan bez ceregieli wyznaczyć zapłatę za pańskie usługi, a zostanie panu wypłacona, jeszcze zanim wyruszymy. Co więcej, na wypadek, gdyby nam się coś przytrafiło, wydam odpowiednie rozporządzenia, aby pański syn był w takiej sytuacji godziwie zabezpieczony. Już chociażby z tych słów może się pan zorientować, jak bardzo mi zależy na pańskiej obecności. Ale to jeszcze nie wszystko. Jeśli dotrzemy w to miejsce i istotnie będą tam diamenty, to podzielicie się nimi po równo, pan i kapitan Good; ja zaś ich nie chcę. Rzecz jasna, nikt z nas nie wie, jaka jest na to szansa. W każdym razie to samo tyczyłoby się ewentualnej kości słoniowej. Jeśli jednak odpowiadają panu inne warunki, to proszę mówić szczerze, panie Quatermain, poniosę wszystkie koszta.

— Sir Henry — powiedziałem — nikt jeszcze nie złożył mi tak hojnej propozycji i taki ubogi myśliwy jak ja nie może nią tak po prostu wzgardzić. Jest to jednakże najpoważniejsze ze wszystkich zadań, przed jakimi stanąłem, proszę więc o czas do namysłu. Udzielę panu odpowiedzi, zanim dotrzemy do Durbanu.

— Świetnie — odrzekł sir Henry.

Pożegnałem się z nimi i wyszedłem, a w nocy śnił mi się biedny dawno zmarły Silvestre. On i diamenty.

# ROZDZIAŁ III
## NASZ NOWY SŁUŻĄCY UMBOPA

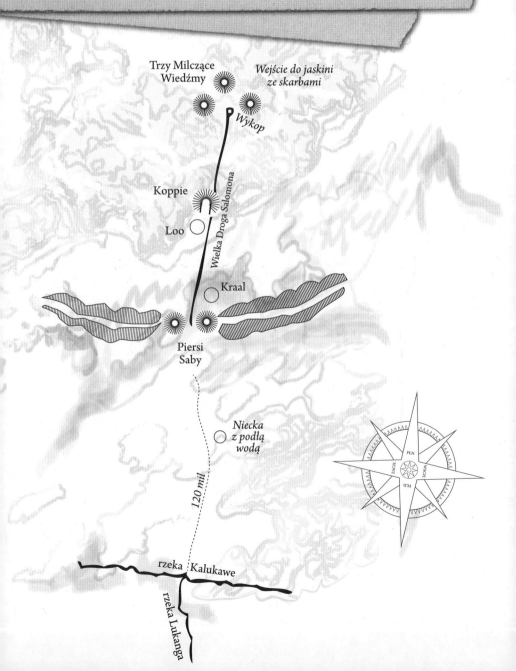

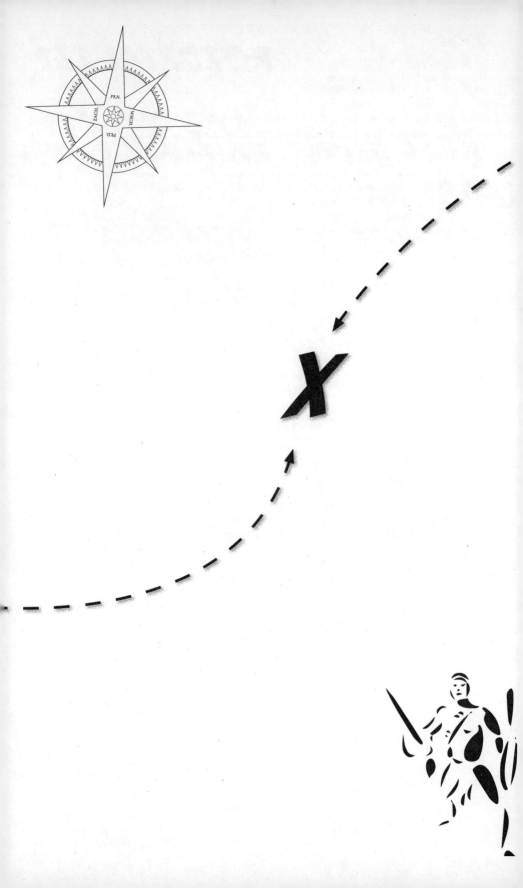

**W** zależności od statku i pogody droga z Cape Town do Durbanu zabiera cztery, pięć dni, a niekiedy trzeba po drodze stracić jeszcze dwadzieścia cztery godziny. Tyle się mówi o tym, jaki to piękny będzie port w East London i ile to pieniędzy na niego pójdzie, ale kiedy trudno tam na razie podejść, to i dobę trzeba czekać, żeby podpłynęły barki i odebrały towar. Tym razem jednak nie musieliśmy czekać prawie w ogóle, bo też i fale ledwie zasługiwały na swoje miano. Zaraz więc wyszły w morze holowniki, ciągnąc za sobą sznury brzydkich płaskodennych łodzi. Zwalano do nich pakunki, nie patrząc, co się w którym mieści. Łup! Trzask! — czy to porcelana, czy wełna. Widziałem, jak się wali z hukiem skrzynia z czterema tuzinami szampana, butelki się tłuką, na dnie łódki trunek pieni się i syczy. Kafirowie, najwidoczniej myśląc, że szkoda, iżby tak wszystko zmarniało, kilku flaszkom, co się całe ostały, utrącili szyjki i dalejże popijać. Nie zwykli jednak byli bąbelkom w winie, zatem czując, jak wszystko w nich pęcznieje, tarzali się po łódce i krzyczeli, że dobry był napitek, ale *tagati*, zaczarowany. Zawołałem do nich z pokładu, że to najpotężniejsze lekarstwo białego człowieka, więc śmiało mogą uznać, iż całkiem już po nich. Zawrócili do brzegu przerażeni nie na żarty i nie sądzę, by kiedykolwiek jeszcze spróbowali szampana.

Podczas rejsu do Natalu cały czas rozmyślałem nad propozycją sir Henry'ego Curtisa. Przez dzień czy dwa nie wracaliśmy do tego tematu. Opowiedziałem im wiele historii myśliwskich, wszystkie bez wyjątku prawdziwe. Nie trzeba kłamać na temat polowań, gdyż wystarczy trochę popracować w tej dziedzinie, aby być świadkiem wielu naprawdę osobliwych wydarzeń. Ale to tylko tak na marginesie.

I wreszcie pewnego pięknego styczniowego poranka — to najgorętszy u nas miesiąc — zobaczyliśmy wybrzeże Natalu, licząc, że o zachodzie słońca dojrzymy port w Durbanie. Od East London to piękny kawałek wybrzeża: czerwonawe wydmy, rozległe połacie zieleni, na których czernieją kraale Kafirów, pejzaż obrębiony grzywami piany tryskającej wysoko, tam, gdzie się zderza z rafami wybrzeża. A tu, im bliżej Durbanu, tym wszystko jeszcze piękniejsze! Padające od stuleci deszcze pocięły wzgórza parowami, w których teraz skrzą się potoki, busz ciemnieje zielenią pleniącą się tam, gdzie ją Bóg posadził, pysznią się zagony kukurydzy i trzciny cukrowej, a dopełniają wszystko białe domki, które — uśmiechając się do łagodnie sfalowanego morza — nadają obrazowi charakter przyjazny i swojski. Najpiękniejsza wszak sceneria jest dla mnie niepełna, gdy brak w niej człowieka. Stoją za tą myślą zapewne lata, które spędziłem w głuszy, gdyż to one nauczyły mnie wartości cywilizacji, nawet jeśli odstrasza ona i przerzedza dziką zwierzynę. Rajskie ogrody były bez wątpienia cudowne, zanim pojawił się w nich człowiek, ileż im jednak przydała uroku przechadzająca się nimi Ewa.

Trochę się przeliczyliśmy, gdyż było już dobrze po zachodzie słońca, gdy dopłynęliśmy do Durban Point i usłyszeliśmy wystrzał armatni informujący mieszkańców, że przybyła poczta z Anglii. Było już za późno, by schodzić na ląd, spokojnie więc zeszliśmy do mesy, obejrzawszy wcześniej, jak odpływają przesyłki w szalupach ratunkowych.

Kiedy wróciliśmy na pokład, morze zalewało już światło księżyca tak mocne, że niemal stłumiło krótkie, ostre błyski latarni morskiej. Od brzegu płynęły słodkie, korzenne aromaty, które zawsze przywodziły mi na myśl misjonarzy i ich kościelne hymny. Okna w domach na stokach Berei lśniły setkami świateł. Ze stojącego nieopodal brygu docierały do nas śpiewy marynarzy, którzy wciągali kotwicę, czekając na wiatr. Wspaniała noc, jedna z tych, które przeżyć można tylko na południu Afryki... Nad wszystkim zaległ spokój, podczas gdy księżyc pokrywał wybrzeże srebrzystym muślinem. Nawet wielki buldog należący do pewnego wygimnastykowanego pasażera uległ najwidoczniej urokowi chwili i przestał marzyć o dostaniu się do ustawionej na forkasztelu klatki z pawianem. Psisko radośnie pochrapywało w drzwiach kabiny, śniąc szczęśliwie, że już dopadło i porachowało się z małpą.

Cała nasza trójka — sir Henry Curtis, kapitan Good i ja sam — zasiedliśmy koło steru i przez chwilę milczeliśmy w spokoju.

— Jak zatem, panie Quatermain? — odezwał się wreszcie sir Henry. — Namyślił się już pan nad moją propozycją?

— Właśnie, właśnie — przyłączył się kapitan Good — co też pan o niej sądzi? Mam nadzieję, że nie odmówi mi pan przyjemności wyprawy w pańskim towarzystwie do kopalń Salomona, a może i dalej, gdziekolwiek los poniósł pana Neville'a.

Zanim odpowiedziałem, wstałem i wystukałem popiół z fajki. Musiałem podjąć ostateczną decyzję i potrzebowałem na to chwili. Zanim żarzące się skry dotknęły powierzchni wody, byłem już gotów, ten krótki moment zadecydował o wszystkim. Często tak bywa, kiedy się długo nad czymś przemyśliwuje.

— Tak, dżentelmeni — rzekłem — jadę i, jeśli pozwolicie, to chciałbym powiedzieć wam dlaczego i na jakich warunkach. Może więc od nich zacznijmy. Po pierwsze zatem, pokryje pan, sir Henry, wszystkie moje wydatki, a cała kość słoniowa i inne kosztowności, jakie możemy zdobyć, zostaną rozdzielone po równo między kapitana Gooda i mnie. Po drugie, za moją pomoc w czasie wyprawy zapłaci mi pan z góry pięćset funtów szterlingów, ja zaś zobowiązuję się służyć wam wiernie i ze wszystkich swych sił do chwili, gdy albo zrezygnujecie z przedsięwzięcia, albo odniesiemy zwycięstwo, albo też powali nas jakaś katastrofa. Po trzecie, zanim się wyprawimy, sporządzi pan dokument gwarantujący, że w wypadku mojej śmierci czy kalectwa mój syn Harry, studiujący w Londynie medycynę w Guy's Hospital, będzie otrzymywał rocznie dwieście funtów przez pięć lat, potem bowiem powinien już być gotów sam stanąć na nogach. To już wszystko, aczkolwiek nie zdziwię się, sir Henry, jeśli pan powie, że to całkiem niemało.

— Wcale nie — odparł. — Z chęcią akceptuję wszystkie pańskie warunki. Bardzo mi zależy na tej wyprawie i gotów byłbym zapłacić jeszcze więcej za pańską pomoc, zwłaszcza że tak niezwykłą posiada pan wiedzę.

— Szkoda zatem, że nie prosiłem o więcej, ale słowo się rzekło. A teraz, kiedy już postawiłem swoje warunki, powiem panom, co zadecydowało o moim postanowieniu. Przyglądałem się wam przez tych kilka dni i mam nadzieję, że nie pozwolę sobie na zbyt wiele, kiedy powiem, że spodobaliście mi się i mniemam, że możemy nieźle pociągnąć w jednym zaprzęgu. Możecie mi wierzyć, to niebagatelna kwestia, gdy ma się przed sobą tak długą podróż jak nasza. Co zaś się tyczy niej samej, to nie będę niczego owijał w bawełnę i powiem wprost, sir Henry i kapitanie Good, że jeśli istotnie chcemy dotrzeć do Gór Sulimana, to nie ujdziemy z tego z życiem. Jaki los trzysta lat temu czekał da Silvestrę? Jaki los spotkał jego potomka dwadzieścia lat temu? A co się stało z pańskim bratem? Szczerze więc mówię, iż jestem pewien, że to, co ich spotkało, stanie się także i naszym udziałem.

Zamilkłem i spod oka zerknąłem, jakie też wrażenie zrobiły na nich me słowa. Kapitan Good wydawał się trochę zaniepokojony, ale oblicze sir Henry'ego nie zmieniło się ani odrobinę.

— Trzeba spróbować i tyle — powiedział zwięźle.

— Może się zatem dziwicie, panowie, że chociaż, jak wam rzekłem, ostrożny ze mnie człowiek, decyduję się jednak na tę wyprawę. Dwie są po temu przyczyny. Po pierwsze, jako fatalista sądzę, iż co ma mnie spotkać, to spotka, niezależnie od moich usiłowań, skoro więc pisane mi jest jechać w Góry Sulimana i tam paść trupem, to trzeba jechać i oddać życie. Boża Wszechmoc dobrze wie, co mi przeznaczyła, więc nie ma sensu sobie nad tym łamać głowy. Po drugie, jestem ubogim człowiekiem; czterdzieści z górą lat poluję i sprzedaję, zawsze mi jednak starczało na tyle tylko, bym związał koniec z końcem. Nie wiedzą panowie zapewne, że łowca słoni przeciętnie żyje cztery, pięć lat od chwili gdy poważnie weźmie się do tego zajęcia, co znaczy ni mniej, ni więcej, żem siedem już pokoleń podobnych mi myśliwych przeżył. Rozsądnie jest zatem przypuścić, że zostało mi już niewiele czasu. Gdyby teraz coś mi się przytrafiło podczas normalnych polowań, zanim ureguluję wszystkie swe długi, w niczym nie mógłbym wspomóc syna mojego Harry'ego, który dopiero uczy się zarabiać na swe utrzymanie, a po umowie z wami mam pewność, że będzie przynajmniej na pięć lat zabezpieczony. Tak pokrótce mogę wyłuszczyć swe powody.

— Panie Quatermain — rzekł sir Henry, który wysłuchał mnie z ogromną uwagą — pięknie to świadczy o pańskim charakterze, że będąc przekonany o fatalnym końcu naszego przedsięwzięcia, takimi się kierujesz racjami. Czy ma pan rację, czy też nie, czas tylko może o tym rozstrzygnąć i zdarzenia. Jakkolwiek jednak rzeczy się ułożą, chcę panu uroczyście zadeklarować, że to przedsięwzięcie doprowadzić chcę do samego końca, czy będzie on słodki, czy też gorzki. Jeśli mamy zostać pokonani, to mam przynajmniej nadzieję, że trochę sobie przedtem postrzelamy. Jak, Good?

— Tak, tak — natychmiast włączył się kapitan. — Nikomu z nas trzech niestraszne jest niebezpieczeństwo, różnieśmy igrali ze swym życiem, więc nawet niezdarnie byłoby się dzisiaj wycofywać. Teraz, proponuję, zejdźmy na dół, do mesy i rozejrzyjmy się tam trochę, ot tak, dla spokoju.

Tak też zrobiliśmy i rozejrzeliśmy się aż do dna kieliszka.

Nazajutrz zeszliśmy na ląd, zabrałem więc sir Henry'ego i kapitana Gooda do stojącej na grzbiecie Berei chatynki, którą zwę swoim domem. Wybudowałem ledwie trzy pokoje i kuchnię. Są tam ściany z zielonej cegły, galwanizowany żelazny dach, a wokół ogródek z najpiękniejszymi nieśplikami japońskimi, jakiem widział, a także młodymi mangowcami, po których bardzo wiele się spodziewam, a którem otrzymał od nadzorcy ogrodu botanicznego. Dogląda ich mój stary myśliwy Jack, któremu bawół tak paskudnie rozorał i strzaskał udo w krainie Sikukuni, że ten już nigdy więcej nie wyruszył na łowy. Krząta się teraz trochę wokół domu i zajmuje ogrodem, bo to Griekwa z urodzenia. Nie znajdziesz Zulusa, który robiłby to z pasją. Takich pokojowych zajęć nie mają we krwi.

Sir Henry i Good przenocowali w namiocie rozstawionym w pomarańczowym zagajniczku w kącie ogrodu (nie było dla nich miejsca w domu), a że piękny aromat kwiatów połączył się z widokiem zielonych i złotych owoców (w Durbanie bowiem można na jednym drzewie trzy te stadia zobaczyć naraz), więc pozwolę sobie mniemać, iż niezgorsze to było miejsce (moskitów mamy niewiele, chyba że spadnie jakaś niezwykle ciężka ulewa).

Przyspieszam opowieść, bo jeśli tego nie zrobię, to serdecznie znuży was moja historia, zanim jeszcze dotrzemy do Gór Sulimana. Podjąwszy postanowienie, natychmiast wziąłem się do koniecznych przygotowań. Po pierwsze, zyskałem od sir Henry'ego dokument, który zabezpieczał mego syna w razie nieszczęśliwego wypadku ojca. Pojawiły się pewne trudności (sir Henry nie był miejscowym, a majątek stanowiący podstawę obciążenia znajdował się za wielką wodą), udało się je jednak pokonać przy pomocy prawnika. Wziął za tę przysługę dwadzieścia funtów szterlingów, co zdało mi się ceną oburzającą. Po drugie, dostałem czek na pięćset funtów, po czym — ukoiwszy swój zmysł rozwagi — za pieniądze z kiesy sir Henry'ego kupiłem wóz i zaprząg jako żywo pięknych wołów. Wóz miał dwadzieścia dwie stopy długości, żelazne osie, był bardzo mocny i bardzo lekki, a budowany w całości z miejscowych drzew, które z powodu nieprzyjemnego zapachu wydawanego przy ścinaniu zwano smrodliwcami. Nie był całkiem nowy, wyprawił się już bowiem na Diamentowe Pola i z powrotem, ale w mojej opinii bardziej to zaleta niż wada, sprawdziło się bowiem, że drewno dobrze podsuszono. Gdy coś nie w porządku z wozem, jest jakaś deska czy lista zbutwiała, wyjdzie to zaraz przy pierwszej podróży. Był to pojazd z rodzaju, który zwiemy tutaj „półbudą", gdyż przykryte jest tylko ostatnie dwanaście stóp, reszta zaś stanowi miejsce na wszystkie konieczne utensylia. Pod brezentem, z tyłu znajdowała się prycza na dwie osoby, uchwyty na broń i różne małe udogodnienia. Dałem za wszystko sto dwadzieścia pięć funtów, co na mój gust było całkiem tanio.

Potem nabyłem piękne stadko dobrze ułożonych zuluskich wołów, które miałem na oku już od roku czy dwóch. Zaprzęg zwykle liczy sobie szesnaścioro zwierząt, ale chciałem mieć w zapasie cztery, a to na wypadek nieoczekiwanych zdarzeń. Zuluskie bydło mniejsze jest wprawdzie i lżejsze od afrykanerów, których się zwykle używa do transportu, ale wyżyje w warunkach, w jakich te drugie padać będą jak muchy. Jeśli nie będą zulusy nadmiernie obciążone, to przejdą co dnia pięć mil dalej, gdyż szybsze są i mniej narażone na ropienie kopyt.

Co więcej, sprawdzono je w całej Afryce Południowej i okazały się względnie odporne na babeszjozę, która jakże często pokotem kładzie woły nienawykłe do trawiastej sawanny, zwanej tu weldem. Przed szalejącym w tej okolicy zapaleniem płuc wszystkie zostały zaszczepione. Robi się to w ten sposób, że nacina się zwierzęciu ogon i mocuje do niego kawałek płuca wołu, który padł na to paskudne choróbsko. Bydlę, rzecz jasna, słabuje, ale przechodzi chorobę w łagodniejszej postaci, po której ogon odpada, z reguły jedną stopę od nasady, a zwierzę jest już odporne na późniejsze zarażenie. Może ktoś uznać, że okrutny to sposób pozbawiać żywinę ogona w krainie, gdzie tak rojno od much, lepiej jednak poświęcić ogon, a zachować wołu, niż stracić i jego, i ogon, który odłączony od zwierzęcia nie na wiele się zda poza zamiataniem. Przyznam jednak, że dziwnie to wygląda, gdy ma się przed sobą dwadzieścia kikutów w miejscach, skąd zwisać powinny ogony, gdyż wydawać się może, że natura zabawnie się pomyliła i udekorowała wole zady tym, czym szczycą się rasowe buldogi.

Następnie przyszła pora na prowiant i medykamenty, a tu trzeba było wszystko starannie rozważyć, nie można bowiem wozu nadmiernie przeciążyć, a zarazem wziąć należy wszystko, co absolutnie nieodzowne. Na szczęście, okazało się, że Good jest też po trochu lekarzem, gdyż w trakcie swej zawiłej kariery odebrał też jakieś nauki lekarskie i chirurgiczne, z których zostało mu całkiem sporo wiedzy. Nie miał, rzecz jasna, tytułu, ale — jak mieliśmy się jeszcze przekonać — wiedział więcej niż niejeden z tych, co to z namaszczeniem kreślą przed nazwiskiem „dr med.". Miał też wyborny kufer lekarski wypełniony kompletem instrumentów. Jeszcze w Durbanie pewnemu Kafirowi amputował duży palec u stopy tak zręcznie, że aż przyjemnie było patrzeć. Pacjent, który całej operacji przyglądał się ze stoickim spokojem, po jej zakończeniu wprawił

Gooda w osłupienie, prosząc o przyprawienie nowego palca, w razie konieczności nawet „jakiegoś białego".

Kiedy się z tymi sprawami skutecznie już uporaliśmy, pozostały jeszcze dwie też całkiem ważne — broń i służba. Co do pierwszej najlepiej będzie, jak po prostu ze swego notatnika przepiszę listę tego, co wybraliśmy ze sporego arsenału, który sir Henry przywiózł ze sobą z Anglii, oraz z moich zapasów.

„Trzy ciężkie odtylcowe dubeltówki, kaliber osiem, na słonie; każda wagi piętnastu funtów, ładunek jedenaście drachm czarnego prochu". Dwie z nich sporządził jeden z najznakomitszych londyńskich rusznikarzy. Kto zrobił moją, nie tak świetnie wykończoną, tego nie wiem, ale korzystałem z niej na wielu wyprawach i niejednego położyłem słonia, a znakomita ta broń nigdy mnie nie zawiodła.

„Trzy dubeltówki Purdey Express z ładunkiem sześciu drachm". Urocza broń, wprost wymarzona na średnią zwierzynę, jak antylopy eland czy szablorogie, a zda się i na człowieka, zwłaszcza na odkrytym terenie i z pociskiem grzybkującym.

„Dubeltówka nr 12 Keepera, jednolity stożek na obu lufach". Wielkie nam miała oddać usługi, szczególnie gdy nie było czasu na celowanie.

„Na zapas trzy powtarzalne winchestery krótkolufowe".

„Trzy rewolwery Colta bez samonapinania, na cięższą amunicję".

Tyle wzięliśmy ze sobą, a uważny czytelnik na pewno zwrócił uwagę na to, że w każdej klasie broń była tego samego typu i kalibru, aby można się było wymieniać nabojami. Bardzo na to baczyliśmy. Nie będę się nad tym dłużej rozwodził, gdyż każdy doświadczony myśliwy dobrze wie, jak ważny dla powodzenia wyprawy jest dostatek broni i amunicji.

Co do ludzi, którzy mieli z nami jechać, to po długich debatach uznaliśmy, że weźmiemy ich pięciu: woźnicę, przewodnika i trzech służących. Pierwszych dwóch znalazłem bez specjalnego kłopotu — byli to dwaj Zulusi, Goza i Tom — ale ze służącymi nie było już tak łatwo. Musieli być godni zaufania i odważni, gdyż przy tak poważnej wyprawie nasze życie mogło zależeć od nich. Zdecydowałem się wreszcie na dwóch — Hotentota Ventvögla („wietrznego ptaka") i małego Zulusa imieniem Khiva, którego wielką zaletą było to, iż świetnie mówił po angielsku. Ventvögla znałem już wcześniej. Jeden z najlepszych tropicieli, jakich spotkałem, tak twardy, iż wydawało się, iż nic go nie zmoże, ale miał wadę wspólną całej rasie: chętnie popijał. Wystarczyło, że znalazła się w zasięgu ręki butelka grogu i już nie można było mu ufać ani odrobinę, że jednak jechaliśmy w okolice, gdzie nie uświadczysz sklepu z trunkami, więc i słabostka wiele nie ważyła.

Umówiwszy tych dwóch, na próżno rozglądałem się za trzecim, postanowiliśmy więc w końcu, że wyruszymy bez niego, mając nadzieję, iż po drodze trafi nam się odpowiedni człowiek. Tymczasem w wigilię dnia, który wyznaczyliśmy sobie jako datę startu, przychodzi wieczorem nasz Zulus Khiva i powiada, że ktoś chce ze mną rozmawiać. Jak tylko skończyliśmy wieczerzać — wiadomość zastała nas przy stole — kazałem wprowadzić czekającego. Bardzo wysoki, dość przystojny, miał trochę ponad trzydzieści lat i skórę bardzo jasną jak na Zulusa; wszedłszy i uniósłszy na pozdrowienie zwieńczoną gałką laskę, przykucnął w rogu i milczał. Zrazu udałem, że go nie dostrzegam, gdyż inne zachowanie byłoby wielkim błędem. Jeśli natychmiast podejmiecie rozmowę, Zulus skłonny jest uznać, iż brak wam godności. Zauważyłem jednak, że to *Keshla* („pierściennik"), gdyż miał we włosach wypolerowaną tłuszczem, zrobioną z twardej gumy opaskę, którą przywdziewali Zulusi, gdy osiągnęli pewien wiek lub uznanie. Zdziwiło mnie też, że twarz jego wydała mi się znajoma.

— Dobrze — odezwałem się wreszcie. — Więc jak się zwiesz?

— Umbopa — odrzekł niespiesznie niskim głosem.

— Gdzieś już cię chyba widziałem.

— Tak. Widział *Inkoosi* („wódz") moją twarz na dzień przed bitwą pod Małą Ręką, czyli *Isandhlwana*.

Teraz sobie przypomniałem. Byłem jednym z przewodników lorda Chelmsforda podczas owej nieszczęsnej wojny z Zulusami, a miałem szczęście, iż w przeddzień bitwy odprawiono mnie z kilkoma wozami. Podczas gdy czekałem, aż zaprzęgną zwierzaki, wdałem się w rozmowę z tymże człowiekiem, który dowodził wówczas małym oddziałkiem pomagających nam krajowców. Dał on wyraz wątpliwościom, czy aby na pewno obóz jest dobrze ubezpieczony. Wtedy kazałem mu trzymać język ze zębami, a sprawy takie zostawić mądrzejszym od niego, potem jednak nieraz myślałem o jego słowach.

— Tak, pamiętam — rzekłem. — A czego chcesz dzisiaj?

— Jest tak, Makumazahn (to moje imię w języku Kafirów; oznacza człowieka, który wstaje w środku nocy, czyli, mówiąc prościej, ma oczy zawsze otwarte). Słyszę ja, że na północ wielka jest wyprawa, pan i biali wodzowie zza wody. Czy to prawda?

— Powiedzmy.

— I że aż do rzeki Lukangi, co miesiąc jest za krainą Manica. I to prawda, Makumazahnie?

— A co ty tak się rozpytujesz? Co ci do tego? — spytałem podejrzliwie, gdyż cel naszej podróży trzymaliśmy w sekrecie.

— Bo, biali mężowie, jeśli tak daleko mierzycie, to i mnie trzeba.

Była jakaś osobliwa godność w tych słowach, a zwłaszcza w tym, jak powiedział „biali mężowie", zamiast użyć tradycyjnego „*O Inkosis*" — „wodzowie".

— Zapominasz się — powiedziałem szorstko. — Mówisz bez zastanowienia, nie tak, jak należy. Jak się nazywasz, gdzie twój kraal? Powiedz nam, musimy wiedzieć, z kim mamy do czynienia.

— Zwę się Umbopa. Chodzę między Zulusami, ale nie jestem z nich. Moje plemię żyje daleko, na północy, było tam, kiedy tysiące lat temu przyszli tu Zulusi, długo przed tym, jak panował Czaka. Nie mam kraalu, od lat wędruję, jeszcze dzieckiem przyszedłem tutaj, do krainy Zulusów. Służyłem królowi Cetshwayo w pułku Nkomabakosi pod dowództwem niezrównanego kapitana Umslopogaasi z Toporu[3], u którego moje ramiona wprawiły się w walce. Zbiegłem potem do Natalu, bo chciałem podejrzeć sposoby białych ludzi. Przyszła wojna, walczyłem z Cetshwayo. Zawsze potem w Natalu, ale teraz mam dość. Chcę znowu na północ, bo nie moje tu miejsce. Nie chcę pieniędzy, ale strachu nie znam, zarobię na swoje miejsce i mięso. Rzekłem.

Zaskoczył mnie i mówca, i jego przemowa. Byłem pewien, że w większości mówi prawdę, było w nim jednak coś takiego, co nie pasowało do Zulusa, a poza tym nieufność moją wzbudziło to, że nie chciał żadnej zapłaty. Znalazłszy się w kropce, przełożyłem jego słowa sir Henry'emu i Goodowi, prosząc ich o opinię. Sir Henry powiedział, żebym mu kazał powstać. Przybysz posłuchał, a wtedy zsunął mu się z ramion długi płaszcz wojskowy, pod którym był zupełnie nagi, jeśli nie liczyć *moocha*, opaski na biodrach, i naszyjnika z lwich kłów. Wyglądał wspaniale, nigdym jeszcze nie widział urodziwszego krajowca. Miał sześć stóp i trzy cale wzrostu, był barczysty, ale nader proporcjonalny. Teraz jego skóra wydawała się bardziej niż ciemna, tu i ówdzie upstrzona była głębokimi,

---

[3] Jeśli chodzi o historię Umslopogaasi i jego Toporu, czytelnika trzeba odesłać do książek *Allan Quatermain* i *Nada the Lily* (przyp. wydawcy angielskiego).

poczerniałymi bliznami po assagajach. Sir Henry zbliżył się do niego i wpatrzył w dumną, urodziwą twarz.

— Dobrą tworzą parę, prawda? — mruknął Good. — Jeden równie wysoki jak drugi.

— Podoba mi się pan, panie Umbopa, i wezmę pana na służącego — powiedział po angielsku sir Henry.

Umbopa najwyraźniej zrozumiał, gdyż odrzekł w zulu:

— Jest dobrze. — A potem dodał, oceniwszy posturę białego: — Mężowie z nas, ty i ja.

# ROZDZIAŁ IV

## ŁOWY NA SŁONIE

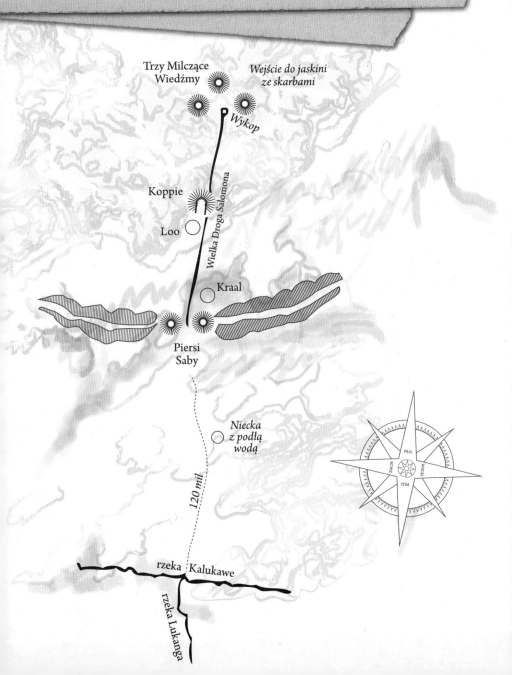

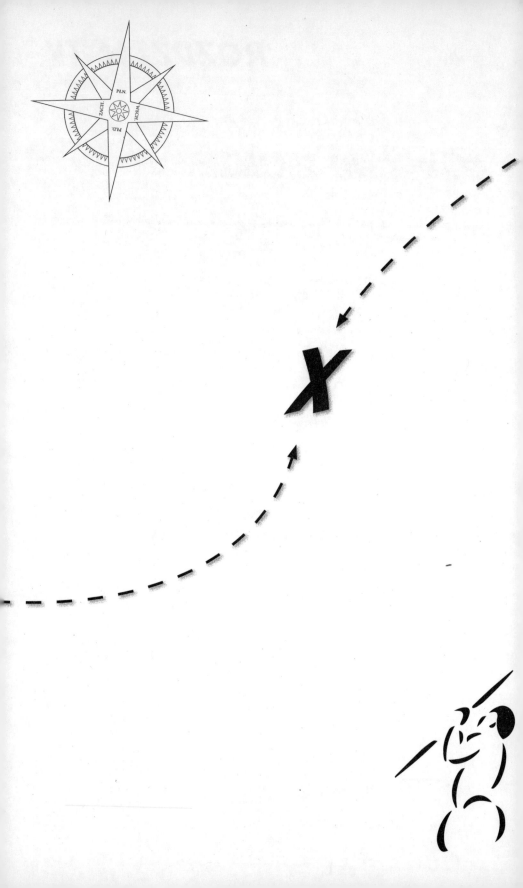

Ani myślę szczegółowo się rozwodzić nad tym wszystkim, czego zaznaliśmy podczas długiej jazdy do Kraalu Sitandy, gdzie zbiegają się rzeki Lukanga i Kalukwe. Z Durbanu to ponad tysiąc mil, z czego ostatnich trzysta musieliśmy pokonać pieszo, gdyż gęsto tu było od much tse-tse, które śmiertelnie tną wszystkie istoty żywe z wyjątkiem osłów i ludzi.

Opuściliśmy Durban z końcem stycznia, a był już drugi tydzień maja, gdy rozłożyliśmy się koło Kraalu Sitandy. Wiele mieliśmy różnych przygód po drodze, ale w większości były to takie, których doświadczył każdy afrykański myśliwy, więc aby nie rozwlekać tej historii, nic o nich nie wspomnę. Wyjątkiem jest jedna, którą przedstawię dość szczegółowo.

W Inyati, faktorii leżącej na skraju krainy Matabele, którą włada Lobengula (wielki i parszywy okrutnik), z wielkim żalem rozstaliśmy się z naszymi wygodnymi wozami. Z pięknego stada dwudziestu wołów, które kupiłem w Durbanie, zostało tylko dwanaście. Jednego powalił jad kobry, trzy padły z wycieńczenia i braku wody, jeden gdzieś nam uciekł, a trzy zdechły, nażarłszy się trującego ziela, zwanego tutaj „tulipanem". Pięć innych też to dopadło, ale te udało nam się wyleczyć naparem z liści tego samego tulipana, który — na czas podany — jest na truciznę świetnym antidotum.

Wóz i woły zostawiliśmy pod opieką Gozy i Toma — woźnicy i przewodnika, którzy w drodze okazali się jak najbardziej godni zaufania — prosząc jeszcze szkockiego misjonarza, który zamieszkał w tym dzikim miejscu, żeby miał na wszystko oko. Potem w towarzystwie Umbopy, Khivy, Ventvögla i pół tuzina tragarzy, których najęliśmy na miejscu, ruszyliśmy w dalszą drogę. Pamiętam, iż zaczynaliśmy marsz, niezbyt wiele mówiąc, gdyż, jak myślę, każdy z nas zastanawiał się, czy zobaczy jeszcze wóz, chociaż ja, jak już wspomniałem, byłem pewien, że tak się nie stanie. Szliśmy więc czas jakiś w milczeniu, aż wreszcie idący przodem Umbopa zaintonował piosenkę Zulusów o dzielnych wojownikach, którzy, znużeni życiem i jego jałowością, wyruszyli w wielką głuszę, aby zaznać jakichś nowości lub zginąć. Kto nie chce, niech nie wierzy, ale kiedy doszli do celu, nie znaleźli głuszy, lecz przepiękne miejsce, gdzie i dziewczęta do ożenku były, i trzody tłuste, i zwierzyna łowna, i wrogowie do zabicia.

Wszyscy zaczęliśmy się śmiać, co uznaliśmy za dobry omen. Wesoły był to kompan ten Umbopa. Wesoły i dystyngowany na swój sposób, a jeśli tylko nie popadał, jak mu się czasami zdarzało, w zadumę, potrafił każdego rozruszać i rozbawić. Wszystkim nam przypadł do gustu.

A teraz przygoda, którą zapowiadałem, gdyż przepadam za myśliwskimi historiami.

Minęły dwa tygodnie od opuszczenia Inyati, gdy weszliśmy w szczególnie piękną okolicę porośniętą bujnym lasem. Zbocza wzgórz okrywał gęsty busz, *idoro*, jak go nazywają miejscowi, gdzieniegdzie przetkany kolczastymi *watch-een-beche* („poczekaj chwilkę"), a także licznymi, a pięknymi drzewami *machabell*, ciężkimi od żółtych owoców mających ożywczy sok i wielkie pestki. Ulubione to pożywienie słoni, nie brakło też śladów świadczących o tym, że krzątały się tu te wielkie bestie, bo i tropów widniało mnóstwo, i drzewa były poprzygniatane do ziemi, a nawet czasami wyrwane z korzeniami. Słoń to bardzo niszczycielski smakosz.

Po trwającym cały dzień marszu wyszliśmy pewnego wieczoru w miejsce, gdzie u stóp wzgórza widać było koryto rzeki — wyschnięte, pełne jednak zagłębień z krystaliczną wodą, a także głębokich śladów zwierzyny. Naprzeciw wzgórza rozpościerała się równina przywodząca na myśl park z szarymi płaskimi kępami mimozy, między którymi lśniły liście drzew *machabell*, a wszystko otoczone było milczącymi zwartymi płachtami buszu.

Kiedy wjechaliśmy w wyschnięte koryto, do biegu poderwało się stado żyraf, które — zdawało się — frunęły swym dziwnym krokiem z ogonami zadartymi w górę i kopytami stukającymi niczym kastaniety. Były już od nas o dobre trzysta jardów, więc w zasadzie poza zasięgiem strzału, ale idący przodem Good, który dzierżył w ręku naładowanego purdeya, nie mógł się oprzeć pokusie, poderwał dubeltówkę i strzelił do uciekającej na samym końcu samicy. Niezwykłym jakimś trafem pocisk ugodził w tył szyi, strzaskał stos pacierzowy i żyrafa niczym królik zwaliła się do przodu, koziołkując. Nigdy jeszcze dotąd nie widziałem osobliwszego zdarzenia.

— Niech to cholera! — zawołał Good (z przykrością muszę przyznać, że w podnieceniu skłonny był używać dosadnych wyrażeń, którego to nawyku nabrał zapewne na pokładach statków). — Niech to cholera! Ubiłem ją!

— Ou, Bougwan! — zakrzyknęli Kafirowie. — Ou! Ou!

Nazywali Gooda *Bougwan* (Szklane Oko) z powodu monokla.

— Ou, Bougwan! — zawtórowaliśmy ja i sir Henry, a sława Gooda jako znakomitego strzelca była od tej chwili ugruntowana, przynajmniej pośród Kafirów. W istocie strzelcem był marnym, ilekroć jednak spudłował, nikt mu tego nie pamiętał dzięki upolowaniu żyrafy.

Wysłaliśmy tragarzy, aby wycięli ze zwierzęcia najlepsze partie mięsa, sami zaś o jakieś sto jardów od jednego z zagłębień z wodą zaczęliśmy wznosić *scherm*. Dokonuje się tego, wycinając krzewy buszu i układając z nich kolisty płot, wewnątrz którego wyrównuje się teren, w centrum układa legowisko z roślin podobnych do prosa, jeśli są takowe, a na koniec rozpala jedno lub kilka ognisk.

Zanim wykończyliśmy nasz *scherm*, na niebo wypełzł księżyc, a na nas czekała kolacja z żyrafich steków i opiekanych kości szpikowych. Ależ nam smakowały te ostatnie, chociaż trzeba było się namęczyć, aby je rozłupać! Nie znam lepszego przysmaku niż żyrafi szpik, no, może serce słonia, ale tego mieliśmy posmakować nazajutrz. Pałaszowaliśmy naszą prostą wieczerzę, co jakiś czas dziękując Goodowi za jego wyśmienity strzał. Potem sięgnęliśmy po tytoń i zaczęliśmy snuć opowieści, a skupieni wokół ogniska piękny doprawdy musieliśmy stanowić widok! Ja z moimi szpakowatymi, szorstkimi, krótko przystrzyżonymi włosami i sir Henry z żółtawą, coraz dłuższą fryzurą... Jakby jeszcze dla pogłębienia kontrastu ja jestem chudy, niski i ciemny, a ważę jakieś sto trzydzieści funtów, podczas gdy sir Henry jest wysoki, barczysty, jasny, a waga jego sięga dwustu dziesięciu funtów. Kiedy jednak wziąć pod uwagę wszystkie okoliczności, z całej naszej trójki najosobliwiej musiał wyglądać kapitan Marynarki Królewskiej John Good. Siedział oto na skórzanej torbie niczym jegomość, który właśnie wrócił z całodziennego polowania w cywilizowanym kraju, czyściutki, schludny, elegancko ubrany. Miał na sobie strój myśliwski z brązowego tweedu, dopasowany do niego kapelusz i nieskazitelne getry. Jak zwykle był gładko ogolony, a monokl i sztuczne zęby utrzymywał w znakomitym stanie. Rozważając to wszystko, muszę powiedzieć, że nigdy jeszcze nie widziałem na pustkowiu kogoś bardziej zadbanego. Przywdział nawet kołnierzyk z białej gutaperki, której miał spory zapas.

— Widzi pan, ważą tak niewiele — wyjaśnił, gdy dałem wyraz swemu zdziwieniu — a ja lubię zawsze wyglądać jak dżentelmen. Ach, gdyby mógł przewidzieć przyszłość i strój, który mu szykowała!

Tak więc siedzieliśmy we trójkę i gawędziliśmy w pięknym księżycowym blasku, popatrując też na Kafirów, którzy o kilka jardów od nas cmokali z fajki z ustnikiem z kości słoniowej swą odurzającą dziką daggę[4], aż wreszcie jeden po drugim zawijali się w koc i zasypiali przy ognisku. Wszyscy z wyjątkiem Umbopy, który z brodą opartą na rękach siedział odrobinę z boku, głęboko zadumany. Zauważyłem, że niewiele się zadawał z innymi Kafirami.

Nagle z buszu dobiegły nas głośne prychnięcia.

— To lew — powiedziałem i wszyscy zerwaliśmy się, nasłuchując.

Ledwie to zrobiliśmy, przy sadzawce odległej o jakieś sto jardów rozległo się przeraźliwe trąbienie słonia. „Unkungunklowo, unkungunklowo", „słoń, słoń", zaszeptali rozbudzeni Kafirowie, a kilka minut później zobaczyliśmy kilka mrocznych sylwetek, które od wody podążały w busz.

Skoczył przed siebie Good płonący pasją łowiecką, gdyż może myślał, że słonia uda mu się zabić równie łatwo jak żyrafę, ale zdążyłem chwycić go za ramię.

— Nie, nie — mruknąłem. — Lepiej niech sobie idą.

— Chyba znaleźliśmy się w myśliwskim raju — powiedział sir Henry. — Proponuję, byśmy się tu zatrzymali na dzień lub dwa i zapolowali na jakąś bestię.

Słowa te mocno mnie zdziwiły. Jak dotąd sir Henry nalegał, byśmy się jak najszybciej posuwali do przodu, zwłaszcza iż w Inyati dowiedzieliśmy się, że przed dwoma laty Anglik nazwiskiem Neville sprzedał tu swój wóz i ruszył w gąszcz

---

[4] *Leontis leonorus*, roślina z rodziny wargowatych, w południowej Afryce używana jak lekarstwo i narkotyk o działaniu podobnym do konopi indyjskich (przyp. tłum.).

pieszo. Uznałem jednak, że najwidoczniej na chwilę w Curtisie wzięły górę instynkty łowieckie.

Good ogromnie zapalił się do tej idei, gdyż cały aż dygotał z pragnienia, aby postrzelać do słoni, a nie będę ukrywał, że i mnie chęć ta nie była obca, gdyż byłoby to zupełnie sprzeczne z moimi zasadami pozwolić uciec takiemu stadu, nawet nie próbując powalić choćby jednego.

— Cóż, drogi panie — rzekłem. — Myślę, że zasłużyliśmy na chwilę odpoczynku, jeśli taka wasza wola. Lepiej kładźmy się czym prędzej, gdyż trzeba będzie zerwać się przed świtem, wtedy bowiem może uda nam się dopaść słonie przy posiłku.

Reszta chętnie się zgodziła, więc zaczęliśmy się szykować do snu. Good rozebrał się, otrząsnął z paprochów każdą część ubrania, zęby i monokl schował do kieszeni spodni, a następnie wszystko starannie poskładał i schował przed rosą pod nieprzemakalną plandekę. Sir Henry i ja mniej byliśmy wybredni, więc niedługo potem skuliliśmy się pod kocami i zapadliśmy w kamienny sen, który jest nagrodą dla podróżnika.

Ale co to?!

Nagle od wody dobiegły odgłosy jakiejś gwałtownej szamotaniny, po czym nastąpił ciąg straszliwych ryków. Nie mogło być najmniejszych wątpliwości co do ich źródła: tylko lew robi taki hałas. Zerwaliśmy się na równe nogi, patrząc w kierunku wody, gdzie zobaczyliśmy jakieś żółto-czarne kłębowisko, które, podskakując, toczyło się w naszym kierunku. Porwaliśmy za broń, wciągnęliśmy na nogi veldtschoony, czyli buty z niewyprawionej skóry, i wybiegliśmy ze schermu. W tejże chwili masa się rozpadła, a jej składniki zaległy na ziemi, dygocząc. Kiedy dobiegliśmy na miejsce, były już nieruchome.

Teraz zobaczyliśmy wszystko dokładnie. Na trawie legł martwy samiec antylopy szablorogiej — najpiękniejszej z afrykańskich antylop — ale nadziany na jego długie rogi padł także wspaniały lew z czarną grzywą. Zdarzyć się musiało coś takiego: antylopa, aby się napić, zeszła do niecki, gdzie przyczaił się lew, najpewniej ten sam, którego wcześniej słyszeliśmy. Najpewniej skoczył, wtedy jednak samiec antylopy poderwał łeb, a jego rogi na wylot przebiły kota. Kiedyś już widziałem podobne zdarzenie. Wtedy jednak lew, nie mogąc się uwolnić, zaczął kąsać boki i kark ofiary; antylopa oszalała z bólu i przerażenia usiłowała uciekać, aż wreszcie padła martwa.

Gdy uważnie obejrzeliśmy miejsce i uczestników zdarzenia, zawołaliśmy Kafirów i wspólnymi siłami przeciągnęliśmy trupy do *schermu*. Znowu położyliśmy się spać, aby ocknąć się o świcie.

Wraz z brzaskiem wstaliśmy i szybko zaczęliśmy się gotować do wymarszu. Wzięliśmy ze sobą trzy nasze ósemki i spory zapasik amunicji, a także duże bukłaki napełnione zimną słabą herbatą, którą od dawna uważałem za najlepszy napitek na takiej wyprawie. Szybko przełknęliśmy małe śniadanie, po czym, w towarzystwie Umbopy, Khivy i Ventvögla, ruszyliśmy, rozkazawszy Kafirom, aby obdarli ze skóry lwa wraz z antylopą i podzieli mięso tej ostatniej.

Bez trudu znaleźliśmy tropy stada słoni, którego liczebność Ventvögel ocenił na dwadzieścia do trzydziestu sztuk, w większości dojrzałych samców. Słonie jednak w nocy odeszły spory kawałek, i była dopiero dziewiąta i już upał, kiedy zwalone drzewa, połamane gałęzie i świeżo zdarta kora powiedziały nam, że nie mogą być daleko.

Niedługo też potem zobaczyliśmy stado, istotnie nie większe niż trzydzieścioro zwierząt, które stały w niewielkiej kotlinie i — najwyraźniej syte i zadowolone — wachlowały się wielkimi uszami. Widok był imponujący, gdyż znajdowały się od nas o nie więcej niż dwieście jardów. Podniosłem z ziemi garść zeschłej trawy i cisnąłem w powietrze, żeby sprawdzić, jak wieje wiatr, wiedziałem bowiem, że jak tylko nas wyczują, natychmiast rzucą się do ucieczki i zrobią to, zanim którykolwiek z nas zdąży wycelować. Kiedy się zorientowałem, że nawet jeśli są chwilowe podmuchy, to w naszym kierunku, dałem znak reszcie. Korzystając z osłony krzaków, podkradliśmy się na jakieś czterdzieści jardów. Przed sobą mieliśmy trzy zwrócone do nas bokiem wspaniałe samce, jednego ze szczególnie imponującymi kłami. Poleciłem szeptem, że Good zajmie się tym ostatnim, podczas gdy ja biorę środkowego, a sir Henry lewego.

— Teraz! — zakomenderowałem.

„Bum! Bum! Bum!", zagrzmiały trzy ciężkie dwururki i słoń sir Henry'ego, trafiony prosto w serce, zwalił się ciężko jak skała. Mój padł na kolana i myślałem, że już po nim, ale w następnym momencie poderwał się i rzucił do ucieczki. Gdy przebiegał koło mnie, wsadziłem mu między żebra drugą kulę, co go zwaliło na dobre. Biegnąc, załadowałem dwa naboje, a kula umieszczona w mózgu zakończyła ziemskie boje zwierzaka. Teraz obejrzałem się, by sprawdzić, co dzieje się ze słoniem Gooda, gdyż kiedy dobijałem swojego, słyszałem, jak tamten ryczy ze wściekłości i bólu. Zobaczyłem tylko kapitana, niesłychanie podekscytowanego, a z jego pospiesznych słów dowiedziałem się, że postrzelony słoń odwrócił się i rzucił na swego napastnika, mało go nie rozdeptując, a potem na oślep pognał w kierunku naszego obozowiska. Reszta stada czmychnęła w przeciwnym kierunku.

Przez chwilę naradzaliśmy się, czy podążyć za rannym zwierzęciem, czy za stadem. Zdecydowaliśmy się na drugie rozwiązanie, sądząc, że nigdy już więcej nie zobaczymy tych wielkich kłów. Ileż razy potem żałowałem, że tak się nie stało! Słonie odnaleźć było nietrudno, gdyż zostawiły za sobą prawdziwy trakt, rozdeptując krzewy buszu zupełnie płasko tak, jakby to były kępki trawy. Zupełnie inaczej jednak było z dogonieniem ich i zabrało nam to dobre dwie godziny. Z wyjątkiem jednego samca zbiły się w grupę, a z ich niespokojnych ruchów i sposobu, w jaki wznosiły w powietrze trąby, zorientowałem się, że węszą jakąś zasadzkę. Samiec, najwidoczniej pełniący wartę, stał mniej więcej w połowie drogi od nas i stada, w obie strony mając mniej więcej po pięćdziesiąt jardów. Obawiając się, że nas wyczuje czy zobaczy, a wtedy ostrzeżone stado znowu rzuci się do ucieczki, wszyscy wycelowaliśmy i na mój znak strzeliliśmy. Trzy kule zrobiły swoje i słoń zwalił się na ziemię. Przerażone stado znowu zrejterowało, ale na ich nieszczęście sto jardów dalej czekał na nie *nullah*, wyschnięte koryto strumienia o stromych brzegach, miejsce bardzo podobne do tego, gdzie zginął prince impérial[5]. Zwaliły się na dno i kiedy dobiegliśmy do krawędzi, one, przeraźliwie rycząc, trąbiąc i przepychając się, darmnie usiłowały pokonać skarpę po drugiej stronie. Wykorzystaliśmy okazję i, strzelając tak szybko, jak tylko zdążyliśmy ładować, zabiliśmy pięć słoni, a pewnie padłoby całe stado, gdyby w pewnej chwili nie dały spokoju brzegowi i nie pognały w dół *nullah*. Byliśmy już zbyt zmęczeni, by je gonić, a pewnie też dosyć mieliśmy mordowania, gdyż w końcu osiem słoni w jeden dzień to nie był zły wynik.

Odpoczęliśmy więc trochę, a Kafirowie w tym czasie wykroili na kolację serca dwóch słoni, po czym ruszyliśmy z powrotem do obozowiska, pamiętając, żeby z rana posłać tu tragarzy, aby obcięli kły.

Zaraz za miejscem, gdzie Good trafił swego słonia, zobaczyliśmy stado antylop eland, ale tylko je przepłoszyliśmy

---

[5] Napoleon IV, jedyny syn Napoleona III, zginął w 1879 zabity przez Zulusów (przyp. tłum.).

bez strzelania, gdyż mięsa mieliśmy aż za dużo. Nie bardzo się przestraszyły, odbiegły stępa, a już po stu jardach zatrzymały się, aby ciekawie się nam przypatrywać. Ponieważ Good bardzo chciał zobaczyć je z bliska, gdyż nigdy dotąd nie miał po temu okazji, więc oddał strzelbę Umbopie i zaczął się podkradać razem z Khivą. My usiedliśmy, żeby na nich poczekać, całkiem zadowoleni z kolejnej chwili odpoczynku.

Słońce właśnie zachodziło, wspaniale się czerwieniąc. Rozkoszowaliśmy się z sir Henrym tym widokiem, gdy znienacka usłyszeliśmy ryk słonia i na tle słonecznej tarczy zobaczyliśmy, jak gna w naszym kierunku z wysoko zadartą trąbą. W następnej chwili zobaczyliśmy coś jeszcze: Gooda i Khivę uciekających przed atakującym posiadaczem wielkich kłów, gdyż był to on właśnie. Zrazu nie chcieliśmy strzelać, odległość bowiem była zbyt wielka, a, poza tym, baliśmy się trafić któregoś z nich, ale wtedy zdarzyła się rzecz jeszcze okropniejsza: Good padł ofiarą swego zamiłowania do wyszukanych strojów. Gdyby, jak reszta z nas, pożegnał się ze swoimi spodniami i marynarką, a miał na sobie tylko flanelową koszulę i parę veldtschoonów, wszystko byłoby w porządku. Tak się jednak nie stało. Strój wyraźnie mu przeszkadzał, a kiedy miał do nas jeszcze jakieś sześćdziesiąt jardów, pośliznął się i runął na twarz tuż przed gnającą bestią.

Z wrzaskiem poderwaliśmy się i rzuciliśmy w kierunku kapitana, dobrze wiedząc, jaki czeka go los. Wszystko rozegrało się w trzy sekundy, ale inaczej, niż się spodziewaliśmy. Khiva, dzielny Zulus, widząc, że jego pan pada, obrócił się i cisnął swego assagaja tak, że dzida ugodziła trąbę.

Z przeraźliwym rykiem bestia chwyciła Zulusa, obaliła go na ziemię, przydeptała wielką nogą, owinęła trąbę wokół piersi i potężnym szarpnięciem rozerwała ciało Khivy na pół.

Gnając, wystrzeliliśmy wszystkie naboje, a słoń zwalił się na resztki Zulusa.

Good podniósł się wolno i rozdygotany załamał ręce nad nieszczęśnikiem, który uratował mu życie, poświęcając swoje. Ja, chociaż niejedno już widziałem, czułem, jak w gardle rośnie mi wielka kula. Umbopa kontemplował wielkie martwe zwierzę i resztki nieszczęsnego Khivy.

— No tak — powiedział w końcu. — Nie żyje. Ale umarł jak mąż.

# ROZDZIAŁ V

# WYRUSZAMY NA PUSTYNIĘ

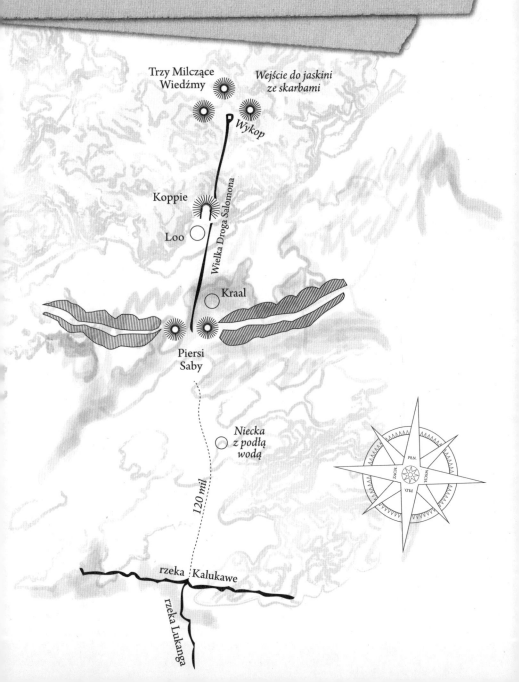

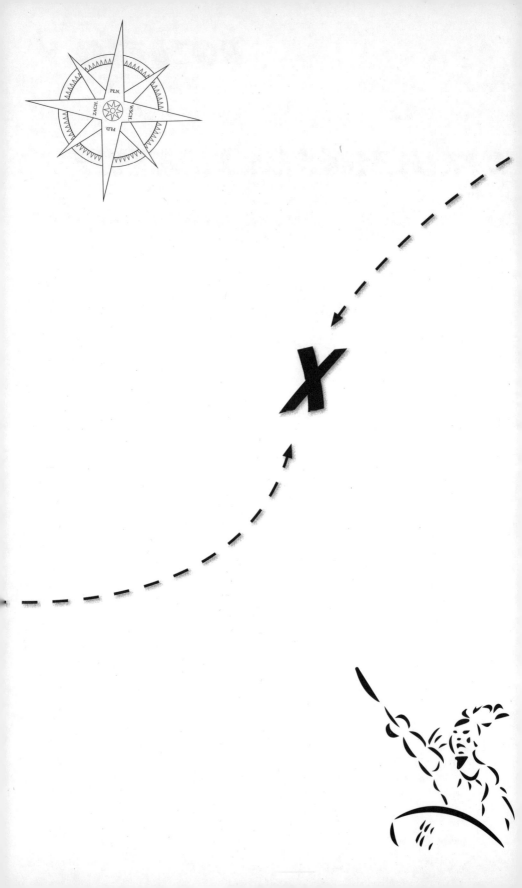

Zabiliśmy dziewięć słoni, więc dwa dni zabrało nam odcięcie kłów, przetransportowanie ich do obozowiska i staranne zakopanie pod wielkim drzewem, które wyraźnie było widać w promieniu mili, może półtorej. Była to piękna kość słoniowa, nigdy nie widziałem lepszej, każdy kieł ważył czterdzieści, pięćdziesiąt funtów. Jak dalece mogliśmy ocenić, para kłów tego, który zabił Khivę, ważyła jakieś sto siedemdziesiąt.

Co do samego Khivy, pochowaliśmy jego zwłoki w norze mrównika. Przy ciele zostawiliśmy też jego assagaja, aby mu towarzyszył w drodze do lepszego świata. Trzeciego dnia ruszyliśmy dalej, mając nadzieję, że jeśli przeżyjemy, to wrócimy i odkopiemy skarb z kości słoniowej. Po długiej i męczącej wędrówce, po wielu przygodach, których tutaj ze względu na brak miejsca nie opiszę, dotarliśmy do Kraalu Sitandy nad rzeką Lukangą i właściwie dopiero tutaj rozpoczęła się na dobre nasza wyprawa. Dobrze pamiętam, jak przybyliśmy w to miejsce. Po prawej było kilka zabudowań krajowców z kamiennymi kraalami dla bydła i jakimiś poletkami nad wodą, gdzie te dzikusy hodowały jakieś marne zboża, a dalej wielki sfalowany *weld* porośnięty wysoką trawą, w której przemieszczały się stada mniejszej zwierzyny. Po lewej ciągnęła się bezkresna pustynia. W tym miejscu kończyła się wszelka żyzna gleba i trudno powiedzieć, jakie naturalne przyczyny spowodowały tak gwałtowną zmianę charakteru ziemi. Tak jednak było.

Stanęliśmy obozem nad niewielkim strumykiem, na którego drugim brzegu wznosiło się kamieniste wzgórze. Dwadzieścia lat temu to na nim zobaczyłem słaniającego się Silvestrę wracającego z nieudanych poszukiwań kopalni Salomona. Dalej zaczynała się jałowa pustynia, na której wyżyć potrafiły tylko krzewy karoo.

Rozbiliśmy się z wieczora, gdy wielka kula słoneczna pogrążała się w pustynnych piaskach, pokrywając je feerią blasków. Z sir Henrym zostawiliśmy Gooda, żeby nadzorował przygotowanie obozu, a sami weszliśmy na szczyt pagórka, aby przyjrzeć się pustyni. Powietrze było bardzo czyste; w oddali widniały blade, niebieskawe zarysy Bergu Sulimana gdzieniegdzie upstrzone białymi punkcikami.

— To tam — powiedziałem — jest ściana otaczająca kopalnie Salomona, ale Bóg jeden wie, czy kiedykolwiek do nich dotrzemy.

— Tam powinien być mój brat, a ja muszę go znaleźć — rzekł sir Henry ze spokojną pewnością w głosie.

— Oby nam się udało — mruknąłem, ale kiedy się odwróciłem, aby wrócić do obozu, zobaczyłem, że nie jesteśmy sami, gdyż zapatrzony na dalekie góry stał za nami rosły Umbopa.

Kiedy nasze spojrzenia się spotkały, Zulus przemówił, ale nie do mnie, lecz do sir Henry'ego, wskazując szerokim assagajem niebieskawą kreskę gór na horyzoncie.

— Tam chcesz dotrzeć, Inkubu?

Było to słowo w narzeczu zulu oznaczające, zdaje się, słonia; taki przydomek nadali sir Henry'emu Kafirowie.

Spytałem go ostro jak śmie tak bezceremonialnie zwracać się do swego pana. Między sobą niechże nas określają, jak im się żywnie podoba, nie godzi się jednak rzucać białemu człowiekowi w twarz takiego pogańskiego miana. Zulus roześmiał się cicho, co mnie naprawdę zirytowało.

— A skąd ty wiesz, że nie jestem równy *Inkosi*, któremu służę? Królewska w nim krew, to widać po posturze i minie, ale może jest tak i ze mną? Co najmniej na wysokość jesteśmy równi. Bądź mymi ustami, Makumazanie, i przekaż moje słowa *Inkoosi* Inkubu, mojemu panu, gdyż mówię oto do ciebie i do niego.

Denerwował mnie ten człowiek, nie zwykłem bowiem pozwalać, by zwracał się tak do mnie jakiś Kafir. Zarazem była w nim jakaś dziwna — jak wspomniałem — godność, a, poza tym, ciekaw byłem tego, co chce powiedzieć. Przetłumaczyłem więc jego słowa, dodając też swój komentarz, że wielki to zuchwalec, a pycha jego jest oburzająca.

— Tak, Umbopo — odparł sir Henry. — Tam właśnie chcę się dostać.

— Wielka to pustynia, bezwodna, góry wysokie i pokryte śniegiem, nikt nie wie, co jest za murem, za którym chowa się słońce. Jak chcesz tam dotrzeć, Inkubu, i co cię tam wiedzie?

I znowu przełożyłem dumne słowa.

— Powiedz mu — polecił sir Henry — że udaję się tam, gdyż przypuszczam, iż poszedł tam mój najbliższy krewny, brat, więc chcę pójść jego śladami.

— Jest tak, Inkubu. Napotkany w drodze Hotentot rzekł mi, że dwa lata temu wyszedł na pustynię do wielkich gór biały człowiek z jednym służącym. Nigdy nie wrócili.

— Skąd wiesz, że to mój brat? — spytał sir Henry.

— Tego nie wiem. Ale pytałem Hotentota, jak wyglądał. Wąskie oczy, ciemna broda. Imię służącego brzmiało Jim; był to myśliwy Beczuana i chodził ubrany.

— Znałem Jima, to na pewno on — wtrąciłem.

Sir Henry pokiwał głową.

— Nie mogłem nie spytać, chociaż ani przez chwilę nie wątpię, że kiedy George coś już postanowi, to nigdy się nie cofa. Zawsze tak było, jeszcze w dziecięcych czasach. Jeśli więc postanowił przebyć Berg Sulimana, to tak zrobił, chyba że jakiś wypadek mu w tym przeszkodził. Tak czy inaczej, bez wątpienia należy go poszukać.

Umbopa rozumiał po angielsku, chociaż rzadko w tym języku mówił. Także i teraz powiedział w zulu:

— Daleka podróż, Inkubu.

Przełożyłem.

— Tak, wiem — potwierdził sir Henry. — Nie ma jednak na ziemi takiej trasy, której człowiek nie pokona, jeśli zadecyduje o tym w głębi serca. Jeżeli kieruje nim miłość, on zaś zupełnie nie zważa na swe życie i gotów się z nim pożegnać, jeśli tak zechcą Niebiosa, nie ma, Umbopo, rzeczy, której by nie zrobił, nie ma góry, na którą by się nie wspiął, nie ma pustyni, której nie pokona, co najwyżej może takie, o których nic nie wiemy.

Przełożyłem.

— Wielkie słowa, ojcze — rzekł Zulus (tak go nazywam, chociaż naprawdę nie był Zulusem) — wielkie, mocne słowa, którymi mężowi godzi się wypełniać usta. Masz rację, ojcze Inkubu. Posłuchaj! Czym jest życie? Piórkiem, źdźbłem trawy rzucanym to tu, to tam, niekiedy niesionym aż do nieba. Warto spróbować i odbyć swoją podróż, zmagając się z powietrzem. Człowiekowi trzeba umrzeć. W najgorszym razie zrobi to odrobinę wcześniej. Ojcze, pójdę wraz z tobą przez pustynię i góry, chyba że po drodze los zwali mnie na ziemię.

Urwał na chwilę, a potem dał upust temu nagłemu przypływowi elokwencji, która się niekiedy przydarza Zulusom, a która, chociaż — moim zdaniem — pełna jest powtórzeń, pokazuje zarazem, że nie są tej rasie obce ani talent poetycki, ani moc intelektu.

— Czym jest życie? O, biały człowieku, jesteś tak mądry, znasz sekrety i świata, i świata gwiazd, i świata wśród gwiazd, i tego, który poza nie wykracza. Bezgłośnie z daleka ciskasz swe słowa, więc powiedz mi teraz: jaki jest sekret życia, skąd ono się bierze i dokąd uchodzi? Nic nie odpowiesz, bo nie wiesz. Słuchaj, ja powiem. Z ciemności przybywamy i w ciemność odchodzimy. Jak ptaki gnane burzą nadlatujemy z Nigdzie, przez chwilę migną nasze skrzydła w blasku ognia i już... Znowu odchodzimy w Nigdzie. Życie jest niczym. Życie jest wszystkim. Ręką, którą odpieramy śmierć. Świetlikiem, który lśni nocą, a rankiem czernieje. To biały oddech wołu w zimie. To cień biegnący po trawie, a znikający o zachodzie.

— Dziwny z ciebie człowiek — ocenił sir Henry.

Umbopa umilkł, a potem się roześmiał.

— Myślę, żeśmy podobni do siebie, Inkubu. A może też szukam brata za górami?

Zerknąłem na niego podejrzliwie.

— Jak to? — spytałem nieufnie. — A ty co wiesz o górach?

— Mało, bardzo mało. To dziwny kraj, kraj czarów i przepięknych rzeczy, kraj dzielnych ludzi, drzew i strumieni, gór pod śniegiem i wielkiej białej drogi. Tak słyszałem, cóż jednak po słowach? Mrok zasiewają. Ci, co przeżyją, zobaczą. — Moja nieufność wzrosła jeszcze; wiedział zaskakująco wiele. — Nie bój się mnie, Makumazanie — powiedział, pochwyciwszy mój wzrok. — Nie zastawiam na ciebie pułapek, nie knuję. Jeśli pokonamy te góry, wyjawię, co wiem. W nich jednak czatuje śmierć. Kto mądry, ten zawróci i łowić będzie słonie. Rzekłem.

Bez żadnego więcej słowa uniósł w geście pozdrowienia swą włócznię i zawrócił do obozu, gdzie chwilę później znaleźliśmy go pośród Kafirów zajętego czyszczeniem broni.

— Dziwny człowiek — powtórzył sir Henry.

— Jak dla mnie aż nazbyt dziwny — powiedziałem. — Nie podobają mi się te jego wykręty, niby coś wie, ale nie chce powiedzieć, tyle że nie ma co się z nim wykłócać. Zresztą osobliwą mamy przed sobą wędrówkę, więc jeden tajemniczy Zulus nie zrobi nam różnicy.

Nazajutrz zaczęliśmy się szykować do wymarszu. Niepodobna było, rzecz jasna, wlec przez pustynię całej ciężkiej broni i innych rzeczy, odprawiliśmy więc tragarzy, a wszystko, co zbędne, zostawiliśmy w kraalu jednego z krajowców, aby zaopiekował się tym do naszego powrotu. Z ciężkim sercem zdawałem te subtelne narzędzia na łaskę złodziejaszka, któremu już teraz oczy aż zalśniły na sam ich widok. Postanowiłem zachować ostrożność.

Po pierwsze, załadowałem wszystkie strzelby i uprzedziłem, że jeśli tylko ich dotknie, zaczną strzelać. Natychmiast zaeksperymentował z moją ósemką, która istotnie wypaliła, przeszywając jednego z jego wołów wprowadzanego właśnie do kraalu, nie mówiąc już o tym, że z powodu odrzutu dzikus wykonał salto do tyłu. Powstał najwyraźniej przerażony i nader niezadowolony z utraty wołu, za którego miał czelność zażądać ode mnie zapłaty; przysiągł, że na broń nigdy już nawet nie chuchnie.

— Trzeba te diabły usunąć i położyć pod strzechą, bo inaczej wszystkich nas wystrzelają.

Po drugie, powiedziałem mu, że jeśli wrócimy i nie będzie chociażby jednej z tych rzeczy, jednym czarem zabiję jego i całą jego rodzinę, jeśli zaś zginiemy, a on wszystko ukradnie, przyjdę straszyć go po nocach, sprawię, że krowom mleko zsiądzie się w wymionach, a wszystkie diabły ze strzelb zejdą spod strzechy i przemówią w sposób, którego on z pewnością nie chce. Kiedy tak opisałem mu czekającą go przyszłość, gorąco przysiągł, że będzie wszystkiego pilnował tak, jakby to były duchy jego przodków. Był wprawdzie łajdakiem, ale prócz tego także zabobonnym starym Kafirem.

Kiedy już zabezpieczyliśmy w ten sposób zbyteczny sprzęt, zaczęliśmy dzielić między siebie — sir Henry, Good, ja, Umbopa oraz Hotentot Ventvögel — to, co zabrać musieliśmy, a czego w żaden sposób nie chciało być mniej niż czterdzieści funtów na osobę. Zostały zatem:

- trzy dubeltówki Purdey Express i dwieście nabojów,
- dwa powtarzalne winchestery (dla Umbopy i Ventvögla) i dwieście nabojów,
- trzy rewolwery Colt z sześćdziesięcioma bębenkami,
- pięć czteropintowych bukłaków cochrane'a,
- pięć koców,
- dwadzieścia pięć funtów biltongu (suszonej na słońcu dziczyzny),
- dziesięć funtów różnobarwnych koralików na prezenty,
- wybór lekarstw, w tym uncja chininy i kilka narzędzi chirurgicznych,
- noże i takie drobiazgi, jak kompas, kielnia, zapałki, tytoń, butelka brandy,
- ubrania, które mieliśmy na sobie.

Oto i całe nasze wyposażenie, zgoda, niewielkie, ale baliśmy się brać cokolwiek więcej. I tak było to ciężkie brzemię dla kogoś, kogo czekał przemarsz przez pustynię, tam bowiem każda uncja waży podwójnie. Nieźle się nagłowiliśmy, czy aby nie dałoby się czegoś jeszcze uszczknąć, ale nie. To były rzeczy absolutnie niezbędne.

Z wielkim trudem i tylko wtedy, gdy obiecałem każdemu w prezencie dobry nóż myśliwski, udało mi się nakłonić trzech wychudzonych krajowców, żeby przeszli z nami przynajmniej dwadzieścia pierwszych mil, niosąc po galonie wody. Chodziło mi o to, byśmy po pierwszym nocnym marszu — zdecydowaliśmy się bowiem unikać skwaru dnia — mogli po brzegi dopełnić pojemniki z wodą. Krajowcom powiedziałem, że chcemy zapolować na strusie, od których roiło się na pustyni. Coś zajazgotali między sobą, wzruszając ramionami, i wreszcie obwieścili, że musieliśmy zwariować i pomrzemy z pragnienia, co, moim zdaniem, było istotnie nader prawdopodobne. Ponieważ jednak marzyli o nożach, które w tej okolicy były skarbem niemal nieznanym, zgodzili się pójść, najpewniej uznawszy, że nasza późniejsza zagłada już nie musi ich obchodzić.

Cały następny dzień strawiliśmy na odpoczynku i drzemce, o zmierzchu zjedliśmy solidny posiłek, który składał się ze świeżego pieczystego spłukanego mocną herbatą. Ostatnią, jak ze smutkiem zauważył Good, na wiele długich dni. Potem, dokonując już tylko ostatnich poprawek, czekaliśmy, aż wzejdzie księżyc. Koło dziewiątej pojawił się wreszcie w swej oględnej krasie, zalewając całą dziką okolicę srebrzystym światłem i dziwnym świetlistym oparem, i pokrywając sfalowaną pustynię, która rozpościerała się przed nami surowa, spokojna i obojętna na człowieka zupełnie tak samo jak upstrzony gwiazdami firmament nad głowami. W kilka minut gotowi byliśmy do drogi, ale jeszcze trochę się ociągaliśmy — jak zawsze, gdy trzeba przestąpić próg, za którym nie będzie już odwrotu. My, trzej biali, staliśmy obok siebie, odrobinę przed nami Umbopa z assagajem w ręku i winchesterem na plecach wpatrywał się w pustynię, a za nami zostali trzej najęci tragarze z bukłakami wody razem z Ventvöglem.

— Panowie — rozległ się niski, spokojny głos sir Henry'ego — wyruszamy w najbardziej zdumiewającą z podróży, jakie może na ziemi podjąć człowiek. Bardzo wątpliwe, by nasz zamiar się powiódł, co nie przeszkadza temu, że na dobre i złe jesteśmy we trzech ze sobą aż do końca. Zanim jednak zrobimy pierwszy krok, pomódlmy się przez chwilę do Mocy, która wytycza ludzkie losy, a nasze nakreśliła już wieki wieków temu tak, by nasze kroki nie sprzeciwiły się Jej woli.

Zdjął kapelusz i na dobrą minutę ukrył twarz w dłoniach. Ja i Good uczyniliśmy to samo.

Nie będę twierdził, że często nurzam się w modlitwach, bo nie zdarza się to wśród myśliwych, co się zaś tyczy sir Henry'ego, nigdym dotąd nie słyszał, by w takie uderzał tony, a i potem zdarzyło się to jeszcze tylko raz. Jestem natomiast przekonany, że w głębi serca mój towarzysz był bardzo religijny. Nie inaczej było z Goodem, aczkolwiek ten nazbyt często sięgał po przekleństwa. Tak czy owak, nie sądzę, bym kiedykolwiek wcześniej, z jednym wyjątkiem, modlił się żarliwiej niż przez tę minutę, która sprawiła, że naprawdę poczułem się lepiej. Nie wiedzieliśmy, jaka czeka nas przyszłość, a niewiedza i strach zawsze, jak mniemam, zbliżają do Stwórcy.

— W drogę zatem — powiedział sir Henry.

I ruszyliśmy.

Nie mieliśmy żadnych wskazówek, jeśli nie liczyć odległych gór i starej mapy Joségo da Silvestry, która nie wydawała się bardzo wiarygodna, jeśli pamiętać, że na kawałku płótna skreślił ją ponad trzysta lat temu człowiek umierający i na pół świadomy. A przecież musieliśmy jej zawierzyć, jeśli w ogóle myśleliśmy o jakimkolwiek sukcesie. Jeśli nie uda nam się odnaleźć tej niecki z podłą wodą, którą tamten zaznaczył pośrodku pustyni o jakieś sześćdziesiąt mil od miejsca naszego startu i drugie tyle do gór, to umrzemy, wysychając z pragnienia. Moim zaś zdaniem, szanse byśmy znaleźli tę nieckę pośród morza piachu i krzewów karoo, były nieskończenie małe. Nawet jeśli przyjąć, że da Silvestra oznaczył ją poprawnie, to co stało na przeszkodzie, aby przez dziesiątki pokoleń wyschła na słońcu, została zadeptana przez zwierzynę czy zasypana lotnym piachem?

Milczkiem, niczym cienie brnęliśmy nocą przed siebie przez grząski piach. Karoo chwytały za kostki i opóźniały marsz, piasek wsypywał się do butów, nawet tych wysokich butów Gooda, co kilka mil musieliśmy zatem przystawać i je opróżniać. Ponieważ jednak gęste powietrze było chłodne, więc posuwaliśmy się dość szybko. Pustynia była cicha, spokojna i nieżyczliwa; czując to, Good w pewnej chwili nawet zanucił *Girl I Left Behind Me*, lecz zabrzmiało to tak posępnie, że zaraz przestał.

Niedługo potem doszło do zdarzenia, które wtedy bardzo nas poruszyło, potem jednak stało się przedmiotem żartów. Ponieważ Good dzierżył kompas, na którym jako żeglarz wyznawał się z nas najlepiej, więc kroczył przodem, a my szliśmy gęsiego jego śladem. Znienacka usłyszeliśmy okrzyk, po którym postać Gooda znikła nam z oczu, a już w następnej chwili wokół nas rozległy się hałasy, prychnięcia, stęknięcia, stukot galopujących kopyt, a w półmroku dostrzegliśmy jakieś sylwetki mknące między wydmami. Krajowcy cisnęli swoje ciężary i gotowali się do ucieczki, ale, uzmysłowiwszy sobie, że nie mają się gdzie skryć, padli na twarze, zawodząc, iż to diabeł. Ja i sir Henry zastygliśmy zdziwieni, szczególnie że zdaliśmy sobie sprawę z tego, iż oto Good oddala się w stronę gór, ale najwyraźniej na końskim grzbiecie, a drze się przy tym jak szalony. Minęło kilka sekund, wyrzucił ręce w górę i z łomotem zwalił się na ziemię.

Wtedy zrozumiałem, co się stało. Good wszedł na stadko śpiących quagga[6], jedno zwierzę w przestrachu poderwało się i poniosło kapitana. Krzyknąwszy do całej reszty, że wszystko jest w porządku, rzuciłem się na pomoc Goodowi, przestraszony nie na żarty, że mógł sobie zrobić krzywdę. Ku

---

[6] Wymarły pod koniec XIX wieku gatunek podobny do zebry; wyraźne paski z przodu tułowia ku tyłowi bladły, a na zadzie w ogóle ich nie było (przyp. tłum.).

swej uldze zastałem go siedzącego w piachu, z nieodłącznym monoklem w oku; był wstrząśnięty i dość przestraszony, ale obrażeń żadnych nie odniósł.

Dalej podążyliśmy bez żadnych już przeszkód, aż koło pierwszej po północy zrobiliśmy postój, a napiwszy się po łyczku wody — ta bowiem była na wagę złota — i odpocząwszy jakieś pół godziny, znowu podjęliśmy marsz.

Szliśmy i szliśmy, aż wreszcie niebo na wschodzie zaróżowiło się delikatnie jak dziewczęce policzki. Blask stopniowo się wzmacniał, aż wreszcie nabrał złocistej wyrazistości, a brzask zaczął się rozlewać po pustynnym piachu. Gwiazdy przygasały coraz bardziej, aż wreszcie zupełnie znikły, to samo stało się z księżycem, wraz zaś z tym, jak bladła jego tarcza, wyraźniejsze stawały się na niej skaliste grzbiety niczym kości na obliczu umierającego. Potem płomieniste włócznie trysnęły z horyzontu, rozpalając zastygłą nad piachem mgiełkę, cała pustynia okryła się złotem i nastał dzień.

Nie ustawaliśmy, chociaż śmiało mogliśmy to zrobić, wiedząc, że kiedy słońce wzejdzie w pełnym swym majestacie, niepodobna będzie maszerować dalej. Gdzieś koło szóstej zobaczyliśmy w oddali jakieś sterczące skałki i spiesznie podążyliśmy w ich kierunku. Traf chciał, iż jeden z kamieni bardzo się wybrzuszał, a w gładkim piachu pod przewieszką można się było wygodnie ułożyć, nie wystawiając na żar słońca. Tak właśnie zrobiliśmy. Upiliśmy po odrobince wody, przegryźliśmy to kęsem biltonga i szybko zapadliśmy w sen.

Zbudziliśmy się dopiero o trzeciej po południu i zobaczyliśmy, że nasi trzej tragarze zbierają się do odejścia. Dość już mieli pustyni i żadna liczba noży nie mogła ich już nakłonić do dalszego marszu. Napiliśmy się więc do syta, uzupełniliśmy swoje bukłaki, a potem patrzyliśmy, jak oddalają się kierunku swego odległego o dwadzieścia mil domu.

O wpół do czwartej ruszyliśmy także. Brnęliśmy przez okolicę odpychającą i opustoszałą, jeśli bowiem nie liczyć kilku strusi, nigdzie w dali nie można było zauważyć nawet śladu żywej istoty, gdyż dla innych zwierząt było tu zbyt sucho. Trzeba jednak podkreślić „w dali", gdyż niedaleko od nas przewinęły się serpentyny śmiercionośnych kobr, a wokół roiło od zwyczajnych domowych much, które unosiły się nie „samotnie, niby szpiedzy przednich straży, lecz w batalionach", jak chyba gdzieś powiada Pismo Święte[7]. Niezwykłe to zwierzę — mucha domowa. Udaj się, gdzie chcesz, a wszędzie je znajdziesz, i zapewne jest tak od zawsze. Widziałem kiedyś jedną, która zastygła w bursztynie liczącym sobie, jak mi powiedziano, milion lat, a niczym się nie różniła od swych dzisiejszych potomków; jestem pewien, że kiedy przyjdzie ostatniemu na ziemi człowiekowi wyzionąć ducha, a rozegra się to w lecie, zabrzęczy wokół niego jakaś mucha, czyhając na okazję, aby mu przysiąść na nosie.

Stanęliśmy o zmierzchu, czekając, aż wzejdzie księżyc. Ukazał się nam o dziesiątej, jak zawsze piękny i majestatyczny, po czym brnęliśmy przez całą noc, z jednym postojem koło drugiej, póki wstające słońce nie położyło kresu naszym znojom. Popiliśmy odrobinę, a potem do cna wyczerpani zalegliśmy na ziemi i natychmiast zapadliśmy w sen. Bez sensu było wystawiać warty, gdyż na tym jałowym pustkowiu nikt ani nic nie mogło nam zagrozić. Jedynymi naszymi nieprzyjaciółmi były skwar, pragnienie i muchy, a wtedy doprawdy wolałbym

---

[7] Czytelnicy nie zawsze powinni dowierzać skojarzeniom literackim pana Quatermaina. Nie ulega wątpliwości, że jego erudycja była ograniczona, więc jej wpływ na niego umysł był niejednorodny. Wydaje się, że dwoma głównymi dla jego autorytetami były Pismo Święte i Szekspir. (przyp. wydawcy angielskiego) [W. Szekspir, *Hamlet*, akt IV, 5, tu w tłumaczeniu Słomczyńskiego (przyp. tłum.)].

stawiać czoło każdemu zbrodniarzowi i każdej bestii niż tej złowrogiej trójcy.

Tym razem szczęście nie podsunęło nam przychylnej skały, która by nas ochroniła przed słońcem, więc o siódmej zbudziliśmy się z doświadczeniem, które musi być udziałem befsztyka na ruszcie: byliśmy jak najsumienniej opieczeni. Zdało się, iż palące słońce wysysa z nas krew aż do ostatniej kropli. Siedzieliśmy, ciężko dysząc.

— Precz! — prychnąłem, oganiając się od much, które radośnie krążyły wokół mej głowy. Im gorąco, oczywiście, w niczym nie szkodziło.

— Otóż to! — sapnął sir Henry.

— Ależ upał! — jęknął Good.

Upał był bowiem, co się zowie, i nigdzie nie było widać najmniejszej przed nim ochrony. Jak okiem sięgnąć żadnego drzewa ani skałki, nic tylko skrzący się piasek i powietrze wibrujące nad nim tak, jak zwykło nad rozgrzanym do czerwoności paleniskiem.

— I co poczniemy? — spytał sir Henry. — Długo tak nie wytrzymamy.

Popatrywaliśmy na siebie bezradnie.

— Wiem! — wykrzyknął nagle Good. — Musimy wykopać jamę i schronić się do niej, od góry przykrywszy się krzewami karoo.

Nie brzmiało to zbyt zachęcająco, było jednak lepsze od zrezygnowanej bezczynności, wzięliśmy się więc do pracy, korzystając z kielni i dłoni, a w godzinę udało nam się wydrążyć dół długi na dwanaście stóp, szeroki na dziesięć, a głęboki na dwie. Potem nożami nacięliśmy trochę karoo, którymi przykryliśmy się, i zalegliśmy na dnie wszyscy z wyjątkiem Ventvögla, na którym, jak to na Hotentocie, słońce nie robiło najmniejszego wrażenia. Mieliśmy teraz wprawdzie odrobinę schronienia przed palącymi promieniami, ale skwar w tym doraźnym schronisku był nie do opisania. W zestawieniu z nim Czarna Kalkucka Czeluść[8] musiała być ostoją chłodu. Po dziś dzień nie wiem, jak udało się nam dotrzymać do nocy. Leżeliśmy, ciężko dysząc i co jakiś czas zwilżając sobie wargi skąpymi zapasami wody. Gdybyśmy poddali się naturalnym inklinacjom, wykorzystalibyśmy wszystko w ciągu pierwszych dwóch godzin — musieliśmy jednak nad sobą panować. Gdyby zabrakło nam wody, rychło czekałaby nas śmierć w męczarniach.

Ponieważ jednak wszystko ma swój koniec, jeśli tylko uda się żyć odpowiednio długo, aby go zobaczyć, więc także i ten dzień zaczął bardzo powoli sunąć ku wieczorowi. O trzeciej po południu uznaliśmy, że dłużej już nie wytrzymamy. Lepiej jest umrzeć w marszu, niż ze skwaru i pragnienia powoli konać w rowie. Każdy więc upił trochę wody z coraz bardziej kurczących się zasobów. Miała już teraz temperaturę ludzkiego ciała. Napiwszy się, powlekliśmy się przed siebie.

Mieliśmy już za sobą jakieś pięćdziesiąt mil pustyni. Jeśli czytelnik pamięta odręczną mapę da Silvestry i dołączone do niej tłumaczenie, to długość pustyni została określona w niej na sto dwadzieścia mil, a mniej więcej w połowie znajdował się napis „Niecka z podłą wodą". Tak więc mieliśmy jeszcze jakieś dwanaście, może piętnaście mil do wody, jeśli istotnie jakaś jeszcze tam czekała.

Przez całe popołudnie człapaliśmy wycieńczeni, w godzinę robiąc nie więcej niż półtorej mili. O zachodzie znowu przystanęliśmy, aby poczekać na księżyc, a uszczknąwszy po kilka kropel wody, trochę się zdrzemnęliśmy.

---

[8] Black Hole of Calcutta — loch w Fort William w Kalkucie, gdzie w roku 1756 miało umrzeć z gorąca i braku powietrza ponad stu z uwięzionych tam przez hinduskich powstańców brytyjskich żołnierzy (przyp. tłum.).

Zanim jednak udało nam się ułożyć, Umbopa pokazał w odległości mniej więcej ośmiu mil jakieś wybrzuszenie w piaszczystej równinie. Stąd, gdzie się znajdowaliśmy, trudno było ocenić, co to takiego.

Wraz z pojawieniem się księżyca ruszyliśmy, czując straszliwe zmęczenie oraz udręczenie pragnieniem i piekącymi stopami. Nikt, kto tego nie zaznał, nie będzie w stanie sobie wyobrazić, co przeżyliśmy. Nie tyle szliśmy, ile wlekliśmy się, co jakiś czas padając na nos, zmuszeni odpoczywać mniej więcej co godzinę. Sił mieliśmy tak niewiele, że niemal się do siebie nie odzywaliśmy. Jak dotąd Good nieustannie dowcipkował i żartował. Taki miał charakter, ale teraz nawet jego opuściła wesołość.

Około drugiej, wycieńczeni cieleśnie i duchowo, dotarliśmy do stóp wskazywanego wieczorem przez Umbopę wzgórza zdającego się wielkim, wysokim na sto stóp mrowiskiem, które u podstawy zajmowało dobre dwa akry.

Stanęliśmy. Byliśmy udręczeni pragnieniem tak, że wychłeptaliśmy resztkę wody. Mieliśmy na głowę ledwie po pół pinty, a każdy byłby w stanie wchłonąć galon.

Osunęliśmy się na ziemię, a, zapadając w sen, usłyszałem, jak Umbopa mruczy do siebie w zulu:

— Jeśli nie znajdziemy wody, to przed następnym księżycem wszyscy będziemy martwi.

Pomimo skwaru wstrząsnął mną dreszcz. Tak bliska perspektywa okrutnej śmierci nie jest niczym miłym, ale nawet ta myśl nie odgoniła snu.

# ROZDZIAŁ VI

## WODA! WODA!

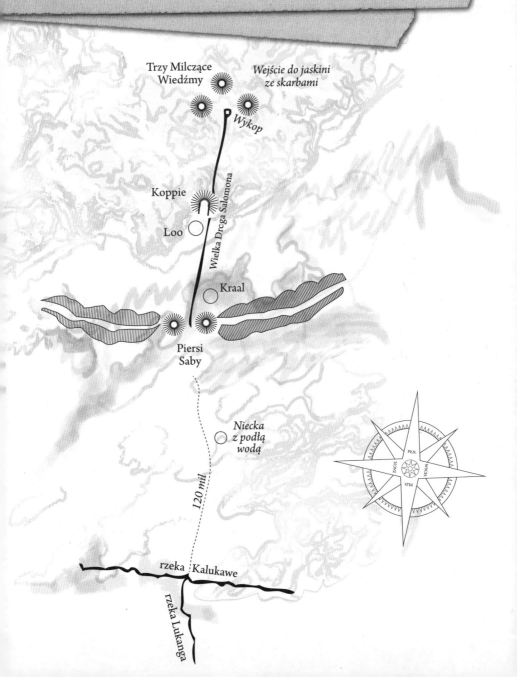

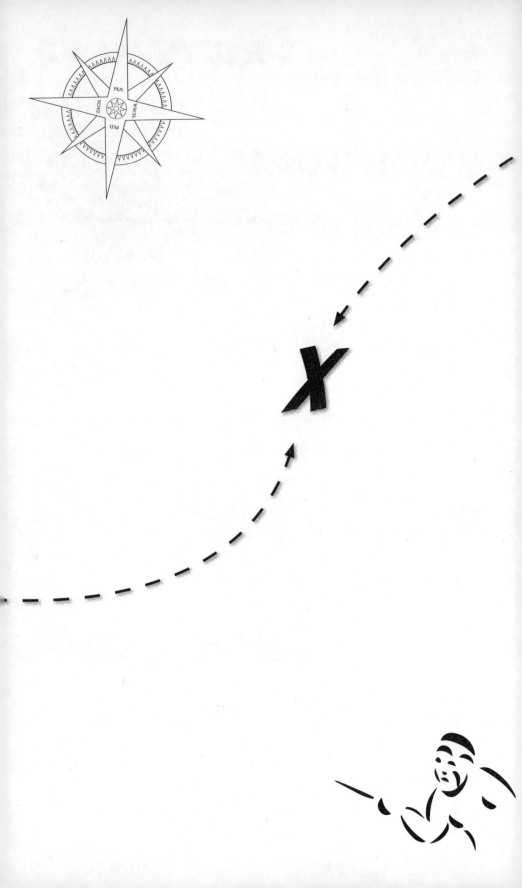

Zbudziłem się po jakichś dwóch godzinach, koło czwartej. Ledwie zostało odrobinę zażegnane wycieńczenie ciała, natychmiast odezwało się dręczące pragnienie. Niepodobna było już zasnąć. Dopóki trwałem w sennym marzeniu, kąpałem się w wartkim strumieniu o zielonych brzegach, na których rosły strzeliste drzewa, zaś kiedy się ocknąłem, dookoła było jałowe pustkowie, a w uszach rozbrzmiewały mi słowa Umbopy, że jeśli za dnia nie znajdziemy wody, to czeka nas śmierć w męczarniach. W takiej spiekocie żaden człowiek nie byłby w stanie długo wytrzymać bez wody. Usiadłem i przetarłem brudną twarz wyschniętymi, szorstkimi dłońmi. Powieki i usta dawały się rozewrzeć tylko z największym wysiłkiem. Zbliżał się świt, ale w powietrzu nie było nic ze świeżości poranka; powietrze stało nieruchomo tak gorące i lepkie, że właściwie nie potrafię tego opisać. Cała reszta grupy dalej spała.

Było jednak już dość jasno, więc wyciągnąłem z kieszeni egzemplarz *Legend Ingoldsby'ego*, który wziąłem ze sobą, i zacząłem czytać *Kawkę z Reims*[9]. Kiedym dotarł do miejsca:

*I rad sięgnął chłopiec po pucharek złocisty*
*pełen wody z gór tak czystej,*
*że nie uświadczysz podobnej od Reims po Namur,*

---

[9] Jedna z rymowanych opowieści Thomasa Ingoldsby'ego (Richard Harris Barham) publikowanych od 1837 roku. Kardynał z Reims szykuje się do ceremonialnego obmycia dłoni. Służba liturgiczna w bieli podaje przeczystą wodę z gór i inne utensylia, kiedy jednak po ablucji purpurat sięga po zdjęty z palca turkusowy pierścień, nigdzie nie może go znaleźć. Porwała go kawka, dziarskimi podskokami dotarłszy na kardynalski fotel. Poszukiwania nie przynoszą rezultatu, więc Jego Eminencja chwyta za dzwonek, książkę i świecę, by za ich pomocą rzucić klątwę na sprawcę (przyp. tłum.).

zacząłem wręcz oblizywać spieczone wargi, czy raczej próbowałem to zrobić, gdyż język miałem obrzmiały i niemrawy. Sama myśl o krystalicznej wodzie przyprawiała mnie o szaleństwo. Gdyby nawet kardynał dzierżył już złowieszczo dzwonek, książkę i świecę, wśliznąłbym się bez wahania i wychłeptał całą jego wodę, nawet jeśli pełna byłaby mydlin z dłoni tego niemalże papieża. Nie powstrzymałaby mnie groźba mocarnej i zmasowanej klątwy ze strony Kościoła katolickiego. Przypuszczam, że od pragnienia i głodu kręciło mi się trochę w głowie, gdyż wyobraziłem sobie, z jakim zdziwieniem przyglądałby się kardynał, wraz z pomocnikami i kawką, jak spieczony siwy łowca słoni zanurza swą napuchniętą twarz w misce i wypija cenną wodę aż do ostatniej kropli. Tak mnie to rozbawiło, że aż się zaśmiałem, czy raczej zaskrzeczałem, co przebudziło pozostałych, którzy usiedli i, trąc brudne twarze, zabrali się do niemalże rozdzierania powiek i warg.

Kiedy już wszyscy na dobre się rozbudzili, zaczęliśmy omawiać sytuację, która, co tu kryć, była bardzo poważna. Nie została nam ani krztyna wody. Wywracaliśmy bukłaki do góry dnem, wylizywaliśmy ich otwory, ale te były równie wyschnięte jak my sami. Good, który niósł butelkę brandy, wyjął ją teraz i zaczął łapczywie się w nią wpatrywać, ale sir Henry natychmiast mu ją odebrał. Wypicie alkoholu tylko przyspieszyłoby koniec.

— Jeśli nie znajdziemy wody, będzie po nas — rzekł.

— Jeśli ufać mapie starego Dona, to powinna gdzieś tu być — odezwałem się, ale ta uwaga nie poprawiła innym nastroju, nikt bowiem nie sądził, by należało dawać wiarę szkicowi. Robiło się coraz jaśniej, a kiedy tak siedzieliśmy, tępo wpatrując się w siebie, dostrzegłem, że Hotentot Ventvögel powstał i zaczął przechadzać się ze wzrokiem wbitym w ziemię. Nagle zatrzymał się i z gardłowym okrzykiem wskazał miejsce tuż przed sobą.

— Co się stało? — zawołaliśmy, podrywając się i biegnąc ku niemu, ale on tylko trzymał skierowany w dół palec.

Przypatrzyłem się i wzruszyłem ramionami.

— Świeży ślad springboka. I co z tego?

— Springbok zawsze blisko wody — odrzekł po holendersku.

Kiwnąłem głową.

— Zgoda, zapomniałem. Chwalić Boga, że ty pamiętasz.

To małe odkrycie natchnęło nas otuchą; jakież to dziwne, że kiedy jesteśmy pogrążeni w rozpaczy, wystarczy nikły płomyk nadziei, a zalewa nas fala szczęścia. W ciemną noc jedna gwiazda jest lepsza od żadnej.

Tymczasem Ventvögel zadarł głowę i wciągał w nozdrza duszne powietrze niczym wyczuwający niebezpieczeństwo stary samiec impali, aż wreszcie przemówił:

— Czuję wodę!

Teraz i my rozpromieniliśmy się, wiedzieliśmy bowiem, jak wspaniały instynkt mają te dzikusy.

W tym samym momencie triumfalnie wzeszło słońce, a oczom naszym ukazał się widok tak cudowny, że na kilka chwil zapomnieliśmy o pragnieniu.

Jakieś czterdzieści, pięćdziesiąt mil przed nami srebrzyście skrzyły się w promieniach porannego słońca Piersi Saby, a po każdej ich stronie rozciągał się na setki mil łańcuch Bergu Sulimana. Kiedy teraz ślęczę nad zapiskami i usiłuję oddać niezwykłą wzniosłość i piękno tego widoku, język mnie zawodzi. Mieliśmy przed sobą dwie potężne góry, jakich nie uświadczysz, sądzę, w Afryce, a może i w całej reszcie świata. Każda była wysokości co najmniej piętnastu tysięcy stóp, dzieliło je kilkanaście mil, a spinał urwisty grzebień skalny.

Majestatycznie i groźnie wypiętrzały się w niebo. Te dwa szczyty, wznoszące się niczym kolumny gigantycznej bramy, były ukształtowane zupełnie jak kobiece piersi. Wybrzuszały się z równiny cudownie krągłe i gładkie, a na szczycie każdej sterczał skalisty, pokryty śniegiem czubek, wypisz-wymaluj jak sutki niewieściego biustu. Łącząca je przegroda, zupełnie pionowa, miała tysiąc stóp wysokości. Po obu stronach piersi ciągnęły się poszarpane granie, co jakiś czas przerywane masywem o długim, płaskim jak blat stołu szczycie, jak ten znany na całym świecie, który wznosi się nad Cape Town (nawiasem mówiąc bardzo to częsta w Afryce formacja).

Nie starcza mi słów, by opisać monumentalność tego widoku. Było coś niewymownie surowego i przytłaczającego w obu wulkanach — a musiały to być dwa wygasłe wulkany — co nas obezwładniało. Poranne światło przez moment igrało na bieli śniegu i brązowo nabrzmiałej masie poniżej, aż nagle, jakby ktoś zaciągnął zasłonę, wychynęły skądś dziwne opary chmurzysk i otoczyły góry tak, że ledwie mogliśmy rozpoznać ich zarys. Jak mieliśmy się potem przekonać, najczęściej były spowite dość gęstą mgłą, nic więc dziwnego, że wcześniej nie zobaczyliśmy ich z taką wyrazistością.

Ledwie Piersi Saby znikły za welonem prywatności, znowu rozgorzało w nas pragnienie.

Mógł sobie Ventvögel powtarzać, ile chciał, że czuje wodę, cóż z tego, skoro nie widzieliśmy żadnych jej śladów, jakkolwiek byśmy się rozglądali. Jak okiem sięgnąć, nie było nic poza sfalowanym piachem i krzewami karoo. Obeszliśmy cały wzgórek, starannie spoglądając na wszystkie strony, wszędzie jednak to samo: ani kropli wody, żadnej niecki, kałuży, żadnego źródła.

— Głupiś — ofuknąłem ze złością Ventvögla. — Nie ma tu żadnej wody.

On jednak węszył.

— Czuję ją, *Baas* — odrzekł. — Jest gdzieś w powietrzu.

— A jakże, pewnie — obruszyłem się. — Siedzi sobie w chmurach i za jakieś dwa miesiące spadnie.

Sir Henry w zamyśleniu pogładził swą długą brodę.

— A może jest na szczycie tego wzgórza? — wyraził przypuszczenie.

— Też coś! — fuknął Good. — Znalazł ktoś kiedyś wodę na wierzchołku góry?

— Chodźmy zobaczyć — mruknąłem i z rezygnacją zaczęliśmy się wspinać w ślad za Umbopą, który znienacka znieruchomiał w pół kroku, a potem wykrzyknął:

— *Nanzia manzie!* („Jest woda!").

Rzuciliśmy się ku niemu. Rzeczywiście, w głębokim wklęśnięciu na szczycie piaszczystego *koppie* błyszczała sadzawka wody. Nie zastanawialiśmy się nawet chwili, skąd mogła się wziąć, nie odstraszyło nas też to, iż miała ciemny, nieprzyjemny wygląd. Oto woda, a przynajmniej dobra jej imitacja — tylko to się dla nas liczyło. Rzuciliśmy się na brzuchy i w następnej już chwili wszyscy chłeptaliśmy płyn, który wydawał się boskim nektarem. Jakżeż łapczywie piliśmy! A potem zerwaliśmy z siebie odzież, siedliśmy w sadzawce i chłonęliśmy ciecz wszystkimi porami skóry. Ty, Harry, mój chłopcze, któremu wystarczy przekręcić kurek, by z niewidzialnego zbiornika poleciała woda, gdy chcesz — gorąca, gdy chcesz — zimna, nie możesz mieć pojęcia, jak to jest taplać się z rozkoszą w brudnej, słonej, ciepłej wodzie!

Po dłuższej chwili wstaliśmy rzeczywiście odświeżeni i wzięliśmy się do swoich biltongów, po które nawet nie sięgaliśmy przez ostatnie dwadzieścia cztery godziny. Najedliśmy się, a potem zapaliliśmy fajki i ułożyliśmy koło błogosławionej sadzawki w cieniu przewieszonej skały, by zdrzemnąć się aż do południa.

Aż do końca dnia odpoczywaliśmy nad wodą, dziękując gwiazdom, że udało nam się ją znaleźć, i odpowiednią porcją wdzięczności obdarzając cień dawno zmarłego da Silvestry, który tak dokładnie oznaczył pozycję na swoim skrawku koszuli. Rzecz prawdziwie cudowna, że woda przetrwała w tej niecce tak długo. Jedynym rozwiązaniem zagadki, jakie mi przychodziło do głowy, było jakieś bijące w piachu źródełko.

Napoiwszy siebie i napełniwszy bukłaki do granic możliwości, w nieporównanie lepszych nastrojach ruszyliśmy przed siebie wraz ze wschodem księżyca. Tej nocy przebyliśmy dwadzieścia pięć mil, nie muszę chyba dodawać, że nie znaleźliśmy więcej wody, aczkolwiek mieliśmy trochę szczęścia, gdyż dzień mogliśmy spędzić w cieniu wysokich mrowisk. Kiedy wstało słońce i na chwilę odegnało tajemnicze mgły, odsłaniając Berga Sulimana z dwiema majestatycznymi Piersiami, to chociaż te oddalone były jeszcze o jakieś dwadzieścia mil, zdało się, że górują tuż nad nami większe niż kiedykolwiek. Kiedy nastał wieczór, znowu zaczęliśmy maszerować, a gwoli skrócenia opowieści powiem tyle, że następnego ranka znaleźliśmy się u podnóża lewej Piersi Saby, naszego stałego punktu odniesienia. Zapasy wody znowu się wyczerpały, więc bardzo dręczyło nas pragnienie, którego nie było jak ukoić, dopóki nie znajdziemy się na granicy śniegu, wznoszącej się wysoko, wysoko nad nami. Odpoczęliśmy jakąś godzinę czy dwie, ale gnani pragnieniem zaczęliśmy się wspinać w piekącym słońcu po zboczach z zastygłej lawy. Już na dole stwierdziliśmy, że całą podstawę góry stanowią zakrzepłe resztki, które w jakiejś poprzedniej epoce Ziemia wyrzuciła ze swoich trzewi.

Koło jedenastej byliśmy niesłychanie wyczerpani i w bardzo marnym, co tu dużo mówić, stanie ducha. Żużel, po którym musieliśmy się gramolić, był może mniej chropowaty od tego, o którym zdarzyło mi się słyszeć (jak, na przykład, na Wyspie Wniebowstąpienia), wystarczył jednak, by stopy zaczęły krwawić, co jeszcze pogłębiło nasze udręczenie. Kilkaset jardów nad nami wybrzuszały się jakieś gule lawy i ku nim się kierowaliśmy. Kiedy je osiągnęliśmy, ze zdziwieniem — jeśli pozostała w nas jeszcze jakaś zdolność dziwienia się — wypatrzyliśmy na niedalekiej półce żużel porośnięty gęstą zielenią. Najwidoczniej krusząca lawa zamieniła się w glebę, która z czasem zaczęła przyjmować w siebie roznoszone przez ptaki nasiona. Wiele jednak nie zastanawialiśmy się nad rosnącą trawą, bo niepodobna się nią żywić niczym Nabuchodonozor[10] bez specjalnego pozwolenia Opatrzności, a także odpowiedniego układu pokarmowego.

Padliśmy więc z jękiem między skałami, a ja po raz pierwszy pożałowałem, że w ogóle wyruszyliśmy na tę szaleńczą wyprawę. Zobaczyłem, jak Umbopa się podnosi i, zataczając się, rusza w kierunku wspomnianej półki. Po kilku minutach z najwyższym zdumieniem patrzyłem, jak ten zwykle opanowany Zulus tańczy i drze się jak wariat, wymachując przy tym czymś zielonym. Podnieśliśmy się niezgrabnie i poczłapaliśmy ku niemu w nadziei, że znalazł wodę.

— Co jest, Umbopo, ty synu durnia? — zawołałem w zulu. Nie przestawał machać zieloną rzeczą, którą trzymał w ręku.

— Jest woda, jest jedzenie, Makumazan!

I wtedy się zorientowałem co znalazł! Trafiliśmy na wielką kępę dzikich melonów, których były tysiące, a wszystkie pięknie dojrzałe.

— Melony! — wrzasnąłem do Gooda i nie minęła minuta, a jego sztuczne zęby już wbijały się w owoc.

---

[10] Biblia Brzeska, Dn 4, 30: „Wypędzono go spośród ludzi, żywił się trawą jak woły..." (przyp. tłum.).

Przypuszczam, że każdy z nas zjadł ich po pół tuzina, zanim się nasyciliśmy, a chociaż marny to owoc, wtedy zdało mi się, że nigdy nie jadłem niczego lepszego.

Niestety, nie są melony nazbyt pożywne, kiedy więc już nasyciliśmy pierwszy głód i ochłodziliśmy się trochę, rozcinając je na pół i układając na głowie, poczuliśmy w żołądkach silne ssanie. Zostało nam jeszcze trochę biltonga, zawahaliśmy się jednak, bo nasze żołądki zdążyły już od niego odwyknąć. Musieliśmy też być oszczędni, gdyż nie wiadomo było, kiedy będziemy mogli uzupełnić zapasy jedzenia, w tymże jednak momencie zdarzył się kolejny cud. Ruch na niebie przyciągnął moją uwagę i zobaczyłem, że nad pustynią frunie w naszym kierunku stado dużych ptaków.

— *Skit, Baas, skit!* Strzelaj, panie, strzelaj! — szepnął Hotentot i padł na twarz, a cała nasza reszta poszła za jego przykładem.

Rozpoznałem, że to *pauw*, czyli dropie, a, oceniwszy, że przelecą o jakieś pięćdziesiąt jardów ode mnie, sięgnąłem po powtarzalnego winchestera. Gdy były już niemal przy nas, zerwałem się na równe nogi. Na mój widok zbiły się, jak przewidywałem, w ciaśniejszą grupę, a wtedy oddałem w nią dwa strzały i z ulgą zobaczyłem, jak jeden z ptaków, całkiem duży, ważący jakieś dziesięć funtów, wali się na ziemię. Zebraliśmy wyschnięte łupiny melonów, rozpaliliśmy ogień i łakomie spałaszowaliśmy pieczonego dropia. Zostały z niego tylko pióra, kości i dziób, a my poczuliśmy się odrobinę lepiej.

Doczekawszy się księżyca, podjęliśmy marsz, na drogę zabierając tyle melonów, ile mogliśmy udźwignąć, a wspinając się, czuliśmy, jak oziębia się powietrze. Gdy zaczęło świtać, od linii śniegu dzieliło nas już tylko kilkanaście mil. Odkryliśmy tu kolejne melony, przestaliśmy się więc trapić o wodę, wiedzieliśmy bowiem, że już niebawem będziemy mogli do woli wytapiać ją ze śniegu. Marsz stał się jednak bardzo żmudny — w godzinę robiliśmy nie więcej niż milę. W nocy zjedliśmy ostatek biltonga, ale jeśli nie liczyć owego stada dropiów, nie zoczyliśmy na górze żadnej żywej istoty, nie napotkaliśmy też żadnego potoku ani chociażby strumyczka. Zdało się nam to bardzo dziwne, jeśli zważyć na masy śniegu, które wisiały nad nami i przecież musiały topić się chociaż odrobinę. Mieliśmy jednak odkryć potem, że z niepojętych dla mnie przyczyn cała woda spływała tylko na północną stronę góry.

Teraz wielkim problemem stało się jedzenie. Nie umarliśmy z pragnienia, ale mogła nas czekać śmierć głodowa. Wydarzenia następnych trzech dni najlepiej oddam, kopiując moje wpisy z notatnika.

*21 maja. Zaczynamy o 11:00, powietrze na tyle chłodne, że można iść za dnia, niesiemy melony. Szukamy, ale nigdzie ich więcej nie ma, widocznie nie ich region. Żadnej zwierzyny. Po zachodzie postój, od wielu godzin nic w ustach. W nocy strasznie chłodno.*

*22 maja. Początek z pierwszym słońcem, bardzo słabi, w głowach się kręci. Przez dzień pięć mil; znaleźliśmy kilka płacht śniegu, zjedliśmy, ale więcej nic. Noc pod wielkim okapem, bardzo zimno. Każdy po kropelce brandy. Owinięci w koce i przytuleni do siebie, żeby chronić ciepło. Cierpimy strasznie z głodu i ze zmęczenia. Myślałem, że Ventvögel nie przetrzyma nocy.*

*23 maja. Ledwie słońce nas trochę osuszyło, znowu powlekliśmy się przed siebie. Straszliwe męczarnie, jeśli dzisiaj nie zdobędziemy czegoś do jedzenia, nikt z nas nie dożyje rana. Została ledwie krzyna whisky. Good, sir Henry i Umbopa dzielnie się trzymają, ale z Ventvöglem coraz gorzej. Hotentoci nie mogą znieść zimna.*

*Głód słabszy, ale coś dzieje się z żołądkiem. U innych to samo. Jesteśmy na poziomie urwistej ściany lawy, która łączy obie Piersi, widok wspaniały. Za nami pustynia ciągnie się aż po horyzont, a przed nami całe mile gładkiego, twardego śniegu, łagodnie sklepionego. Po jego środku skalisty sutek, mający chyba kilka mil obwodu, sterczy na jakieś cztery tysiące stóp w niebo. Nigdzie ani żywej duszy. Boże, miej nas w Swej opiece; nasz czas się zbliża.*

Odkładam dziennik, po pierwsze — dlatego, że nie jest to specjalnie interesująca lektura, po drugie — o tym, co teraz nastąpiło, muszę opowiedzieć dokładniej.

Przez cały ten dzień — 23 maja — brnęliśmy po śnieżnym stoku, co jakiś czas kładąc się, by odpocząć. Musieliśmy wyglądać na strasznie wychudzoną zgraję, gdy obładowani, stopa za stopą, sunęliśmy przed siebie po lśniącej powierzchni, tocząc wokół wygłodniałymi oczyma, z czego pożytek był niewielki, gdyż nigdzie nie było widać nic do jedzenia. Nie udało nam się przejść więcej niż siedem mil. Dokładnie o zachodzie znaleźliśmy się u nasady sutka lewej Piersi Saby, który miał kilka tysięcy stóp i okazała się gładką grudą zmrożonego śniegu. Chociaż słanialiśmy się ze zmęczenia, nie mogliśmy się nie zachwycić rozpościerającą się przed nami scenerią, jeszcze piękniejszą w promieniach zachodzącego słońca, które tu i tam rozpalało w śniegu purpurowe blaski, a czerniejącą nad nami kopułę otaczało świetlistym diademem.

— Myślę — sapnął Good — że chyba gdzieś niedaleko powinna być ta jaskinia, o której pisał stary dżentelmen.

— Tak — mruknąłem — jeśli w ogóle jest jakaś.

— Ej, Quatermain — stęknął sir Henry — niechże pan tak nie mówi. Ja wierzę w Dona; nie pamięta pan o wodzie? Zaraz znajdziemy pieczarę.

— Jeśli nie znajdziemy jej przed zmrokiem, jesteśmy martwi, to wszystko — brzmiała moja pojednawcza odpowiedź.

Przez następne dziesięć minut człapaliśmy w milczeniu, aż wreszcie Umbopa, który szedł obok mnie owinięty kocem, tak mocno przewiązanym paskiem („aby głód był mniejszy", jak powiedział), że miał kibić niemal dziewczęcą, chwycił mnie za ramię i, wskazując brodą przed siebie, powiedział:

— Tam! — Spojrzałem w tym kierunku i o jakieś dwieście jardów przed nami zobaczyłem coś, co wyglądało jak dziura w śniegu. — Jaskinia.

Podążyliśmy ku niej tak szybko, jak tylko byliśmy w stanie, i rzeczywiście zobaczyliśmy wejście do groty, z pewnością tej właśnie, o której pisał da Silvestra. Pora już była najwyższa, gdyż ledwie stanęliśmy u progu, słońce zaszło, niemal w jednej chwili pogrążając świat w ciemności, gdyż pod tą szerokością geograficzną zmierzch jest niemal niedostrzegalny. Wpełźliśmy więc do jaskini, która nie wydawała się nazbyt wielka, wtuliliśmy się w siebie, aby się ogrzać, wypiliśmy resztę brandy — było ledwie po łyczku dla każdego — i spróbowaliśmy zatopić udręki w śnie, ale chłód nam na to nie pozwalał. Byłem przekonany, że na tej wysokości termometr nie mógłby wskazywać więcej niż czternaście, piętnaście stopni poniżej punktu zamarzania wody. Co to musiało znaczyć dla nas, wycieńczonych, wygłodniałych, wyniszczonych przez pustynne upały, czytelnik pewnie lepiej sobie wyobrazi, niż ja byłbym w stanie opisać. Niech wystarczy tyle, iż jeszcze nigdy nie czułem się tak bliski śmierci. I tak, godzina za godziną, płynęła ta cicha bezlitosna noc, a my czuliśmy, jak mróz chyłkiem się do nas podkrada i kąsa: to w rękę, to w stopę, to w policzek. Na próżno przywieraliśmy do siebie coraz mocniej. W naszych wymizerowanych ciałach niemal nie było już ciepła. Co jakiś czas któryś z nas zapadał w niespokojną drzemkę, ale nie trwało to długo i chyba dobrze, gdyż nie sądzę, by z głębszego snu dało się przebudzić. Myślę zresztą, że przetrwaliśmy tę noc tylko dzięki sile woli.

Niedużo już zostało do świtu, gdy posłyszałem, jak Hotentot Ventvögel, któremu zęby przez całą noc szczękały niczym kastaniety, wydał z siebie przeciągłe westchnienie, a zęby przestały dźwięczeć. Pomyślałem, że po prostu zasnął, ale jego oparte o mnie plecy ziębły coraz bardziej, aż wreszcie stały się mroźne jak lód.

Powietrze najpierw poszarzało, potem po śniegu zaczęła pełznąć złota poświata, aż wreszcie słońce wyskoczyło zza muru z lawy i rzuciło swe promienie na nasze zmarznięte postacie. Kiedy zerknąłem na Ventvögla, zobaczyłem, że jest martwy jak głaz. Jakże się dziwić, że stawał się, biedak, coraz zimniejszy! Musiał umrzeć wtedy, gdy usłyszałem jego westchnicnie, a potem już tylko sztywniał i kamieniał. Wstrząśnięci odsunęliśmy się jak najdalej od zwłok. Osobliwe, jakim przerażeniem nas, śmiertelników, napawa bliskość martwego ciała — zastygłego z ramionami zakrzepniętymi wokół kolan.

Tymczasem słońce stanęło już na wprost wejścia do jaskini i zalewało ją swymi zimnymi — gdyż nie były tu ciepłe — promieniami. Nagle ktoś krzyknął ze strachu i rozejrzałem się. Oto, co ukazało się moim oczom.

W kącie jaskini, która nie miała więcej niż dwadzieścia stóp długości, zobaczyłem jeszcze jedną postać z głową zwieszoną na piersi i rękami zwisającymi wzdłuż ciała. Wpatrzyłem się w tę sylwetkę i nagle zdałem sobie sprawę, że to także są zwłoki — i to zwłoki białego człowieka.

Inni także je zobaczyli i tego było już za wiele dla naszych zszarganych nerwów, wypełźliśmy więc z jaskini tak szybko, jak na to pozwoliły nasze skostniałe członki.

# ROZDZIAŁ VII

## DROGA SALOMONA

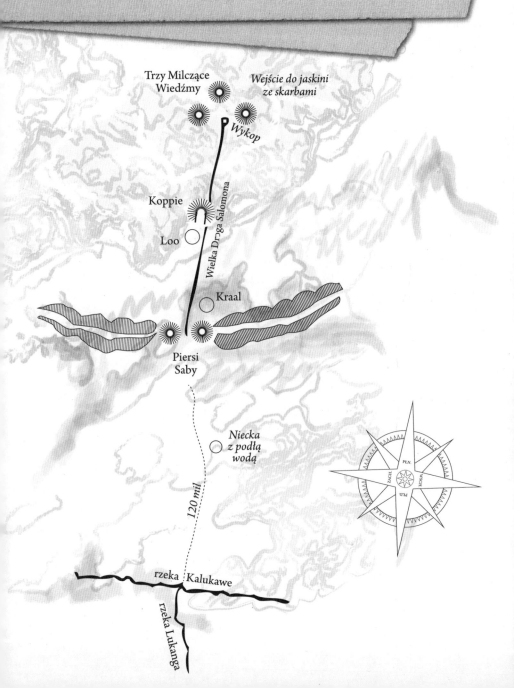

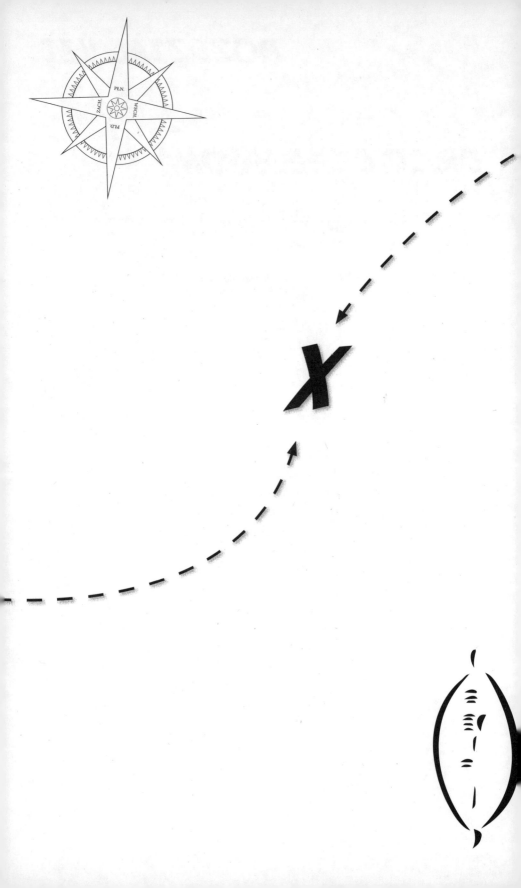

Na zewnątrz zatrzymaliśmy się nieco stropieni i zawstydzeni.

— Ja wracam — powiedział sir Henry.
— Po co? — spytał Good.
— Przyszło mi do głowy, że to mój brat.

No cóż, tego nie można było wykluczyć, weszliśmy więc z powrotem do jaskini. Po oślepieniu jasnym światłem na zewnątrz teraz przez chwilę nic nie widzieliśmy, ale gdy przyzwyczailiśmy się już do półmroku, podeszliśmy do martwego człowieka.

Sir Henry ukląkł i spojrzał mu w twarz.

— Dzięki Bogu — westchnął z ulgą. — To nie on.

Wtedy i ja się nachyliłem, by przyjrzeć się dokładniej. Były to zwłoki wysokiego mężczyzny w średnim wieku. Miał orli profil, szpakowate włosy i długie czarne wąsy. Skóra była zupełnie żółta i sztywno napięta na kościach. Jeśli nie liczyć pozostałości wełnianych spodni, nie miał na sobie ubrania, widać więc było tylko nagi szkielet. Ze sztywno wyprostowanej szyi zwisał krucyfiks z pożółkłej kości słoniowej.

— Kto to może być, na Boga? — powiedziałem.
— Nie domyśla się pan? — mruknął Good. Pokręciłem głową. — Kto, jeśli nie Don José da Silvestra?
— Niemożliwe — prychnąłem. — Umarł trzysta lat temu.
— A dlaczego niby ciało nie miałoby się w tych warunkach przechować i przez trzy tysiące lat? — zaperzył się Good. — Jeśli tylko temperatura jest odpowiednio niska, ciało i krew przechowają się na wieki świeże jak nowozelandzki baran, a — jak mi Bóg miły — zimno jest tutaj jak trzeba. Słońce tak głęboko nie dochodzi, żadne zwierzę nie zainteresuje się trupem. Pewnie ten sługa, o którym pisał, zdarł z niego

ubrania. Sam nie mógł go pochować. Patrzcie! — Nachylił się i podniósł z ziemi kawałek szpikulca. — Oto i odprysk kości, którego użył do sporządzenia mapy.

Przez chwilę z niedowierzaniem wpatrywaliśmy się w znalezisko, aż wreszcie odezwał się sir Henry:

— A stąd wziął inkaust. — Wskazał rankę na lewym ramieniu Dona. — Widział ktoś kiedyś coś podobnego?

Nie mogło być już żadnej wątpliwości, aczkolwiek mnie, muszę wyznać, perspektywa ta wydała się przerażająca. Siedział oto przed nami martwy człowiek, którego spisane przed stuleciami wskazówki przywiodły nas w to miejsce. Miałem w palcach prymitywne pióro, którym je sporządził, a na jego szyi widziałem krucyfiks, który ucałował konającymi wargami. Kiedy teraz na niego spoglądałem, mogłem w wyobraźni odtworzyć tę finalną scenę: podróżnik umiera z zimna i głodu, ale chce jeszcze przekazać światu informację o wielkim odkryciu, którego dokonał. I ta straszliwa samotność śmierci, której naoczne ślady mieliśmy przed sobą. Zdało mi się nawet, że mogę dostrzec w jego rysach podobieństwo do mego przyjaciela, a jego potomka, który dwadzieścia lat temu zmarł w moich ramionach, ale może było to tylko przywidzenie. Tak czy owak, oto siedział tu, pod ścianą jaskini, stanowiąc smutne memento, co dzieje się nierzadko z tymi, którzy chcą spenetrować tajemnicę. I będzie dalej tak siedział w okrutnym majestacie śmierci przez wieki jeszcze niezrodzone, aby zdumiewać oczy takich jak my wędrowców, jeśli się tacy kiedykolwiek jeszcze zdarzą. Był to widok nie mniej przygniatający niż zimno i głód, na które byliśmy wystawieni.

— Chodźmy — rzekł półgłosem sir Henry — a na odchodnym zostawmy mu kompana.

Z tymi słowami usadowił Hotentota Ventvögla obok Dona. Już, już się odwracał, gdy zatrzymała go jakaś myśl. Nachylił się nad da Silvestrą i jednym ruchem zerwał zbutwiały rzemień, na którym wisiał krucyfiks. Przypuszczam, że ma ten krzyżyk po dziś dzień. Ja wziąłem ów odłamek kości, który leży przede mną, gdy kreślę te słowa, a z którego niekiedy korzystam, aby się podpisać.

Zostawiwszy tych dwóch, dumnego białego z zamierzchłych czasów i biednego Hotentota, aby pełnili pośród śniegów wieczystą wartę, wyszliśmy z jaskini na promienne słońce. Ruszyliśmy dalej, zastanawiając się w głębi duszy, ile to godzin upłynie, zanim sami staniemy się podobni do tych, których zostawiliśmy za sobą.

Uszedłszy jakieś pół mili, osiągnęliśmy krawędź płaskowyżu. Jak się okazało, szczyt nie wyrastał z samego środka góry, chociaż tak się wydawało od strony pustyni. Co jednak znajdowało się przed nami, tego nie mogliśmy rozpoznać, gdyż wszystko skryło się w oparach porannej mgły. Górne jej warstwy powoli zaczynały się rozchodzić, a wtedy o kilkaset jardów pod nami, na końcu śnieżnego stoku, dojrzeliśmy płachtę zielonej trawy. To nie wszystko. Nad strumieniem, pławiąc się w promiennym słońcu, stała grupa dziesięciu, może piętnastu wielkich antylop, których gatunku z tej odległości nie mogliśmy rozpoznać.

Na ten widok opanowała nas bezbrzeżna radość. Gdy tylko się tam dostaniemy, jedzenia będziemy mieli w bród. Problem polegał na tym, jak to zrobić. Zwierzęta były oddalone od nas o dobre sześćset jardów, a to zbyt wielka odległość na strzał, od którego mogło zależeć nasze życie.

Zrazu rozważaliśmy możliwość, aby się podkraść, ale musieliśmy zrezygnować z tego pomysłu. Po pierwsze, wiatr wiał nam w plecy, po drugie, nawet gdybyśmy zachowali najwyższą ostrożność, antylopy musiałyby nas dostrzec na demaskującym tle lśniącego śniegu.

— Trudno, trzeba spróbować stąd, gdzie jesteśmy — zawyrokował sir Henry. — Panie Quatermain, winchestery czy expressy?

Oto i pytanie. Winchestery — mieliśmy ich dwa, a Umbopa niósł oba, swój i biednego Ventvögla — były wyskalowane do tysiąca jardów, podczas gdy purdeye tylko do trzystu pięćdziesięciu i każdy dalszy z nich strzał zależał już tylko od szczęścia. Gdyby jednak strzał okazał się celny, to przy rozpryskowym pocisku zwierzę musiałoby paść. Problem był poważny, ale zdecydowałem, że trzeba zaryzykować i spróbować expressów.

— Niech każdy weźmie samca na wprost siebie. Celujemy między łopatki i odrobinę wyżej. Umbopo, dasz znak, żebyśmy wystrzelili jednocześnie.

Nastała chwila ciszy, a my mierzyliśmy, wkładając w to całą duszę, bo wiedzieliśmy, że od tego strzału zależy wszystko.

— Ognia! — zakomenderował w zulu Umbopa. W jednej chwili trzy lufy zagrzmiały, na moment zawisły nad nimi trzy obłoki dymu, a setki odgłosów echo przetoczyły się po cichym śniegu. Kiedy dym się rozwiał, z jakąż ulgą zobaczyliśmy jedną z antylop tarzającą się na grzbiecie i wierzgającą nogami w agonii. Zgodnie wrzasnęliśmy z radości, gdyż byliśmy uratowani — nie groziła nam śmierć z głodu! Jakkolwiek słabi mogliśmy być, zaczęliśmy biec po stoku, a zaledwie dziesięć minut po oddaniu strzału leżały już przed nami dymiące serce i wątroba zwierzęcia. Natychmiast jednak pojawił się problem, gdyż nie mieliśmy niczego na rozpałkę, nie było więc jak upiec mięsiwa. Patrzyliśmy na siebie zdezorientowani i rozgoryczeni.

— Kiedy ktoś umiera z głodu, nie może być wybredny — skrzywił się Good. — Trzeba jeść na surowo.

Nie było innego rozwiązania, a kąsający głód sprawił, że propozycja nie wydawała się tak wstrętna, jak w innych okolicznościach. Zanurzyliśmy więc serce i wątrobę na kilka minut w śniegu, aby się ochłodziły, potem obmyliśmy je w lodowatej wodzie strumienia; może zabrzmi to okropnie, ale muszę wyznać, że jeszcze nigdy nic mi tak nie smakowało jak to surowe mięso. Nie minął kwadrans, a byliśmy jak odmienieni. Wróciły nam wigor i ochota do życia, słaby puls się wzmocnił, krew żwawo krążyła w żyłach. Pamiętaliśmy jednak, że po długiej głodówce nie możemy objeść się zbyt obficie, przestaliśmy więc jeść, choć ciągle jeszcze odczuwaliśmy głód.

— Dziękować niebiosom — powiedział sir Henry — sczeźlibyśmy bez tej antylopy. Co to za gatunek, panie Quatermain?

Wstałem i z bliska przyjrzałem się zwierzynie, ale nie byłem pewien. Była mniej więcej wielkości osła, miała długie, wygięte rogi — takiego gatunku jeszcze nigdy nie widziałem. Miała grubą, brązową sierść z delikatnymi czerwonawymi pręgami. Potem miałem się dowiedzieć, że mieszkańcy tej osobliwej krainy nazywali je *inco*. Były bardzo rzadkie, przebywały tylko na wysokości, na którą nie docierały już inne żywe istoty. Nasz okaz został dobrze trafiony, tuż nad łopatkami, czyja jednak to była kula, tego niepodobna było już ustalić. Przypuszczam, że Good, pamiętając o swym niebywałym strzale do żyrafy, był przekonany, iż to jego, a nikt z nas nie miał podobnych aspiracji.

Tak byliśmy zaprzątnięci zaspokajaniem głodu, że dopiero teraz zainteresowaliśmy się okolicą. Poleciliśmy Umbopie, aby wyciął tyle mięsa, ile damy radę ze sobą zabrać, a sami trochę się przeszliśmy. Mgła już się rozpłynęła, gdyż było koło ósmej i słońce ją wessało, więc teraz swobodnie mogliśmy się rozejrzeć. Znowu nie znajduję słów na opisanie tego, co rozpostarło się przed naszymi oczyma. Nigdy dotąd czegoś podobnego nie widziałem i chyba już nigdy nie zobaczę.

Za i nad nami sterczały śnieżne Piersi Saby, a w dole, jakieś pięć tysięcy stóp niżej, całymi milami ciągnęła się przecudna kraina: gęste plamy lasów, srebrne zwoje wielkiej rzeki, po lewej wielkie trawiaste rozłogi, na których widzieliśmy stada bydła czy zwierzyny, i gdzieś na horyzoncie niewyraźna sugestia ściany gór. Po prawej teren był mniej równinny, pagórki wznosiły się za pagórkami, a w dolinach między nimi mogliśmy dostrzec skupiska kopulastych chatek. Wszystko to rozpościerało się przed nami jak na plastycznej mapie, skąpane w słonecznym świetle i tchnące, zdawało się, naturalnym szczęściem.

Szczególnie uderzyły nas dwie rzeczy. Po pierwsze, iż teren ten musi leżeć dobre trzy tysiące stóp wyżej niż pustynia, którą pokonaliśmy, po drugie, że wszystkie rzeki płynęły z południa na północ. Jak się boleśnie przekonaliśmy, po południowej stronie pasma nie płynął nawet jeden potok, natomiast mnóstwo ich było po stronie północnej. Wydawało się, że wszystkie ostatecznie spływały do wielkiej rzeki, która swe wody toczyła gdzieś w niedosiężną dal.

Przez czas jakiś w milczeniu chłonęliśmy ten widok, aż w końcu odezwał się sir Henry.

— Czyż mapa nie mówi, że gdzieś tu jest Wielka Droga Salomona?

W milczeniu przytaknąłem i rozejrzałem się metodycznie.

— Oto i ona! — zawołał Curtis i wskazał odrobinę w prawo.

Popatrzyliśmy z Goodem w tym kierunku i istotnie zobaczyliśmy coś, co przypominało wijącą się szeroką drogę z wartowniami. Zrazu jej nie dostrzegliśmy, gdyż, zstępując ku równinie, znikała za jakimś załomem. Nic na to nie rzekliśmy, gdyż w okolicy takiej jak ta człowiek szybko przestaje się dziwić czemukolwiek. Dlaczego niby w tak dziwnej krainie nie miałby się znaleźć szlak przywodzący na myśl rzymski trakt? Uznaliśmy to za fakt i tyle.

— Trzeba skierować się trochę w prawo — powiedział Good — a szybko się tam znajdziemy.

Była to dobra sugestia, więc, obmywszy twarze i ręce w strumieniu, zastosowaliśmy się do niej. Przez jakąś milę, może odrobinę więcej, lawirowaliśmy pomiędzy wielkimi głazami, a także brnęliśmy przez połacie śniegu, aż nagle, gdy stanęliśmy na szczycie niewielkiego wzgórka, zobaczyliśmy w dole, pod nami, drogę. Była zbudowana z solidnego kamienia, szeroka na co najmniej piętnaście stóp, najdziwniejsze jednak było to, iż — jak się zdawało — właśnie tutaj miała swój początek. Gdy stanęliśmy na niej i spojrzeliśmy w kierunku Piersi Saby, dostrzegliśmy, że po stu krokach kończyła się, wpadając na kamienisty stok.

— No i co pan o tym sądzi, Quatermain? — spytał sir Henry.

Pokręciłem tylko głową i bezradnie wzruszyłem ramionami.

— Mam! — wykrzyknął Good. — Droga z pewnością przechodziła przez pasmo górskie, a potem biegła pustynią po drugiej stronie, ale skryła się pod zakrzepłą lawą, którą musiał wyrzucić z siebie wulkan.

Może tak, może nie. Wiele się nad tym nie zastanawiając, zaakceptowaliśmy to wyjaśnienie i ruszyliśmy w drogę. Jakże się różnił ten marsz w dół po twardej, równej drodze, i to z pełnymi brzuchami, od przedzierania się pod górę przez śnieg, gdy żołądek przyrastał do krzyża, a członki sztywniały z zimna. Gdyby nie bolesna pamięć biednego Ventvögla, a także zastygłego w jaskini szkieletu da Silvestry, czulibyśmy się całkiem dobrze, aczkolwiek nie wiedzieliśmy, z jakimi niebezpieczeństwami przyjdzie nam się jeszcze zmierzyć. Z każdą milą powietrze stawało się bardziej miękkie i balsamiczne, a kraj przed nami promieniał jeszcze wyraźniej. Co do samej drogi, nigdy jeszcze nie widziałem tak znakomitej konstrukcji, acz sir Henry twierdził, że całkiem podobny trakt prowadzi w Szwajcarii przez Przełęcz Świętego Gotarda. Żadne przeszkody nie były w stanie powstrzymać budowniczych. W jednym miejscu dotarliśmy do wąwozu szerokiego na trzysta stóp, a głębokiego co najmniej na sto. Wypełniały go wielkie szlifowane bloki kamienne, w których na samym dole wybito łukowate przepusty, aby dać drogę wodom płynącego tędy strumienia. W innym miejscu droga zygzakami zeszła na dno jaru głębokiego na pięćset stóp i w ten sam sposób wspinała się po jego drugiej stronie. W trzecim z zadziwiających miejsc na drugą stronę skalistej przegrody drogę przeprowadził trzydziestojardowy tunel.

Na jego ścianach zamieszczono intrygujące płaskorzeźby ukazujące najczęściej męskie postacie w rydwanach. Jeden z reliefów, szczególnie piękny, pokazywał scenę bitwy z szeregami odprowadzanych w dal jeńców.

— No cóż, nazwano ten trakt Wielką Drogą Salomona — rzekł sir Henry po dokładnym zbadaniu starodawnych dzieł sztuki — ale, wedle mej skromnej opinii, zanim stanęli tu ludzie Salomona, wcześniej przybyli na tę ziemię Egipcjanie. Jeśli nawet nie są to rzeźby egipskie lub fenickie, to ogromnie je przypominają.

Do południa dość już zbliżyliśmy się do dolin, aby można było zacząć rozglądać się za czymś na rozpałkę. Najpierw pojawiły się pojedyncze krzewy, które stopniowo poczęły gęstnieć, aż wreszcie droga weszła pomiędzy srebrzyste drzewa, bardzo podobne do tych, które widzi się na zboczach Góry Stołowej w Cape Town. Poza tamtym miejscem nigdzie indziej ich dotąd nie widziałem, więc ich obecność bardzo mnie zdziwiła.

— Ha! — zawołał Good, z wyraźnym entuzjazmem przypatrując się drzewom o lśniących liściach. — Wreszcie mamy dość drewna; stańmy tutaj i upichćmy coś sobie. Ja już strawiłem to surowe serce.

Nikt się nie sprzeciwił, więc zeszliśmy z drogi i nad brzegiem płynącego nieopodal strumyka ułożyliśmy stos zeschłych gałęzi, które zaraz zahuczały wysokim płomieniem. Odkroiwszy po solidnej porcji z niesionego mięsa *inco*, nadzialiśmy je na zaostrzone patyki. Obracając nad ogniem, upiekliśmy je, by po chwili zjeść ze smakiem. Kiedy już napełniliśmy żołądki, zapaliliśmy fajki i rozkoszowaliśmy się wygodnym odpoczynkiem, który w zestawieniu z dotychczasowym dyskomfortem wydawał się czymś niebiańskim.

Brzegi potoku porastały wielkie paprocie, spomiędzy których sterczały pierzaste kępki dzikich szparagów. On sam radośnie terkotał nad kamieniami, łagodne powietrze szemrało w liściach srebrzystych drzew, nad nami gruchały gołębie, jasnopióre ptaki przeskakiwały z gałęzi na gałąź. Prawdziwie rajska sceneria.

Czar tego miejsca w połączeniu ze wspomnieniem niebezpieczeństw, które zostawiliśmy za sobą, i świadomość, że dotarliśmy do ziemi obiecanej, napełniły nas poczuciem błogości. Sir Henry i Umbopa, posługując się mieszaniną łamanej angielszczyzny i uproszczonego zulu, pogrążyli się w ściszonej rozmowie, a ja, ułożywszy się na kępie paproci, przypatrywałem się im spod półprzymkniętych powiek.

Zorientowawszy się nagle, że zniknął gdzieś Good, zacząłem się za nim rozglądać. Dostrzegłem go na brzegu strumienia, gdzie zasiadł, wcześniej się w nim wykąpawszy. Miał na sobie tylko flanelową koszulę, a ponieważ znowu przemówił jego zmysł schludności, więc zajął się swym ubiorem. Najpierw wyprał kołnierz z gutaperki, potem uważnie wytrzepał spodnie, surdut i kamizelkę, by na koniec poskładać je starannie, przy czym ze smutkiem kręcił głową nad ich przetarciami i dziurami, nieuchronnymi śladami przeszkód, które przyszło nam pokonywać. Następnie zdjął buty. Na początek przetarł je gałęziami paproci, a potem tak długo nacierał tłuszczem zapobiegliwie zachowanym z mięsa *inco*, aż nabrały w miarę szacownego wyglądu. Kiedy zdały egzamin, jakiemu Good nieufnie poddał swym zbrojnym w monokl okiem, naciągnął je, po czym z niewielkiej saszetki dobył grzebień, który miał w rękojeści miniaturowe lusterko. Najwyraźniej niezadowolony ze swego wyglądu, zaczął z wielką dbałością zaczesywać włosy, potem obejrzał efekt, dalej jednak nie był usatysfakcjonowany, gdyż przeciągnął dłonią po policzku, na którym jeżył się dziesięciodniowy zarost.

    Przecież nie będzie się golił, pomyślałem, ale się pomyliłem. Kawałek tłuszczu, którym wypastował buty, pieczołowicie obmył w strumieniu, potem odnalazł w swym przyborniku małą składaną brzytwę z podróżną nakładką, chroniącą przed uszkodzeniem, a na koniec mocno natłuścił twarz i zaczął się golić. Nieźle musiało go to boleć, gdyż często pojękiwał, a ja w duchu zwijałem się ze śmiechu, przyglądając się temu amatorskiemu balwierstwu, gdy znienacka zaalarmowało mnie światło, które błysnęło koło głowy obserwowanego.

    Good wzdrygnął się z niecenzuralnym okrzykiem i miał szczęście, że przy okazji nie podciął sobie gardła. Podskoczyłem i ja, acz bez okrzyku, i oto, co ujrzałem. O dwadzieścia kroków ode mnie, a dziesięć od Gooda, stała grupa mężczyzn. Byli bardzo wysocy, miedzianoskórzy, niektórzy mieli na głowach czarne pióropusze, a wszyscy byli odziani w przepaski z lamparciej skóry; tyle zauważyłem przy pierwszym spojrzeniu. Na przedzie stał młodzian mniej więcej siedemnastoletni z ręką uniesioną nad głowę i ciałem pochylonym do przodu w pozie włócznika z rzeźby greckiej. Jednak błysk pochodził nie od grotu dzidy, lecz od ciśniętego przez młodzieńca noża.

Z grupy wystąpił starszy mężczyzna o wojskowej sylwetce, chwycił chłopaka za ramię, powiedział coś do niego, po czym zbliżyli się do nas.

Tymczasem sir Henry, Good i Umbopa zdążyli już chwycić za strzelby, które groźnie skierowali w kierunku przybyłych. Przyszło mi do głowy, że ci mogą nie znać broni palnej, inaczej bowiem chyba nie potraktowaliby jej z takim lekceważeniem.

— Opuśćcie broń! — poleciłem, rozumiejąc, że jedyną naszą szansą jest porozumienie. Posłuchali mnie, a ja zrobiłem krok w kierunku mężczyzny, który poskromił bitewną pasję młodzieńca.

— Witajcie — powiedziałem w zulu, i chociaż nie bardzo wiedziałem, jakiego języka użyć, ku mojemu zaskoczeniu zrozumieli.

— Witajcie — odrzekł tamten, wprawdzie nie w zulu, ale w dialekcie tak mu bliskim, że i ja, i Umbopa rozumieliśmy go bez trudu. Jak się potem okazało, ich język był bardzo dawną formą zulu, która tak się miała do współczesnej, jak angielszczyzna Chaucera do jej dziewiętnastowiecznej wersji.

— Skąd jesteście? — spytał. — I czemu twarze trzech z was są białe, a czwarty ma taką twarz jak synowie naszych matek?

Mówiąc to, wskazał na Umbopę. Obejrzałem się na niego i w jednej chwili błysnęła mi w głosie myśl, że istotnie ma rację, gdyż Umbopa bardzo był do nich podobny zarówno pod względem koloru skóry, jak i sylwetki, teraz jednak nie było czasu, by się nad tym zastanawiać.

— Jesteśmy tutaj obcy, przybywamy z daleka — powiedziałem, wolno wymawiając słowa, aby mnie zrozumiał. — A ten człowiek to nasz służący.

— Kłamiesz! — ostro zareagował tamten. — Nikt obcy nie jest w stanie pokonać gór, gdzie ginie każda żywina. Próżne jednak kłamstwa, bo jeśli jesteście obcy, to musicie zginąć, gdyż w kraju Kukuanich nie może z życiem ujść żaden obcy. Tak brzmi królewskie prawo. Szykujcie się zatem na śmierć, skądkolwiek jesteście.

— Co mówi ten nędzarz? — zainteresował się Good.

— Że nas zabiją — odrzekłem ponuro.

— O mój Boże! — wykrzyknął Good i, jak zwykł niekiedy czynić w chwili konfuzji, wydobył z ust sztuczne zęby, i z chrzęstem ulokował je z powrotem. Zachowanie było zupełnie odruchowe, ale okazało się bardzo fortunne, gdyż Kukuani wydali z siebie krzyk zgrozy i cofnęli się o kilka jardów.

— Co się stało? — mruknąłem.

— Zęby! — syknął podekscytowany sir Henry. — Good, niechże pan je znowu wyjmie!

Tamten posłuchał i wsunął szczękę do kieszonki na rękawie flanelowej koszuli.

Ciekawość wzięła górę nad strachem i tubylcy ostrożnie podeszli do nas, najwyraźniej zapominając o nader przyjacielskim rozporządzeniu swego władcy.

— Jak to możliwe, o przybysze — spytał poważnie mówca Kukuanich — iż ten opasły człowiek — wskazał na Gooda, mającego na sobie buty, koszulę flanelową i tylko jeden policzek ogolony — który ciało ma odziane, a nogi gładkie i błyszczące, włosy tylko z jednej strony twarzy, który jedno oko ma wielkie i przezroczyste, jak to możliwe, powtarzam, że jego zęby się poruszają i kiedy chcą, wychodzą mu z głowy, a kiedy chcą, wracają?

— Niech pan otworzy usta — poleciłem Goodowi, który skwapliwie otworzył usta i ukazał pytającemu swe różowe dziąsła, pozbawione jakichkolwiek kości jak u noworodka.

Wszyscy Kukuani westchnęli, a potem zawołali:

— Gdzie jego zęby? Wszyscy je widzieliśmy!

Good lekko uniósł głowę, przesunął ręką po ustach, a kiedy je otworzył, bielały w nich dwa rzędy zębów.

Młodzieniec, który cisnął nóż, teraz sam padł na ziemię z okrzykiem przerażenia, a pod mężczyzną, który do nas przemawiał, nogi się ugięły.

— Teraz rozumiemy, że jesteście duchami — powiedział drżącym głosem. — Żaden człowiek, który wyszedł z kobiecego łona nie może mieć włosów tylko po jednej stronie głowy, ani oka wielkiego i przejrzystego, ani zębów, które to się topią, to odrastają. Wybaczcie nam, o prześwietni.

Bez wątpienia szczęście się do nas uśmiechnęło i nie zamierzałem przegapić tej szansy.

— To prawda — powiedziałem z uśmiechem dumnego mieszkańca imperium, nad którym słońce nigdy nie zachodzi. — Teraz wiecie już, jak się rzeczy mają. Przybyliśmy tutaj z innego świata, aczkolwiek nie bogami jesteśmy, lecz ludźmi jak wy. Żyjemy na najjaśniejszej gwieździe lśniącej na niebie.

— Och! Och! — zakrzyknęli zdjęci nabożną zgrozą krajowcy.

— Tak właśnie jest — ciągnąłem, pozwoliwszy sobie na odrobinę kłamstwa, a moja twarz rozjaśniła się w łaskawym uśmiechu. — Pobędziemy tu chwilę pośród was, a nasza wizyta będzie dla was błogosławieństwem. Sami widzicie, że do odwiedzin tych przygotowałem się, nauczywszy się waszego języka.

— Prawdę mówisz, prawdę mówisz — odpowiedzieli chórem.

— Tylko, czcigodny, nauczyłeś się go z błędami — zauważył mówca.

Rzuciłem mu tak ostre spojrzenie, że cały aż się skulił.

— Cóż, przyjaciele, możecie oczekiwać, że będziemy chcieli się mścić, skoro po długiej męczącej podróży takie zastaliśmy powitanie, albo że będziemy żądać śmierci tego, który niecnie zaatakował człowieka o zębach to znikających, to odrastających.

— Oszczędź go, prześwietny panie — powiedział błagalnym głosem Kukuani. — To królewski syn, a ja jestem jego stryjem. Jeśli coś mu się stanie, głową odpowiem za jego krew.

— Tak się stanie — z przekonaniem potwierdził młodzieniec.

— Może wątpicie, czy starczy nam sił, by się zemścić — ciągnąłem, nie zwróciwszy uwagi na tę ingerencję. — Poczekajcie, zaraz wam pokażę. Ej, ty, niewolny psie — zwróciłem się surowym tonem do Umbopy — podaj no mi czarodziejską rurę, co grzmi.

I władczym gestem wskazałem na jeden z naszych purdeyów, a Umbopa, z miną przypominającą coś na kształt uśmiechu, powstał i podał mi broń ze słowami:

— Oto ona, panie wszystkich panów.

Zanim jeszcze zażądałem strzelby, wypatrzyłem na skałce odległej o jakieś siedemdziesiąt jardów, a więc w odległości pozwalającej na celny strzał, małego koziołka skalnego, którego teraz pokazałem bratu króla.

— Widzisz tam? Myślisz, że może człowiek zrodzony z kobiecego łona zabić to zwierzę samym hukiem?

— Nie, to niemożliwe, panie — odrzekł.

— A ja je zabiję — oznajmiłem spokojnie.

— Nikt tego nie uczyni — nie ustępował Kukuani.

Podniosłem lufę i wycelowałem. Koziołek, jak wspomniałem, nie był duży, łatwo było chybić, ale byłem dziwnie pewny, że trafię. Nabrałem tchu i wolno pociągnąłem za spust. Zwierzątko stało nieruchomo jak wykute z kamienia.

Buuum!

Koziołek wyskoczył w powietrze i zwalił się martwy na skałę, czemu towarzyszył jęk przerażenia zgromadzonych tubylców.

— Jeśli chcecie mięsa — zauważyłem chłodno — znieście kozła.

Brat króla uczynił jakiś gest i niedługo potem jeden z Kukuanich powrócił, dźwigając antylopę. Z satysfakcją zauważyłem, że trafiłem między łopatki. Krajowcy, kręcąc głowami ze zdumienia, wpatrywali się w otwór po kuli.

— Tak — powiedziałem. — Nie puszczam słów na wiatr. — Nie było żadnej odpowiedzi. — A jeśli ciągle macie wątpliwości, to niech któryś stanie tam, na skale, a zrobię z nim to, co z tą antylopą.

Żaden z Kukuanich najwyraźniej się do tego nie palił. Wówczas odezwał się syn króla.

— Dobrze powiedziane. Idź, stryju, i stań tam. Magia może zabić zwierzę, ale bezsilna będzie wobec człowieka.

Królewskiemu bratu ta propozycja zupełnie się nie spodobała.

— Nie, nie! — zawołał pospiesznie. — Dość już zobaczyłem, żebym był pewien, że to najprawdziwsi czarownicy, ale jeśli ktoś w to nie wierzy, niechże sam stanie i wystawi się na krzyk rury.

Krajowcy poruszyli się niespokojnie, a jeden z nich powiedział:

— Nie ma co marnować magii na nasze marne ciała; nam to wystarczy. Cała moc naszych czarowników nie może się z tym równać.

— Tak, tak — powiedział brat króla z wyraźną ulgą. — Nikt w to nie wątpi. Posłuchajcie, Synowie Gwiazd, dzieci Lśniącego Oka i Ruchomych Zębów, którzy ryczycie na odległość i zabijacie z daleka. Jam jest Infadoos, syn Kafy, niegdyś króla Kukuanich. A ten młody to Skragga.

— Mało mnie nie poskrobał — mruknął Good.

— Skragga, syn Twali, wielkiego króla, Twali, męża tysiąca żon, Twali, wodza i pana najwyższego Kukuanich, władcy

Wielkiej Drogi, który jest grozą dla nieprzyjaciół, znawcą Czarnych Sztuk, który ma pod sobą sto tysięcy wojowników, Twali Jednookiego, Czarnego, Straszliwego.

— Wiedź nas zatem do twego Twali — powiedziałem wyniośle — gdyż nie godzi nam się rozmawiać z byle kim.

— Tak, prześwietni panowie, natychmiast was poprowadzimy, ale droga jest długa. Wyprawiliśmy się na polowanie trzy dni od siedziby królewskiej. Jeśli tylko nie zbraknie wam, panowie prześwietni, cierpliwości, to zaprowadzimy was przed oblicze Twali.

— Niech i tak będzie — rzekłem beztrosko. — Czasu mamy pod dostatkiem, gdyż nie umieramy. Miejcie się jednak na baczności, Infadoosie, i ty, Skraggo. Żadnych małpich sztuczek, żadnych durnych chytrości, gdyż jak tylko coś takiego się zalęgnie w waszych robaczywych mózgach, my w jednej chwili będziemy o tym wiedzieć i natychmiast was ukarzemy. Jeden błysk przejrzystego oka tego, który ma błyszczące nogi i w połowie zarośniętą twarz, wystarczy, żeby was zniszczyć. Wędrujące zęby dopadną was i zeżrą w kilka chwil wraz z waszymi żonami i dziećmi, magiczne rury zaś głośno do was przemówią i poszatkują na kawałki.

Wspaniała ta przemowa osiągnęła zamierzony efekt, ale chyba i bez niej wywarliśmy dostatecznie silne wrażenie na nowych przyjaciołach.

Brat króla głęboko się pokłonił, mrucząc „*Koom Koom*" — czyli, jak się później dowiedziałem, królewskie pozdrowienie odpowiadające „*Bayéte*" u Zulusów — a potem zwrócił się do reszty, która natychmiast podskoczyła do wszystkich naszych rzeczy i pakunków, aby je ponieść, z wyjątkiem, rzecz jasna, strzelb, tych bowiem nikt nie śmiał nawet tknąć. Chwycili także ubranie Gooda, które ten, jak może czytelnik pamięta, starannie poskładał, aby się w nie odziać po skończeniu golenia.

Widząc to, przyskoczył do nich, co natychmiast spowodowało szarpaninę.

— Niechaj mój pan, Oko Przejrzyste i Zęby Wędrowne, tego nie rusza, gdyż moi ludzie wszystko poniosą.

— Ale muszę je nałożyć! — krzyknął podenerwowany Good, potrząsając spodniami, co Umbopa natychmiast przełożył.

— Panie mój, czym cię jeszcze obraziliśmy — spytał Infadoos — że chcesz przed naszymi oczyma skryć białą skórę swoich nóg i ich lśniące zakończenie?

Mało brakowało, a ryknąłbym śmiechem, a tymczasem jeden z krajowców już się oddalił z rzeczami Gooda.

— Łajdacy, ukradli mi spodnie! — ryknął niepocieszony Good, ale sir Henry go skarcił:

— Panie Good, musi pan z godnością odgrywać rolę, w której obsadzili pana ci dobrzy ludzie. Dlatego nie pozostaje panu nic innego, jak do końca naszego tutaj pobytu paradować tylko we flanelowej koszuli i wypastowanych butach. Radziłbym zdejmować je tylko na osobności i nigdy nie wyjmować monokla z oka.

— Tak — przyłączyłem się — i niech pan dobrze pielęgnuje bokobrody na jednym policzku, dbając o gładkość drugiego. Wystarczy, że coś pan w tym zmieni, a natychmiast uznają nas za przebierańców, wtedy zaś nasze życie nie będzie warte nawet pół pensa.

— Naprawdę tak sądzicie? — posępnie spytał Good.

— Oczywiście — potwierdziłem. — Teraz pańskie śliczne białe nogi i szkło w oku to znamiona naszej wyprawy i, jak słusznie to ujął sir Henry, nie może pan wypaść z tej roli.

Good ciężko westchnął i nie odezwał się więcej. Dopiero po jakichś dwóch tygodniach nawykł do swego wyglądu tak odbiegającego od utartych przyzwyczajeń.

# ROZDZIAŁ VIII

# W KRAJU KUKUANICH

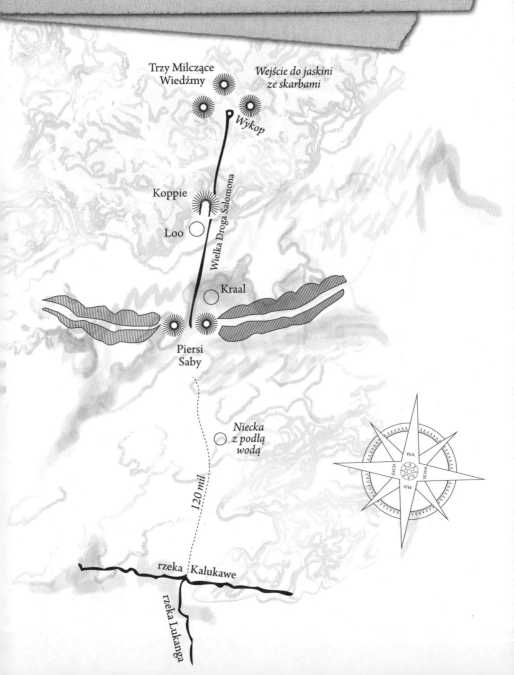

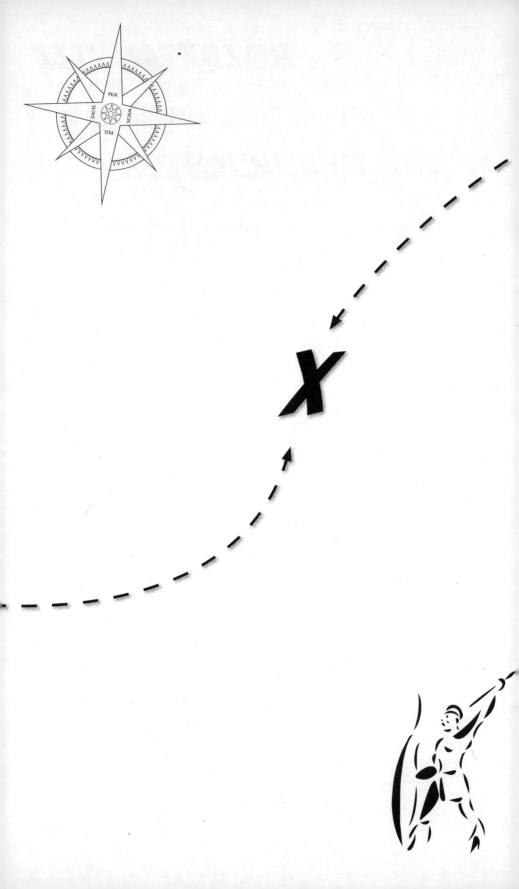

Przez całą resztę dnia wędrowaliśmy po znakomitej drodze w kierunku północno-zachodnim. Towarzyszyli nam Infadoos i Skragga, a reszta Kukuanich wyprzedzała nas o jakieś sto kroków.

— Infadoosie, kto zbudował tę drogę? — spytałem w pewnej chwili.

— Powstała, panie prześwietny, tak dawno temu, że nikt już nie wie, jak i kto ją położył. Nie wie tego nawet Gagool, która widziała już przyjście i odejście wielu pokoleń. Nawet jej pamięć nie sięga tak daleko. Dzisiaj nikt nie potrafiłby wznieść takiego traktu — każdy król Kukuanich dba więc o to, aby droga nie porosła trawą.

— A kto wyrył te napisy na ścianach tunelu, który minęliśmy po drodze? — kontynuowałem dociekania, mając na myśli egipskie, jak twierdził sir Henry, płaskorzeźby.

— Te same ręce, które kładły drogę, zrobiły też te wspaniałe obrazy, kto to jednak był, tego nie wiemy.

— A jak się tutaj znaleźli Kukuani?

— Nasi przodkowie dziesięć tysięcy księżyców temu niczym podmuch wichury nadciągnęli tu z wielkiej krainy, która leży tam, tam daleko — mówiąc to, Infadoos pokazał na północ. — Dalej iść nie mogli, gdyż powstrzymały ich wielkie góry, gdzie ginie każda żywina. Tak powiadają ojcowie swoim synom i tak mówi przemądra Gagool, czarownica czarownic. — Infadoos wskazał ośnieżone szczyty. — Miejsce zdało im się dobre, więc tu się osiedlili i rośli w siłę i potęgę. Jest nas teraz tylu, ile ziaren piasku. Kiedy król Twala zwoła swoje oddziały, pióropusze zapełnią równinę dalej, niż oko sięgnie.

— Skoro jednak bronią kraju masywy górskie, przeciw komu trzymać wielką armię?

— Nie, panie prześwietny, od północy nic nas nie chroni i co jakiś czas z ziem, których nie znamy, niczym burzowe chmury nadciągają wojownicy, więc stajemy z nimi do boju. Teraz mamy pokój, który trwa już tyle czasu, ile liczy sobie trzecia część życia męża. Wielu naszych zginęło w ostatniej wojnie, ale pokonaliśmy tych, którzy chcieli nas pożreć. Od tamtych czasów trwa pokój.

— Czy wojownicy nie zmęczyli się od ciągłego opierania na włóczniach, Infadoosie?

— Była jeszcze jedna wojna po tamtej, panie prześwietny, kiedyśmy już tamtych zmiażdżyli, ale była to wojna domowa i, jak powiadają, pies zagryzł psa.

— Jakże to?

— Król, panie prześwietny, który jest moim bratem przyrodnim, miał też brata bliźniaka, z tej samej zrodzonego kobiety. Nie jest w naszym zwyczaju cierpieć niesnaski między bliźniakami, więc zawsze słabszy musi umrzeć. Tyle że matka ukryła słabszego syna, który przyszedł na świat drugi, gdyż nie potrafiła wydać go na śmierć. Ten to Twala jest teraz królem, a ja jestem jego bratem z innej zrodzonym kobiety.

— I co dalej?

— Nasz ojciec Kafa zmarł, gdyśmy weszli już w wiek męski, w jego miejsce królem został mój brat Imotu, który rządził czas jakiś i spłodził syna ze swą ulubioną żoną. Kiedy ten miał trzy lata, przyszedł po wielkiej wojnie, gdy nie siał nikt i nie żął, czas okropnego głodu. Ludzie bardzo szemrali i stali się jak lwy udręczone brakiem pożywienia. Wtedy to Gagool, ta, która nie umiera, kobieta przemądra i przebiegła, wystąpiła przed ludem i powiedziała: „Imotu nie jest prawdziwym królem". Imotu zaś był wtedy złożony chorobą od jątrzącej się rany i nie opuszczał swej siedziby. Gagool weszła do swej chaty i wyprowadziła z niej Twalę, mego półbrata, a bliźniego brata Imotu. Twalę ukryła ona po narodzinach w jaskini skalnej, w której go chowała. Teraz zaś zerwała mu z bioder przepaskę *moocha*, a, ukazawszy zwiniętego w kłębek świętego węża, znamię, którym naznacza się przy urodzinach najstarszego syna królewskiego, krzyknęła: „Oto i wasz król, którego przechowałam dla was aż do dzisiaj!". Ludzie zaś, oszaleli z głodu i zupełnie ogłupiali, wrzasnęli: „Król! Król!", ja jednak wiedziałem, że to nieprawda, gdyż to Imotu był starszym z braci i legalnym władcą. Kiedy zaś wrzawa sięgnęła szczytu, pomimo choroby wyszedł ze swej siedziby Imotu, prowadząc za rękę swą żonę i malutkiego synka Ignosiego, co znaczy, jak sam wiesz, panie prześwietny, „Błyskawica". „Cóż to za tumult?", spytał. „Czemu wołacie »Król! Król!«?". Tymczasem Twala, brat z tego samego łona w tej samej godzinie zrodzony, podbiegł do niego, chwycił za włosy i wraził nóż w serce. Zmienny w swych sympatiach tłum, zawsze skory wielbić wschodzące słońce, zakrzyknął, klasnąwszy w dłonie: „Twala jest królem! Oto dowód, że Twala jest królem!".

— A co się stało z żoną i synem Ignosim? Czy i ich Twala zabił? — spytałem.

— Nie, panie mój prześwietny. Widząc, że mąż jej pada nieżywy, królowa z krzykiem porwała dziecko i uciekła. Kiedy jednak wygłodniała wróciła po dwóch dniach do kraalu, nikt nie chciał jej dać mleka ani jadła, gdyż jej królewski mąż nie żył, a ludzie nienawidzą tych, którzy przegrywają. O zmroku jednak mała dziewczynka podkradła się i przyniosła jej coś do jedzenia, a tamta pobłogosławiła dziecinę i zanim słońce wstało, poszła ze swym synem w góry, gdzie zginąć musiała, gdyż nikt jej już potem nie widział.

— Gdyby więc ów Ignosi pozostał przy życiu, on byłby prawowitym królem Kukuanich?

— Tak, panie prześwietny; święty wąż owinął się wokół jego pępka. Gdyby żył, byłby królem, niestety, jednak od dawna nie ma go wśród żywych. Spójrz, mój panie — ciągnął Infadoos, wskazując na widniejącą w dole grupę chat otoczonych płotem, wokół którego biegł głęboki rów — to właśnie kraal, gdzie po raz ostatni widziano żonę Imotu z synem Ignosim. I my tu przenocujemy, jeśli — dodał niepewnie — potrzebny prześwietnym nocny odpoczynek.

— Będąc pośród Kukuanich, dobry Infadoosie, będziemy czynić tak, jak oni czynią — powiedziałem łaskawie i obróciłem się, żeby poinstruować Gooda, który wlókł się gdzieś posępnie za nami. Tymczasem ze zdziwieniem tuż za sobą dostrzegłem Umbopę, który, jak się okazało, z wielkim zainteresowaniem przysłuchiwał się mojej rozmowie z Infadoosem, a minę miał taką, jak człowiek, któremu udaje się z pamięci wydobyć jakieś dawno zatarte wspomnienia.

Przez ten czas spory kawał drogi uszliśmy w kierunku równiny, przebyte góry majestatycznie wznosiły się nad nami, a Piersi Saby wstydliwie otuliły się mglistym welonem. Okolica, która już z góry wydawała się zachwycająca, z bliska była jeszcze piękniejsza. Roślinność była bujna, chociaż nietropikalna, słońce promienne i jasne, ale niepalące, przyjemny wiatr ciągnął od aromatycznych pagórków. Niewiele przesadzę, gdy powiem, że było to coś na kształt ziemskiego raju; nigdy jeszcze bowiem nie widziałem okolicy tak obfitującej w naturalne piękno. Transwal jest cudownym miejscem, ale ani mu się równać z krainą Kukuanich.

Infadoos przodem posłał umyślnego, aby uprzedził o naszym przybyciu mieszkańców kraalu, którego zresztą był wojskowym dowódcą. Goniec ruszył z ogromną prędkością, której, jak mi powiedział Infadoos, ani na chwilę nie zmniejszy, gdyż jego rodacy byli urodzonymi biegaczami.

Wieść miała bezpośrednie skutki. Ledwie znaleźliśmy się o jakieś dwie mile od kraalu, zobaczyliśmy, jak z bramy, jedna za drugą, wychodzą zbrojne kompanie.

Sir Henry położył mi rękę na ramieniu i powiedział, że może czeka nas aż za gorące przyjęcie. Musiał być w jego głosie jakiś ton niepokoju, gdyż Infadoos rzekł:

— Nie lękajcie się, panowie prześwietni, nie mieszka w mojej piersi podstęp. To oddziały, którymi dowodzę, a kazałem im wyjść na wasze powitanie.

Kiwnąłem głową, ale i mego niepokoju nie uśmierzyły te słowa.

Na pół mili przed kraalem wznosił się nad drogą niezbyt stromy pagórek, na jego zboczu sformowały się kompanie. Aż miło było patrzeć, jak te oddziały, każdy liczący trzystu mężczyzn z włóczniami i powiewającymi pióropuszami, rączo wspinają się po stoku, aby zająć wyznaczone miejsce. Kiedy dotarliśmy do nich, wzdłuż drogi zdążyło się ulokować dwanaście kompanii, a więc trzy tysiące sześciuset wojowników.

A wrażenie robili zaiste imponujące. Wszyscy dojrzali, w większości weterani pod czterdziestkę, żaden nie miał mniej niż sześć stóp wzrostu, a wielu z nich owe sześć stóp przekraczało o trzy, cztery cale. Głowy ich zdobiły ciężkie, czarne pióra ptaków sakabula (takie same mieli nasi przewodnicy), w pasie i pod prawym kolanem mieli przepaski z białych wolich ogonów, podczas gdy w lewej ręce dzierżyli okrągłe tarcze o średnicy około dwudziestu cali. Bardzo osobliwie wyglądały, gdyż cienko wyklepana metalowa blacha każdej z nich obciągnięta była mlecznobiałą wołową skórą.

Broń mieli prostą, ale zabójczo skuteczną. Były to krótkie, bardzo ciężkie dzidy o obusiecznym ostrzu, które w najszerszym miejscu liczyło sobie sześć cali. Nie służyły do rzucania, lecz — jak *bangwan* Zulusów lub dźgający *assagaj* — do walki wręcz, a rany zadane nimi z bliska były straszliwe. Oprócz tego każdy mężczyzna nosił po trzy ciężkie, ważące może dwa funty, noże. Jeden tkwił za opaską na biodrach, miejsce dla dwóch innych było w tarczy. Noże te, zwane *tolla*, pełniły u Kukuanich tę rolę, którą u Zulusów odgrywają assagaje — oszczepów właśnie. Kukuani potrafią nimi z wielką celnością rzucać na pięćdziesiąt jardów, a ich wojennym zwyczajem jest miotanie całą ich chmarą w znajdującego się w pobliżu wroga.

Każda kompania stała nieruchomo niczym wykuta w brązie, a dopiero gdy znaleźliśmy się na jej wysokości, na znak stojącego o kilka kroków przed nią dowódcy odzianego w lamparcią skórę wszystkie dzidy w zgodnym powitalnym geście wędrowały w górę, a z trzystu gardeł wyrywało się królewskie pozdrowienie „*Koom!*". Gdy mijaliśmy kolejne oddziały, te natychmiast schodziły na drogę i ruszały naszym śladem jako zbrojna eskorta, aż wreszcie kroczyła za nami cała gwardia trzech tysięcy sześciuset Szarych, jak ich zwano z powodu barwy tarcz.

Na koniec zeszliśmy z Wielkiej Drogi Salomona ku szerokiej fosie okalającej kraal, którego okrąg liczył sobie co najmniej milę, a po drugiej stronie rowu chroniony był palisadą z zaostrzonych pni drzewnych. Przebyć fosę pozwalał prymitywny most zwodzony, który wartownicy opuścili dla nas. Kraal został znakomicie rozplanowany. Środkiem biegła szeroka ulica, od której pod kątem prostym odchodziły przecznice tak poprowadzone, że domy układały się w kwadraty stanowiące kwatery kompanii. Chaty o kopulastym kształcie wniesione zostały, jak u Zulusów, z wikliny i kory, a zwieńczone piękną strzechą z trawy. W przeciwieństwie jednak do domostw Zulu były większe, miały drzwi, przez które można było wejść, a także szeroką na sześć stóp werandę wyłożoną twardo ubitym wapnem.

Po obu stronach centralnej ulicy wyległy setki niewiast, wiedzione ciekawością, by nas zobaczyć. Charakteryzowały się niezwykłą krasą: wysokie, pełne gracji i niesłychanie zgrabne. Krótkie włosy były bardziej kręcone niż proste, nosy nader często orle, usta nie tak nieprzyjemnie grube jak u większości Afrykanek. Największe jednak wrażenie robiło ich niezwykle spokojne i godne zachowanie. Nosiły się niczym bywalczynie najsłynniejszych europejskich domów mody, co zdecydowanie różniło je od kobiet zuluskich czy Masajek mieszkających po drugiej stronie Zanzibaru. Chęć poznania nas wygnała je z domów, kiedyśmy jednak teraz szli w ich szpalerze, żadna nie pozwoliła sobie na prostacką minę zadziwienia czy jakąś krytyczną uwagę. Ba, żaden grymas podziwu nie zagościł na ich twarzach nawet wtedy, gdy Infadoos ukradkowymi gestami wskazywał cud białych nóg Gooda, aczkolwiek ten akurat musiał na nich zrobić nie lada wrażenie. Na dłuższą chwilkę zatrzymywały tylko wzrok swych ciemnych oczu na śnieżnym pięknie — gdyż, jak wspomniałem, Good miał przy swych czarnych włosach nieoczekiwanie białą cerę — ale to wszystko. I dobrze się stało, gdyż Good czułby się bardzo nieswojo, ściągając na siebie przesadną uwagę.

Kiedy dotarliśmy do środka kraalu, Infadoos zatrzymał się przed drzwiami dużego domostwa, które w pewnej odległości otaczał krąg mniejszych chat.

— Wejdźcie do środka, o Synowie Gwiazd — rzekł podniosłym tonem — i zechciejcie zamieszkać w naszej chudobie. Zaraz podane wam zostanie jadło, abyście z głodu nie musieli zaciskać powrozów na brzuchach. Będzie trochę miodu i mleka, jeden wół, parę owiec — sami wiemy, jak to niewiele.

— Dobrze, Infadoosie — powiedziałem. — Nader nas zmęczyła podróż przez powietrzne rozłogi, więc teraz musimy trochę odpocząć.

Gdy weszliśmy do środka, zobaczyliśmy, że w przestronnym wnętrzu ułożono wygarbowane skóry, abyśmy mieli się na czym ułożyć, i postawiono pojemniki z wodą, abyśmy mieli się w czym umyć.

Słysząc na zewnątrz rumor, wyjrzeliśmy i zobaczyliśmy sznur niewiast niosących dzbany z mlekiem i miodem oraz pieczoną kukurydzę, za nimi zaś kilku kroczących młodzieńców prowadzących tłustego, młodego wołu. Kiedy przyjęliśmy dary, jeden z chłopaków wyjął zza pasa nóż i podciął zwierzakowi gardło. Nie minęło dziesięć minut, a wół był już oprawiony i poćwiartowany. Najlepsze mięsiwo odłożono dla nas, resztę zaś dano nam do rozporządzenia, co usłyszawszy, ofiarowałem je otaczającym wojownikom, którzy dalej rozdzielili „dar białych panów".

Umbopa w towarzystwie niezwykle pociągającej kobiety zakrzątnął się przy gotowaniu naszej porcji mięsa w dużym glinianym garze, który ustawiono na ogniu rozpalonym przed chatą, a kiedy potrawa była już niemal gotowa, posłałem po Infadoosa i Skraggę, królewskiego syna, aby się do nas przyłączyli.

Przybyli zasiedli na niewielkich stołkach, których w chacie było kilkanaście — nie przysiadają bowiem Kukuani na piętach jak Zulusi — i razem z nami spożyli wieczerzę. Infadoos był bardzo uprzejmy, nawet nadskakujący; uderzyła mnie natomiast rezerwa, z jaką odnosił się do nas Skragga. Zrazu był przytłoczony białym kolorem skóry i magicznymi mocami, którymi dysponowaliśmy, teraz jednak, gdy zobaczył, że jak inni śmiertelnicy jemy, pijemy i śpimy, bojaźń zaczynała go opuszczać, a jej miejsce zajmowała podejrzliwość, co wprawiło mnie w zły nastrój.

W trakcie posiłku sir Henry zwrócił się do mnie ze słowami, że może warto popytać, czy nasi gospodarze nie wiedzą czegoś o losie jego brata albo czy cokolwiek o nim słyszeli. Uznałem jednak, że na razie lepiej będzie nie podejmować tej kwestii. Trudno byłoby wyjaśnić, że jeden z Gwiezdnych mógł stracić brata.

Po kolacji wydobyliśmy i zapaliliśmy fajki. Rytuał ten wprawił Infadoosa i Skraggę w osłupienie. Kukuani najwyraźniej nic nie wiedzieli o niebiańskich rozkoszach dymu tytoniowego. Stosowne ziele pleni się u nich bujnie, ale oni, podobnie jak Zulusi, używają go tylko do wąchania. W nowej formie nie potrafili go w ogóle zidentyfikować.

Spytałem Infadoosa, kiedy podążymy dalej, i z przyjemnością usłyszałem, że wszystko już przygotowano, abyśmy ruszyli następnego ranka. Gońcy już wybiegli, by uprzedzić króla Twalę o naszym przybyciu.

Okazało się, że Twala w Loo, głównym swym mieście, szykuje się do wielkiego święta, które odbywa się zawsze w pierwszym tygodniu czerwca. Z wyjątkiem oddziałów, które pozostawały na swych posterunkach, aby strzec granic, wszystkie inne ściągały do stolicy przemaszerować przed władcą. Później odbywało się doroczne polowanie na czarowników, o czym dokładnie będzie jeszcze mowa.

Wyruszyć mieliśmy o brzasku i — jak przypuszczał Infadoos — do Loo dotrzeć wieczorem drugiego dnia, chyba że zatrzyma nas po drodze jakiś wypadek albo wezbrane rzeki.

Po udzieleniu tych informacji gospodarze życzyli nam dobrej nocy, a kiedy wyznaczyliśmy kolejne warty, trzech z nas pogrążyło się w słodkim śnie osób solidnie wymęczonych, podczas gdy czwarty czuwał, czy aby nie grozi nam jakaś zdrada.

# ROZDZIAŁ IX

## KRÒL TWALA

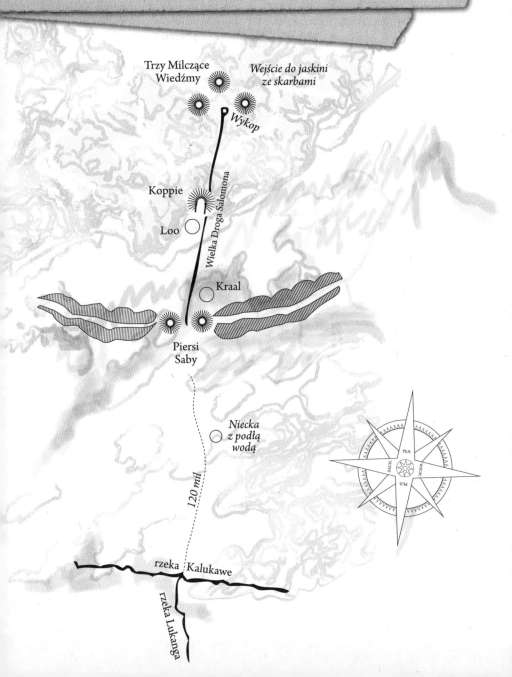

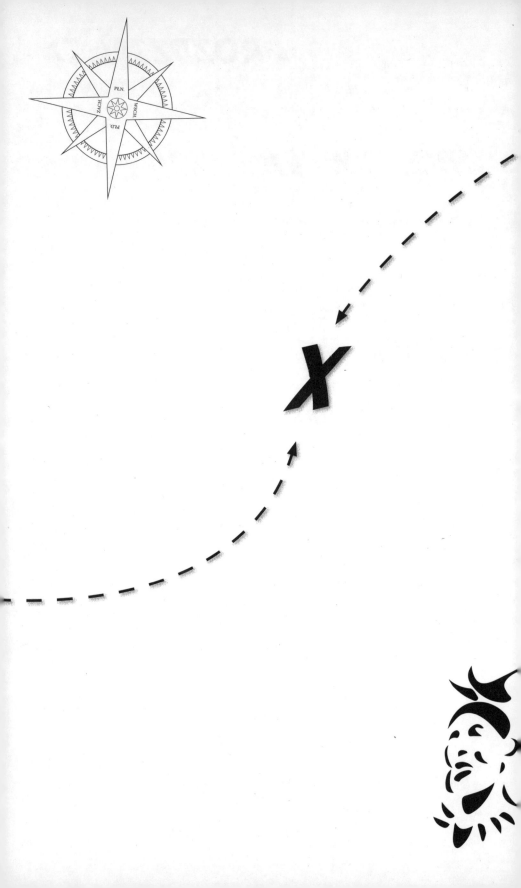

Nie ma potrzeby, bym szczegółowo opisywał, co wydarzyło się w trakcie naszej wędrówki do Loo. Całe dni szliśmy Wielką Drogą Salomona, która pewnie zmierzała do serca kraju Kukuanich. Niech wystarczy tyle, że im dalej szliśmy, tym bogatszy wydawał się kraj i coraz liczniejsze stawały się kraale otoczone żyznymi polami. Były zbudowane wedle tego samego wzoru co miejsce, gdzie zatrzymaliśmy się na pierwszy nocleg, wszystkie też były chronione przez silne garnizony. W krainie Kukuanich, podobnie jak pośród Niemców, Zulusów, Masajów, każdy sprawny fizycznie mężczyzna jest żołnierzem, cała więc męska część narodu gotowa jest do wojny, czy to ofensywnej, czy defensywnej. W drodze mogliśmy podziwiać tysiące spieszących do Loo na paradę oraz na święto wojowników i nie wiem, czy kiedykolwiek widziałem lepiej prezentujące się oddziały.

Drugiego dnia o zachodzie zatrzymaliśmy się, aby odpocząć na szczycie wzgórza, przez które szła droga. Pod sobą, pośrodku rozłożystej i żyznej równiny, zobaczyliśmy Loo. Jak na miasto zagubione gdzieś w afrykańskich ostępach było ogromne; obwód musiał liczyć dobre pięć mil. Na jego obrzeżach rozlokowane były kraale, w których podczas specjalnych okazji, na przykład świąt, stacjonowały przybyłe oddziały. O jakieś dwie mile na północ znajdowało się dziwne wzgórze w kształcie podkowy, z którym mieliśmy się jeszcze dobrze zapoznać. Miasto było pięknie położone, a środkiem, dzieląc je na dwie części, płynęła rzeka, którą widzieliśmy z Piersi Saby, a nad którą tutaj przerzucono kilkanaście mostów. O jakieś sześćdziesiąt, może siedemdziesiąt mil dalej z równiny sterczały trzy wysokie szczyty ze śnieżnymi czapami ustawione w trójkąt, które w przeciwieństwie do Piersi Saby nie były krągłe i gładkie, lecz urwiste i szpiczaste.

Infadoos zobaczył, że się im przyglądamy, i pospieszył z wyjaśnieniem.

— Droga kończy się tam — powiedział, wskazując szczyty, które Kukuani nazywają Trzema Wiedźmami.

— Dlaczego tam?

— Kto to wie? — rzekł, wzruszając ramionami. — Pełno tam jaskiń, a między nimi wielka przepaść. To tam podążali starożytni mędrcy po to, po co przybywali do tego kraju, tam też teraz chowamy naszych królów w Przybytku Śmierci.

— A po co przybywali? — spytałem.

— Nie wiem ja, nie wie nikt. Powinniście wiedzieć wy, panowie prześwietni, którzy przybyliście z Gwiazd — odparł, uciekając ze spojrzeniem w bok.

Najwyraźniej wiedział więcej, niż zamierzał wyjawić.

— Masz rację — zgodziłem się. — Wiele wiemy, my z Gwiazd. Słyszałem, na przykład, że dawni mędrcy szukali w tutejszych górach świetlistych kamieni, pięknych rzeczy i żółtego żelaza.

— Mądrość przemawia przez ciebie, panie — odparł chłodno Infadoos — a że w zestawieniu z tobą jestem ledwie dzieckiem, nijak mi rozmawiać na takie tematy. Musicie, panie, porozmawiać w królewskim pałacu z Gagool, która nie ustępuje ci w mądrości.

Z tymi słowami odszedł na bok. Jak tylko oddalił się odpowiednio, obróciłem się do reszty i wskazałem szczyty.

— Tam są kopalnie diamentów Salomona — rzekłem.

Umbopa, który, jak często bywało w jego przypadku, stał zatopiony w myślach, usłyszał jednak moje słowa i podniósł głowę.

— Tak, Makumazanie — powiedział w zulu. — Są tam z pewnością diamenty i będziecie je mieli, gdyż wy, biali, lubujecie się w błyskotkach i pieniądzach.

— A ty skąd to wiesz, Umbopo? — spytałem ostro, gdyż bardzo mi się nie podobały jego aluzje.

— Miałem sen, biały człowieku — odpowiedział ze śmiechem, odwrócił się i oddalił.

— No i cóż takiego sugeruje nasz czarnoskóry przyjaciel? — odezwał się sir Henry. — Wie więcej, niż mówi, to jasne. Ale, panie Quatermain, czy dowiedział się pan może czegoś o moim bracie?

— Nie, pytał każdego, kto wydał się przyjazny, ale nikt tu wcześniej nie widział żadnego białego.

— A sądzi pan, że on w ogóle tu dotarł? — spytał Good. — Przecież i my znaleźliśmy się tutaj jakimś cudownym trafem. A on? Jakże miał się tu dostać, jeśli nie miał mapy?

— Tego nie wiem — odparł posępnie sir Henry — ale mam przeczucie, że go tu znajdę.

Słońce powoli zachodziło, a potem w jednej chwili znienacka spadła na miasto noc, której czerń zdawała się namacalna. Nie było żadnej fazy pośredniej między dniem a mrokiem; przejście było tak gwałtowne jak między życiem a śmiercią. Słońce znikło, cały świat pogrążył się w czerni, ale nie na długo, gdyż na zachodzie zajaśniała coraz silniej srebrząca się poświata, aż w końcu miejsce na niebie zajął triumfalny księżyc w pełni, którego promienie znowu zalały wszystko blaskiem mniej natarczywym niż słoneczny, ale równie wszechobecnym.

W zachwycie chłonęliśmy ten widok; gwiazdy pokornie przygasały przed srebrzystym majestatem, a nasze serca rosły w obliczu nieopisanego piękna. Życie mnie nie pieściło, ale jest kilka rzeczy, o których śmiało rzeknę, iż warto było dla nich znosić wszystkie udręki. Jedną z nich jest księżyc wschodzący nad krainą Kukuanich.

Kontemplację grzecznie przerwał nam nasz przyjaciel Infadoos.

— Jeśli panowie prześwietni już odpoczęli, zejdźmy do Loo, gdzie czeka na was dom, w którym przenocujecie. Dość jest jasno, byśmy nie pobłądzili.

Zrobiliśmy tak, jak sugerował, i nie upłynęła godzina, a byliśmy już na obrzeżach miasta, które, jarząc się tysiącami ognisk obozowych, zdawało się wręcz bezkresne. Good, dając wyraz swemu niezmiennie złemu smakowi, natychmiast przechrzcił stolicę na „Bezkresny Kloozet". Rychło stanęliśmy przed fosą ze zwodzonym mostem. Z drugiej strony doleciał szczęk broni i chrapliwy okrzyk wartowników. Infadoos podał hasło, którego nie udało mi się pochwycić, most opuścił się z chrzęstem, a my wkroczyliśmy na główną ulicę miasta porośniętego okazałą trawą. Szliśmy jeszcze dobrą godzinę wzdłuż niekończących się chatynek, aż Infadoos zatrzymał się przed wejściem do zabudowań, które kręgiem otoczyły dziedziniec wysypany ubitym wapnem, i oznajmił, że tu mieć będziemy „skromne" kwatery.

Okazało się, że każdy z nas otrzymał oddzielną chatę, każdą bez porównania lepszą od wszystkich, które dotąd widzieliśmy. Czekały na nas łoża z garbowanymi skórami na materacach z aromatycznej trawy. Gotowe było też jedzenie, ledwie bowiem obmyliśmy się w wodzie nalanej do glinianych dzbanów, pojawiły prześliczne dziewczyny, by w niskich pokłonach zaserwować nam na drewnianych talerzach pieczone mięso i kolby kukurydzy.

Kiedy się już najedliśmy i napiliśmy, poprosiliśmy, aby wszystkie łóżka zgromadzić w jednej chacie, którą to prośbę kobiety wykonały z miłymi uśmiechami, a potem ułożyliśmy się spać, utrudzeni długą podróżą.

Zbudziliśmy się, gdy słońce wysoko się już wspięło na niebie. W kącie chaty, nie czując żadnego fałszywego wstydu, stały nasze posługaczki, którym polecono, aby pomogły nam się przygotować.

— Przygotować, przygotować — gderał Good. — W czym tu pomagać, kiedy ma się tylko flanelową koszulę i buty. Quatermain, nie mógłby ich pan poprosić o moje spodnie?

Zrobiłem, jak sobie życzył, ale w odpowiedzi usłyszałem, że owe relikwie już zostały poniesione do króla, który chciał nas zobaczyć przed południem.

Dziewczyny wydawały się nieco zdziwione i rozczarowane, kiedy kazaliśmy im wyjść na zewnątrz, abyśmy mogli się oddać najstaranniejszej toalecie, na jaką było nas w tych warunkach stać. Good znowu ogolił sobie prawy policzek, lewego natomiast, solidnie już zarośniętego, nie pozwoliliśmy mu tknąć. Reszta z nas pieczołowicie się umyła i uporządkowała włosy. Żółte loki sir Henry'ego sięgały już do ramion, bardziej więc niż kiedykolwiek wcześniej wyglądał na starożytnego Duńczyka, z kolei moja szpakowata czupryna wyrosła już na cały cal, a nie na pół, co dotąd uważałem za maksymalną jej długość.

Byliśmy już po śniadaniu i zapaliliśmy fajki, gdy sam Infadoos przyniósł nam wieść, iż król Twala gotów jest nas przyjąć, jeśli tylko zechcemy się stawić.

Odrzekliśmy, że jeszcze trochę odpoczniemy, gdyż bardzo dały nam się we znaki znoje podróży, dobrze bowiem nie spieszyć się przesadnie, gdy ma się do czynienia z ludźmi niecywilizowanymi, którzy grzeczność skłonni są potraktować jako przejaw bojaźni i usłużności. Chociaż więc może równie niecierpliwie chcieliśmy zobaczyć Twalę jak on nas, odsiedzieliśmy jeszcze godzinę, czas ten wykorzystawszy na przygotowanie takich prezentów, na jakie pozwalały nasze ubogie bagaże, a więc winchestera, z którego korzystał biedny Ventvögel, oraz kilku garści paciorków. Bronią i amunicją chcieliśmy obdarzyć Jego Królewską Wysokość, podczas gdy koraliki przeznaczone były dla jego żon i dworzan. Ponieważ wcześniej wręczyliśmy ich już trochę Infadoosowi i Skragdze, wiedzieliśmy więc, z jaką radością je przyjęli, nigdy wcześniej niczego podobnego nie widząc. Kiedy oznajmiliśmy, że jesteśmy już gotowi, Infadoos poprowadził nas na audiencję. Prezenty poniósł Umbopa.

Ledwie po kilkuset jardach doszliśmy do zgromadzenia domów całkiem podobnego do tego, gdzie stanęliśmy na noc, ale z pięćdziesiąt razy większego, obejmującego dobre sześć albo siedem akrów. Na zewnątrz ogrodzenia ciągnęły się rzędy chat, w których rezydowały królewskie żony. Naprzeciw bramy, oddzielony od niej rozległym dziedzińcem, wznosił się osobny duży budynek stanowiący rezydencję Jego Wysokości. Cały dziedziniec był zapełniony oddziałami wojowników w ilości siedmiu, może ośmiu tysięcy. Gdy kroczyliśmy między nimi, stali nieruchomo jak posągi, a w słowach trudno oddać przemożne wrażenie, jakie rodził widok ich czarnych pióropuszy, lśniących dzid i metalowych tarcz okrytych wołową skórą.

W pustej przestrzeni przed rezydencją ustawiono kilka foteli, z których trzy na znak Infadoosa zajęliśmy, podczas gdy Umbopa stanął za nami. Wtencjas Infadoos zastygł nieruchomo przy drzwiach wiodących do pałacu. W grobowej ciszy czekaliśmy jakieś dziesięć minut, czując na sobie uważne spojrzenie ośmiu tysięcy par oczu. Próbę tę staraliśmy się znieść najlepiej, jak potrafiliśmy. Wreszcie drzwi się rozwarły i wyszedł z nich okryty wspaniałym tygrysim karrosem olbrzymi mężczyzna, za którym postępował Skragga i, jak nam się zdało na pierwszy rzut oka, wychudzona małpa odziana w futrzaną szatę. Mężczyzna zasiadł na fotelu, obok niego stanął Skragga, małpa zaś na czworakach schroniła się w cieniu budowli i tam przycupnęła.

Znowu zapadła cisza.

Odczekawszy chwilę, mężczyzna zrzucił z ramion skórę i powstał. Widok był naprawdę okropny. Miał grube murzyńskie wargi, płaski nos, jedno lśniące czarne oko, w miejscu drugiego ziała bowiem tylko dziura oczodołu, cała zaś twarz pełna była okrucieństwa i namiętności. Nad wielką głową chwiał się biały strusi pióropusz, tułów opinała błyszcząca metalowa kolczuga, wokół pasa i pod prawym kolanem bielały opaski z wołowego ogona. W prawicy trzymał wielką dzidę, na szyi miał ciężki naszyjnik ze złota, a na czole skrzył się ogromny, nieoszlifowany diament.

Dalej trwała niczym niezmącona cisza, lecz, na szczęście, już niedługo. Mężczyzna — król, jak słusznie przypuszczaliśmy — potrząsnął trzymanym w ręku oszczepem, a wtedy w górę poderwało się osiem tysięcy dzid i osiem tysięcy gardeł ryknęło:

— *Koom!*

Powtórzyło się to jeszcze dwukrotnie, a za każdym razem ziemia dygotała jak przy uderzeniu pioruna.

— Ukorzcie się, ludzie — rozległ się cieniutki głos od strony skrytej w cieniu małpy — oto jest król!

— Oto jest król! — powtórzyło osiem tysięcy głosów. — Ukorzcie się ludzie, oto jest król.

I znowu nastała cisza, nieoczekiwanie jednak przerwał ją brzęk tarczy, którą upuścił jeden z żołnierzy.

Twala wolno obrócił wzrok w jego kierunku.

— Podejdź tutaj! — polecił zimno.

Młody urodziwy chłopak wystąpił z szeregu i stanął przed władcą.

— To twoja tarcza narobiła hałasu, pokraczny psie. Tak mnie ośmieszasz w oczach Przybyszów z Gwiazd? Co masz na swoją obronę?

Nieszczęsny młodzieniec poszarzał na twarzy.

— To przez nieuwagę, o Cielę Czarnej Krowy! — wykrztusił.

— Za nieuwagę trzeba płacić. Zrobiłeś ze mnie durnia, gotuj się na śmierć.

— Jestem królewskim wołem — padła odpowiedź.

— Skragga! — wrzasnął król. — Niech zobaczą, jak posługujesz się swą włócznią. Zabij mi tego wstrętnego głupca!

Z okrutnym uśmieszkiem na wargach Skragga postąpił do przodu i wzniósł uzbrojoną rękę. Chłopak zakrył oczy ręką i zastygł bez ruchu; cała nasza trójka skamieniała z przerażenia.

Skragga zamachnął się raz i drugi, a potem cisnął oszczepem z taką siłą, że ten, przebiwszy młodzieńca, whił się w ziemię o stopę za jego plecami, ukarany zaś wyrzucił ręce w górę i zwalił się martwy na ziemię. Wśród żołnierzy wezbrał pomruk, przetoczył się i ucichł. Tragedia się dokonała; oto leżały zwłoki, a my jeszcze się nie zorientowaliśmy, że wszystko było z góry ukartowane. Sir Henry poderwał się z okrzykiem oburzenia na ustach, ale przytłoczony panującą ciszą znowu opadł na fotel.

— Niezły rzut — skwitował całe zdarzenie król. — Zabrać go!

Wystąpiło czterech wojowników, podniosło ciało zabitego i odniosło je na bok.

— Zakryć ślady krwi, zakryć czym prędzej! — popłynął piskliwy rozkaz od małpiej postaci. — Taka jest wola króla! Tego chce!

Zza budynku pałacowego wyszła dziewczyna z dzbanem pełnym sproszkowanego wapna i czerwona plama skryła się pod bielą.

Widziałem, że sir Henry cały aż się gotuje z gniewu i szykuje, by powstać i coś powiedzieć.

— Na miłość boską, niechże się pan opanuje! — syknąłem. — Od tego zależy nasze życie.

Sir Henry z trudem powściągnął targające nim oburzenie. Twala w milczeniu poczekał, aż usunięte zostaną ślady tragedii, a potem zwrócił się do nas.

— Witajcie, biali ludzie — rzekł — którzy przybyliście tu, nie wiem skąd i nie wiem po co.

— Witaj Twalo, królu Kukuanich — odparłem.

— Skąd zatem jesteście i czego tu szukacie?

— Przybyliśmy z Gwiazd, ale nie pytaj jak. Chcieliśmy obejrzeć ten kraj.

— Daleka droga po małą rzecz. A czy ten z wami — tu Twala ruchem głowy wskazał Umbopę — też jest z Gwiazd?

— Też. Są w niebie ludzie twego koloru skóry, ale nie pytaj o rzeczy, których nie pojmiesz, królu Twalo.

— Głośno przemawiacie, gwiezdni przybysze — powiedział Twala tonem, który zupełnie mi się nie spodobał. — Pamiętajcie jednak, że Gwiazdy są daleko, a wy tutaj. A gdybym zrobił z wami to, co z tym, którego przed chwilą wyniesiono?

— Niechże Wasza Królewska Mość ostrożnie stąpa po gorących kamieniach, aby sobie nie poparzyć nóg — pouczyłem Twalę. — Dzidę trzeba trzymać za drzewce, aby nie skaleczyć grotem ręki. Jeśli spadnie nam chociaż włos z głowy, oznaczać to będzie twoją zgubę. Czyżby oni — ruchem ręki wskazałem Infadoosa i Skraggę, który zajęty był właśnie ścieraniem z grotu dzidy krwi zabitego — nic ci nie powiedzieli o tym, jacy jesteśmy? Widziałeś już kiedyś, królu Twalo, kogoś takiego jak on?

Zrobiłem gest w kierunku Gooda, zupełnie pewien, że król nie mógł wcześniej zobaczyć nikogo, kto chociaż odrobinę przypominałby kapitana z jego dzisiejszym wyglądem.

— Nie, to prawda — odrzekł Twala, z zainteresowaniem wpatrując się w Gooda.

— Nie powiedziano ci, że zadajemy śmierć na odległość? — ciągnąłem.

— Mówili, ale ja im nie wierzę. Sam muszę to zobaczyć. Zabij mi jednego z nich — to mówiąc, wskazał oddział stojący po przeciwległej stronie dziedzińca. — Wtedy uwierzę.

— Nie — sprzeciwiłem się. — Rozlewamy krew ludzi tylko wtedy, gdy na to zasłużyli. Aby jednak zadowolić twoje oczy, niechaj twoi słudzy wprowadzą przez bramę wołu i puszczą go wolno. Nim zrobi dwadzieścia kroków, padnie martwy.

— Nie, nie — żachnął się król. — Zabij mi człowieka.

— Dobrze, niechże i tak będzie, Wasza Królewska Mość — powiedziałem zimno. — Rusz w kierunku bramy, a zanim do niej dojdziesz, padniesz trupem. A jeśli nie chcesz, niechże to zrobi twój syn Skragga (którego w tej chwili zastrzeliłbym z prawdziwą przyjemnością).

Słysząc tę propozycję, Skragga zaskowyczał i czym prędzej skrył się w budynku pałacowym, natomiast Twala majestatycznie zmarszczył brwi niezadowolony z obrotu sprawy.

— Niechaj sprowadzą wołka — polecił.

Dwóch mężczyzn natychmiast poderwało się do biegu.

— Sir Henry — powiedziałem — niech teraz pan strzela. Chcę pokazać tym łajdakom, że nie ja jeden znam się na magii.

Sir Henry posłusznie sięgnął po purdeya i przygotował się, mruknąwszy pod nosem:

— Mam nadzieję, że uda mi się trafić.

— Musi pan! — powiedziałem z naciskiem. — Jak pan nie trafi z jednej lufy, pozostaje druga. Niech pan celuje na sto pięćdziesiąt jardów i czeka, aż zwierzak ustawi się bokiem.

Po chwili zobaczyliśmy młodego wołu gnającego wprost na bramę wejściową. Minął ją pędem, ale zaskoczony widokiem tłumu ludzi stanął ogłupiały, obrócił się bokiem i zaryczał.

— Teraz — szepnąłem.

Lufa poderwała się, rozległ się huk i wół trafiony między żebra zwalił się na grzbiet. Grzybkujący pocisk zrobił swoje, a wielotysięczne zgromadzenie ze zdumienia stęknęło jednym głosem.

Spojrzałem chłodno na Twalę.

— I jak, królu, czy kłamałem?

— Nie, biały panie, mówiłeś prawdę — brzmiała wylękniona odpowiedź.

— Posłuchaj mnie, Twalo — ciągnąłem. — Zobaczyłeś na własne oczy, co chciałeś zobaczyć. Przyszliśmy tu, niosąc pokój, nie wojnę. Patrz! — Pokazałem mu winchestera. — Oto rura, która pozwoli ci zabijać tak, jak my to robimy, ale rzucam na nią czar i nie wolno ci jej skierować przeciw człowiekowi, gdyż jeśli to zrobisz — sam padniesz trupem. A teraz popatrz. Niech któryś z twoich żołnierzy o czterdzieści kroków od nas wbije dzidę na sztorc tak, by szeroka część grotu była do nas zwrócona. — W kilka sekund polecenie zostało wykonane. — Zniszczę oto twoją dzidę.

Starannie wycelowałem i wypaliłem, a kula rozbiła grot na drzazgi.

Znowu zgodne stęknięcie zdumienia.

— Teraz zaś, Twalo, otrzymasz od nas magiczną rurę, a z czasem nauczę cię, jak się nią posługiwać, ale o jednym musisz pamiętać: nie wolno ci magii Gwiazd zwrócić przeciw Ziemianinowi.

Mówiąc to, wręczyłem mu broń.

Wziął ją nad wyraz nieufnie i natychmiast ułożył u swych stóp. Dostrzegłem, że z cienia wypełza wychudzona małpia postać. Zbliżyła się do nas na czworakach, ale dotarłszy do fotela króla, wyprostowała się i zrzuciła futro, a wtedy odsłoniło się oblicze nad wyraz dziwaczne. Była to kobieta tak stara, że jej twarz nie była większa niż u jednorocznego niemowlęcia, pokryta jednak była głębokimi i pożółkłymi zmarszczkami, których nie dałoby się zliczyć. Między nimi dostrzec można było poprzeczne cięcie, którym były usta, pod nimi zaś sterczał spiczasty podbródek. Nos ledwo się odznaczał i można by uznać, że to głowa jakichś zeschniętych zwłok, gdyby nie para wielkich, ciągle pełnych pasji i inteligencji czarnych oczu, które pod śnieżnobiałymi brwiami i wypukłym czołem barwy pergaminu gorzały niczym klejnoty w kostnicy. Skóra na łysym, pożółkłym czerepie naprężała się i kurczyła niczym kaptur kobry.

Postać, do której należało oblicze tak przerażające, że nie podobna było na nie patrzeć bez dreszczu zgrozy, stała przez chwilę nieruchomo. Potem wyrzuciła przed siebie chude jak szczapy ręce zakończone długimi na cal paznokciami, położyła je na barkach króla i przemówiła cienkim, piskliwym głosem:

— Słuchaj, królu! Słuchajcie, wojownicy! Słuchajcie, góry, równiny i rzeki ojczyzny Kukuanich! Słuchajcie, niebiosa i słońce! Słuchajcie, deszcze, burze i mgły! Słuchajcie, mężowie i kobiety, młodzieńcy i dziewczęta, słuchajcie, dzieci jeszcze nienarodzone! Słuchajcie, żywe istoty, których przeznaczeniem jest śmierć! Słuchajcie, martwe istoty, które żyć będziecie znowu, by ponownie umrzeć! Słuchajcie, we mnie jest duch życia i przepowiadam! Przepowiadam! Przepowiadam!

Słowa zgasły w złowróżbnym skowycie, a serca tych, którzy ich słuchali, włącznie ze mną, ogarnęła zgroza. Cóż za straszliwa starucha!

— Krew! Krew! Krew! Rzeki krwi, wszędzie krew! Widzę ją, czuję, mam w ustach jej słony smak! Toczy się czerwona po ziemi, leje się czerwonymi strugami z nieba! Kroki! Kroki!

Kroki! Idzie biały człowiek, nadchodzi z daleka! Ziemia drży, ziemia dygocze przed swym panem! Krew jest dobra, czerwona krew lśni, nic tak cudownie nie pachnie jak świeżo rozlana krew! Niechaj lwy się w niej tarzają, niechaj sępy z radosnym krzykiem obmyją w niej skrzydła... Stara jestem! Jestem stara! Wiele już widziałam krwi, oj, wiele, ale więcej jeszcze zobaczę, zanim umrę i będę szczęśliwa. Jak jestem stara, myślicie? Znali mnie wasi ojcowie, znali mnie ich ojcowie, znali ojcowie ojców ojców. Widziałam białych ludzi i wiem, czego pragną. Stara jestem, ale góry są jeszcze starsze. Kto położył wielką drogę, powiedzcie!? Kto pokrył obrazami skały, rzeknijcie mi!? Kto Trzy Milczące ustawił tam tak, że patrzą w czeluść otchłani? — Gwałtownym machnięciem ręki wskazała trzy urwiste szczyty, które zauważyliśmy poprzedniego wieczoru. — Wy nie wiecie, ale ja wiem! Biali ludzie, którzy tu byli przed wami, którzy będą, gdy was już zabraknie, którzy was pożrą i zniszczą. Tak! Tak! Tak! A po co oni przyszli, ci biali, straszliwi, zbrojni w magię i wiedzę, potężni, nieugięci? Cóż to takiego lśni na twym czole, o królu? Kto zaplótł tę stalową koszulę na twej piersi, o królu? Ty nie wiesz, ale ja wiem. Ja, Prastara, ja, Najmędrsza, ja, Isanusi, największa z Czarownic!

Teraz zwróciła ku nam głowę łysą jak u sępa.

— Czego tu szukacie, Biali Przybysze z Gwiazd? Na pewno aby z Gwiazd? Szukacie zaginionego? Nie znajdziecie. Nie ma go tutaj. Od wieków nie zdeptała tej ziemi biała stopa. Chociaż nie, był jeden i umknął, ale śmierć go dosięgnęła. Przyszedł po lśniące kamienie, wiem to, wiem. I wy je znajdziecie, kiedy wyschnie krew, ale czy wrócicie tam, skąd przybyliście, czy też zostaniecie ze mną? Cha, Cha, Cha! A ty, ty, ciemnoskóry i dumnie stąpający — wskazała palcem Umbopę — kim ty jesteś i czego ty tu szukasz? Nie świecących kamieni, nie błyszczącego metalu, gdyż te pozostawisz Białym Gwiezdnym.

Zda mi się, że cię znam, zda mi się, że mogę wyczuć zapach krwi w twoim sercu. Zdejmij swój pas.

Znienacka twarz staruchy zakrzepła w konwulsyjnym grymasie, ona zaś sama, z epileptyczną pianą na ustach, padła na ziemię, skąd przeniesiono ją do pałacu.

Król poderwał się drżący, dał znak ręką, a oddziały natychmiast zaczęły ustępować i po dziesięciu minutach na dziedzińcu pozostaliśmy tylko my, Twala i kilku jego służących.

— Biali przybysze — powiedział król — przyszła mi do głowy myśl, że powinienem was zabić. Dziwne słowa wypowiedziała Gagool. Co wy na to?

Na groźne pytanie odpowiedziałem śmiechem.

— Uważaj, królu, nas nie tak łatwo zgładzić. Widziałeś, co spotkało wołka. Chciałbyś podzielić jego los?

Władca zmarszczył brwi.

— Grozicie królowi?

— Nie grozimy, mówimy prawdę. Spróbuj nas zabić, a sam się przekonasz.

Twala w zadumie potarł czoło wielką dłonią.

— Odejdźcie w pokoju — rzekł wreszcie. — Dziś wieczorem będą wielkie tańce, musicie je zobaczyć. I nie lękajcie się, że podrzucą wam węża. Do jutra wszystko przemyślę.

— Niech i tak będzie, królu — powiedziałem beztrosko, po czym powstaliśmy i w towarzystwie Infadoosa wróciliśmy do swojego kraalu.

# ROZDZIAŁ X

# POLOWANIE NA CZAROWNIKÓW

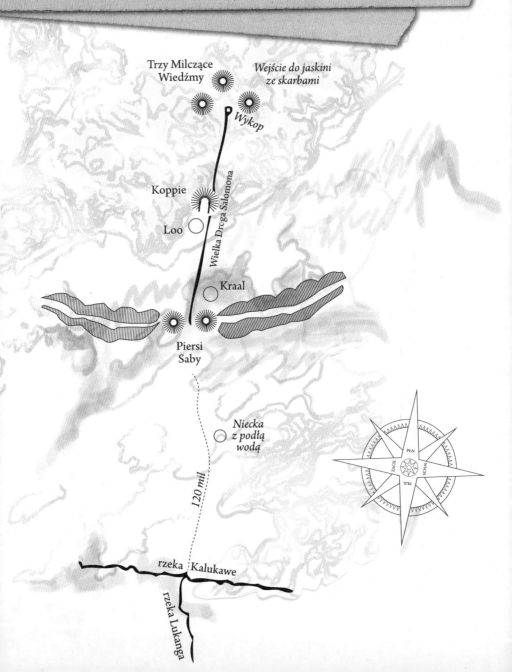

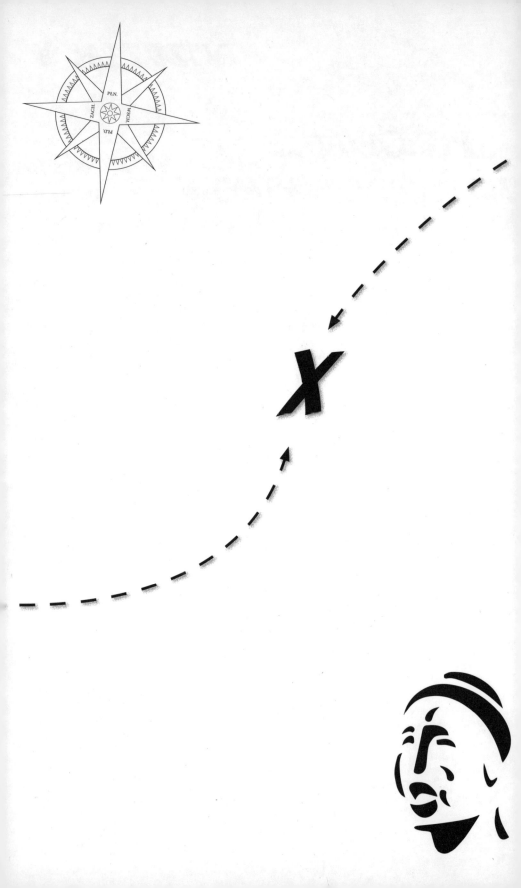

Kiedy dotarliśmy na miejsce, zaprosiłem Infadoosa do środka.

— Chcieliśmy z tobą porozmawiać, Infadoosie.
— O czym, panie prześwietny?
— Wydaje nam się, że król Twala to człowiek bez serca.
— Tak jest, mój panie. Cały kraj jęczy od jego okrucieństw. Sami będziecie to mogli zobaczyć dziś wieczorem. Odbędą się wielkie łowy na czarowników, wielu zostanie wywęszonych i zamordowanych. Nikt nie będzie bezpieczny. Jeśli król ma chęć na czyjeś bydło lub żonę, jeśli obawia się, że ktoś mógłby wzniecić przeciw niemu rebelię, to Gagool, którą widzieliście, albo jakaś inna węszycielka czarowników, wskaże tego człowieka, a on musi zginąć. Tej nocy, zanim zajdzie księżyc, wielu ludzi umrze. Zawsze tak jest. Może i na mnie przyjdzie pora. Jak dotąd ratowała mnie moja znajomość wojaczki, poza tym, żołnierze mnie kochają, ale nie wiem, ile mi jeszcze życia zostało. Kraj jęczy od barbarzyństw Twali; wszyscy mają już dość jego i jego krwawych rządów.

— Jeśli tak, Infadoosie, to czemu go nie obalą?
— Cóż, jest królem, panie prześwietny. Gdyby zginął, jego miejsce zajęłaby Skragga, a ten ma serce bardziej jeszcze robaczywe niż ojciec. Gdyby nie zamordowali Imotu albo gdyby żył jego syn Ignosi, rzeczy miałyby się inaczej, ale, niestety, obaj nie żyją.

— A skąd wiadomo, że Ignosi nie żyje? — padło pytanie zza naszych pleców, a kiedy odwróciliśmy się, zobaczyliśmy, że zadał je Umbopa.

— A ktoś ty taki, aby się odzywać niepytany? — obruszył się Infadoos.

— Posłuchaj mnie, Infadoosie, a coś ci opowiem. Wiele lat temu zabity został król tej ziemi Imotu, a jego żona uciekła z synem Ignosim. Czyż nie tak?

— Tak.

— Mówiono, że zginęli oboje w górach. Czyż nie tak?

— Tak.

— Otóż zdarzyło się, że nie zginęła ani matka, ani jej syn Ingosi. Udało im się pokonać góry, po drugiej stronie napotkali plemię koczowników pustynnych, którzy dowieźli ich do miejsca, gdzie znowu były trawa i woda.

— A ty skąd to wiesz?

— Poczekaj. Podróżowali wiele miesięcy, aż wreszcie dotarli do kraju, który zamieszkują waleczni Amazulu, krewni Kukuanich, mieszkali pośród nich wiele lat, aż wreszcie matka zmarła, a wtedy Ignosi ruszył w dalszą wędrówkę, dotarł do ziem, gdzie żyją biali ludzie, i nauczył się ich mądrości.

— Ładna historyjka, ale co z tego? — spytał lekceważąco Infadoos.

— Przez całe lata był u nich służącym i żołnierzem, nigdy jednak nie zapomniał tego, co słyszał od matki o swym kraju rodzimym, przez cały też czas obmyślał, jak się tam dostać, aby raz jeden przed śmiercią zobaczyć swych rodaków i ojcowski dom. Cierpliwie czekał, aż wreszcie uśmiechnął się do niego los, jak często czyni wobec tych, którym nie zabraknie cierpliwości. Poznał białych ludzi, którzy wyprawiali się w nieznane strony, i przyłączył się do nich. Chcieli odnaleźć bliskiego człowieka, który przepadł bez wieści. Pokonali rozpaloną pustynię, pokonali śnieżne góry, aż wreszcie dotarli do krainy Kukuanich, gdzie spotkali ciebie, Infadoosie.

— Nieźle musiało ci się pomieszać w głowie, że wygadujesz takie bzdury — pokręcił głową stary wojak.

— W takim razie spójrz tutaj. Jam jest Ignosi, prawowity król Kukuanich! — Z tymi słowami Umbopa zrzucił swą *moocha* i stanął przed nami nago. — Widzisz to?

Wskazał na wytatuowanego wokół pępka wielkiego niebieskiego węża, którego paszcza chwytała za ogon dokładnie nad kroczem.

Na ten widok Infadoosowi oczy mało nie wyskoczyły z orbit, a już w następnej chwili padł na kolana.

— *Koom! Koom!* — zawołał. — Tyś jest synem mego brata, tyś jest królem!

— Czyż tego właśnie ci nie powiedziałem, stryju? Powstań, nie jestem jeszcze królem, ale zostanę nim z twoją pomocą i z pomocą tych dzielnych białych ludzi, którzy są moimi przyjaciółmi. Ma jednak rację ta stara wiedźma Gagool, najpierw kraj spłynie krwią, ale w tym będzie i jej krew, jeśli została w niej jeszcze jakaś. Jeśli jest śmiertelna, to musi zginąć, gdyż swymi słowami zabiła mego ojca, a matkę skazała na wygnanie. A teraz, Infadoosie, wybieraj. Czy chcesz włożyć swoje dłonie między moje i zostać moim człowiekiem? Czy chcesz ze mną dzielić czekające mnie niebezpieczeństwa i pomóc mi obalić tyrana i mordercę, czy wolisz stać z boku? Wybieraj!

Stary namyślał się chwilę głęboko, a potem wstał i podszedł do Umbopy, czy raczej Ignosiego, klęknął przed nim i wzniósł w górę złożone dłonie.

— Ignosi, prawowity królu Kukuanich. Wkładam me dłonie między twoje na znak tego, że aż do śmierci będę twoim człowiekiem. Kiedyś był dzieckiem, jeździłeś na moich kolanach, dzisiaj moje stare ramię walczyć będzie za ciebie i za wolność.

— Dobrze się stało, Infadoosie. Jeśli zwyciężę, będziesz najpotężniejszym człowiekiem po królu w kraju Kukuanich. Jeśli przegram, zginiesz, ale przecież i tak niedaleko ci już do śmierci. Powstań, stryju! — Teraz zwrócił się do nas: — A czy wy, biali ludzie, także mi pomożecie? Co mam do zaoferowania? Białe kamienie. Jeśli wygram i je znajdę, będziecie mogli wziąć tyle, ile udźwigniecie. Czy to wam odpowiada?

Przetłumaczyłem kwestię Ignosiego.

— Powiedz mu — rzekł sir Henry — że mylą się co do Anglików. Bogactwo nie jest złem i jeśli nam się nadarzy, to nie będziemy przed nim czmychać, ale dżentelmen nie sprzedaje się za bogactwo. W swoim imieniu powiem tyle. Zawsze podobał mi się Umbopa i chętnie wesprę go w tym przedsięwzięciu, bardzo też rad wyrównam rachunki z tym diabelskim okrutnikiem Twalą. A jakie jest wasze zdanie, panowie?

— No cóż — powiedział Good. — Sięgając po kwiecisty język, w którym miejscowi się lubują, niech pan mu powie, że dobra jest wojaczka i sama myśl o niej ożywia serce, jeśli więc chodzi o mnie, to jestem jego człowiekiem, ale jeden mam warunek: niechaj mi wolno będzie chodzić w spodniach.

Przetłumaczyłem zasadniczy sens obu odpowiedzi.

— Bardzo się cieszę, przyjaciele — rzekł Ignosi, dawniej Umbopa. — A jak z tobą, Makumazanie, czy i ty mnie wesprzesz, stary myśliwcze sprytniejszy niż raniony bawół?

— Umbopo czy Ignosi — odparłem. — Nie przepadam za rewolucjami, jestem człowiekiem spokojnym i jest też we mnie trochę tchórza. — Tę ostatnią uwagę Umbopa skwitował uśmiechem. — Z drugiej jednak strony, nigdy nie porzucam przyjaciół, Ignosi. Przyłączyłeś się do nas i dzielnie nas wspomagałeś, więc i ja cię nie opuszczę. Zarazem jednak muszę zarabiać na życie, więc akceptuję twą propozycję z diamentami, jeśli w ogóle uda się ujść cało z czekających nas tarapatów.

Jeszcze jedna rzecz — wyruszyliśmy, jak wiesz, aby szukać zaginionego brata Inkubu (sir Henry'ego), więc jak my tobie, tak ty nam musisz pomóc.

— Tak będzie — zapewnił Ignosi. — Infadoosie, na znak węża na mym brzuchu zaklinam cię, mów prawdę. Czy słyszałeś, by jakiś biały człowiek zjawił się w tym kraju?

— Nie, o Ignosi.

— A gdyby ktoś widział białego człowieka lub słyszał o nim, dowiedziałbyś się o tym?

— Z całą pewnością.

— Sam słyszałeś, Inkubu — zwrócił się Ignosi do sir Henry'ego. — Nie było go tutaj.

Sir Henry westchnął ciężko.

— No tak, obawiałem się, że nie dał rady dotrzeć tak daleko. Biedaczyna! Wszystko zatem na nic, ale tak chciał Bóg.

— Przejdźmy do rzeczy bieżących — powiedziałem, żeby jak najszybciej zmienić bolesny temat. — Piękna to rzecz być królem z mocy prawa, Ignosi, ale jak zamierzasz stać się nim w rzeczywistości?

— Tego nie wiem. Infadoosie, przychodzi ci do głowy jakiś plan?

— Ignosi, Synu Błyskawicy — odparł stryj. — Dziś wieczorem są wielkie tańce i łowy na czarowników. Wielu ludzi zostanie wytropionych i straconych, a w sercach innych wrzeć będzie ból, strach i wściekłość na Twalę. Gdy skończą się tańce, porozmawiam z niektórymi z największych wodzów, a jeśli uda mi się ich pozyskać, oni zwrócą się do swych oddziałów. Zacząć muszę ostrożnie, stopniowo przekonując ich, że to ty, panie, jesteś prawdziwym królem, ale jeśli mi się to uda, jutro o brzasku powinieneś mieć po swojej stronie jakieś dwadzieścia tysięcy włóczni. Kiedy więc tańce się skończą, a ja będę żywy i w ogóle wszyscy zachowamy życie, spotkamy się tutaj i porozmawiamy. Nawet jeśli nam się uda, wojna jest nieuchronna.

W tym momencie przerwał nam okrzyk zapowiadający przybycie posłańców królewskich. Podszedłszy do drzwi, krzyknęliśmy, aby ich wpuszczono, więc zaraz zjawiło się trzech mężczyzn, a każdy niósł błyszczącą kolczugę i wspaniały topór bojowy.

— Dary Jego Królewskiej Wysokości dla białych ludzi z Gwiazd! — oznajmił towarzyszący im herold.

— Przekażcie królowi nasze podziękowania — powiedziałem. — Możecie odejść.

Kiedy się oddalili, z wielkim zainteresowaniem obejrzeliśmy zbroje. Nigdy wcześniej nie widzieliśmy równie pięknych kolczug. Były splecione tak ściśle, że kiedy się je złożyło, niemal mieściły się w dwóch dłoniach.

— Wspaniałe, Infadoosie — rzekłem z podziwem. — Robicie je tutaj, w kraju?

— Nie, panie, odziedziczyliśmy je po przodkach. Nie wiemy, kto je zrobił, a teraz zostało ich tylko kilka i mogą je nosić wyłącznie ci, którzy mają w żyłach królewską krew[11]. To magiczne opończe, nie przebije ich żadna dzida ani oszczep, więc ten, kto ma taką na sobie podczas bitwy, może się nie lękać o swoje życie. Król jest albo bardzo zadowolony, albo bardzo zaniepokojony, gdyż inaczej nie uczyniłby takiego podarunku. Załóżcie je na dzisiejszy wieczór, panowie prześwietni.

Resztę dnia spędziliśmy w spokoju, odpoczywając i omawiając sytuację, która okazała się niezwykle ekscytująca. Po zachodzie słońca zapłonęły tysiące ognisk wartowniczych; z mroku dobiegał nas odgłos licznych stóp i szczęk setek dzid,

---

[11] W Sudanie Arabowie nadal noszą miecze i zbroje, które ich przodkowie zdarli z ciał krzyżowców (przyp. wydawcy angielskiego).

gdy oddziały udawały się na miejsca, gdzie miały szykować się do tańców. Kiedy wzeszedł pełny księżyc, wylegliśmy z chat, żeby nacieszyć się jego blaskiem, a niedługo potem nadciągnął Infadoos w zbroi w towarzystwie dwudziestu żołnierzy, którzy mieli nas eskortować. Zgodnie z jego radą na ubranie naciągnęliśmy otrzymane od króla kolczugi, ze zdziwieniem stwierdzając, że nie są ani ciężkie, ani niewygodne. Wykonane najwidoczniej na rosłych wojowników, ze mnie i z Gooda raczej zwisały, natomiast figurę sir Henry'ego kolczuga otulała tak dokładnie jak rękawica dłoń. Zawiesiwszy u pasa rewolwery i wziąwszy w dłonie podarowane topory, ruszyliśmy na tańce.

W wielkim kraalu, gdzie z rana udzielono nam audiencji, tym razem zastaliśmy nie osiem, ale dwadzieścia tysięcy wojowników uformowanych w pułki, które z kolei dzieliły się na kompanie. Te rozlokowały się tak, by swobodnie mogli się między nimi przechadzać tropiciele czarowników. Trudno sobie wyobrazić bardziej imponujący widok: tysiące zbrojnych, karnych, bitnych wojowników zastygłych w milczeniu oraz księżyc zalewający swym obojętnym światłem las dzid i różnobarwne pola, w jakie układały się pojedyncze tarcze. Gdziekolwiek spojrzeć, stały szeregi żołnierzy o chmurnych obliczach, nad nimi zaś szeregi metalowych ostrzy.

— Rozumiem, że zebrała się tu cała wasza armia? — zwróciłem się do Infadoosa.

— Nie, Makumazanie, ledwie trzecia jej część. Każdego roku na tańcach zjawia się jedna trzecia, następna jedna trzecia czeka na obrzeżach miasta na wypadek, gdyby z powodu morderstw doszło do jakichś rozruchów, dalszych dziesięć tysięcy czeka w pogotowiu w garnizonach, które kołem otaczają Loo, reszta zaś pilnuje granic. Ale i jedna trzecia to wielka siła.

— Jakże są cisi! — zauważył Good, gdyż istotnie takie grobowe milczenie, gdy zbierze się dwadzieścia tysięcy żołnierzy, jest czymś zupełnie niezwykłym.

— Co mówi Bougwan? — spytał Infadoos.
Przetłumaczyłem.

— Ci, na których pada cień śmierci, nie są rozmowni — powiedział posępnie.

— Wielu zostanie zabitych?

— Bardzo wielu.

— Zdaje się, że będziemy świadkami wielkiego pokazu gladiatorów, podczas którego liczba ofiar nie ma znaczenia.

Sir Henrym wstrząsnął dreszcz, a Good mruknął, że najchętniej by się z tego wszystkiego wyplątał.

— Powiedz mi, czy nam coś grozi?

— Nie wiem, panowie prześwietni. Bądźcie nieufni, ale niczego po sobie nie pokazujcie, a szczególnie lęku. Jeśli przeżyjecie tę noc, potem już wszystko może być dobrze. Żołnierze zaczynają szemrać, są niezadowoleni z króla.

Wymieniliśmy te uwagi, zmierzając do centrum, gdzie w pustym kręgu ustawiono kilka taboretów. Zobaczyliśmy, że od strony siedziby królewskiej zmierza w to samo miejsce kilkunastoosobowa grupka.

— Król Twala, jego syn Skragga i prastara Gagool — wyliczał półgłosem Infadoos — a razem z nimi oprawcy.

Istotnie, za wymienioną trójką szło kilkunastu olbrzymów o dzikim wyglądzie, każdy zbrojny w dzidę i ciężką pałkę.

Król zajął miejsce na środkowym stołku, Gagool przycupnęła u jego stóp, reszta stanęła za nim.

— Witajcie, biali przybysze — zawołał do nas Twala — i siadajcie, siadajcie. Nie ma co marnować cennego czasu, gdyż wiele jest do zrobienia tej nocy. Zjawiliście się w samą porę, żeby zobaczyć wyborne widowisko. Spójrzcie dookoła, biali panowie, spójrzcie dokoła. — Sam swym jedynym wrednym okiem potoczył po oddziałach. — Czy mogą się Gwiazdy równać z takim widokiem? Widzicie, jak dygocą w swej nikczemności wszyscy ci, którzy w sercu niosą zło i lękają się sądu Niebios, które nad nimi górują?

— Zaczynać! Zaczynać! — zaskrzeczała Gagool swoim przenikliwym głosem. — Hieny są głodne, wyją o ścierwo! Zaczynać! Zaczynać!

Zapadła cisza gęsta od przeczucia tego, co miało nastąpić.

Twala poderwał rękę zbrojną w dzidę i w tej samej chwili dwadzieścia tysięcy stóp uniosło się i tupnęło tak zgodnie, jakby należały do jednej osoby. Powtórzyło się to jeszcze dwa razy, więc dwa jeszcze razy ziemia zadygotała. Potem, gdzieś z daleka, dopłynął drżący głos snujący hymn żałobny, którego refren brzmiał:

*Jaki los czeka tego, kto zrodził się z kobiety?*

Na co wszystkie niemal gardła zgodnie odpowiedziały:

ŚMIERĆ!!!

Stopniowo pieśń podchwytywały kolejne kompanie, aż wreszcie ogarnęła ona cały żołnierski tłum, a ja już tylko z trudem mogłem wychwytywać pojedyncze słowa, rozumiejąc coś niecoś o różnych ludzkich trwogach i radościach, o miłości, o wojennym zapale. Śpiewy uwieńczył tren żałobny, który zakończył się przeciągłym, mrożącym krew w żyłach skowytem.

Na całym placu ponownie zaległa cisza, którą i teraz przerwał gest królewskiej dzidy. Odpowiedziało mu zbiorowe tupnięcie, a wtedy od żołnierskiej masy oddzieliły się dziwne i straszliwe postacie, by pognać w naszym kierunku. Kiedy się zbliżyły, zobaczyliśmy, że to kobiety, w większości wiekowe, gdyż powiewały za nimi siwe włosy, w które wpleciono rybie łuski. Na twarzach miały białe i żółte smugi, z pleców zwieszały się wężowe skóry, w pasie były przewiązane opaskami z ludzkich kości, a każda w drżącej ręce trzymała rozwidloną różdżkę. Dotarłszy do nas, zatrzymały się, a jedna, wymierzywszy różdżką w postać Gagool, zawołała:

— Matko prastara, oto jesteśmy!

— Dobrze! Dobrze! Dobrze! — zawyła ta stara Nikczemność. — Bystre masz dziś oczy, Isanusi [co znaczyło Wiedźmo Wiedźm]? — Wystarczająco bystre, by widziały w mroku?

— Tak, matko, są bystre.

— Dobrze! Dobrze! Dobrze! Uszy masz otwarte, Isanusi, by słyszeć słowa, których język nie wypowiada?

— Tak, matko, są otwarte.

— Dobrze! Dobrze! Dobrze! Zmysły masz wyczulone, Isanusi, by wyczuć krew i kraj nasz oczyścić z niegodziwców, którzy knują przeciw królowi i sąsiadom? Jesteście gotowe czynić sprawiedliwość w imię Niebios, które nad nami górują? Wy, moje uczennice, wy, któreście spożywały chleb mej mądrości i piły wodę mojej magii?

— Tak, matko, jesteśmy gotowe!

— Więc do dzieła! Nie ociągajcie się, sępice! Widzicie — machnęła za siebie, w kierunku złowrogich katów — oprawcy naostrzyli włócznie, biali przybysze z daleka głodni są widowiska. Do dzieła!

Z dzikim wyciem i z klekotem wiszących u pasa kości wysłanniczki Gagool rozbiegły się we wszystkich kierunkach jak okruchy zrzuconej z wysoka wazy i zaczęły przemykać w lukach między kompaniami. W sytuacji gdy nie mogliśmy śledzić ich wszystkich, uwagę skupiliśmy na najbliższej nas

Isanusi. Stanąwszy przed szeregiem wojowników o kilka kroków, rozpoczęła szaleńczy taniec, z niewiarygodną prędkością wirując na palcach i wyrzucając z siebie okrzyki w rodzaju: „Czuję go, złoczyńcę!", „On tu jest, truciciel matki!", „Słyszę myśli królobójcy!".

Obracała się coraz szybciej, aż wreszcie wpadła w taki szał, iż spomiędzy kłapiących szczęk potoczyła się piana, oczy mało nie wyskoczyły z orbit, a starcze ciało wyraźnie wibrowało. Nagle znieruchomiała, sztywna niczym pies myśliwski węszący za zwierzyną, potem zaś z nastawioną różdżką zaczęła się podkradać ku żołnierzom, którzy utracili swój dotychczasowy stoicyzm, kuląc się i w miarę możliwości odsuwając od staruchy. My śledziliśmy jej ruchy z jakąś chorobliwą fascynacją. Skulona, węsząca Isanusi sunęła przed frontem żołnierzy; od czasu do czasu zatrzymywała się i rozglądała, potem znowu robiła kilka kroków.

I nagle finał! Z wrzaskiem podskoczyła i rozwidloną różdżką dotknęła wysokiego wojownika, a wtedy towarzysze stojący po jego lewej i prawej stronie bezzwłocznie pochwycili go pod ramiona i zaprowadzili przed oblicze króla.

Nie opierał się, ale widzieliśmy, że nogi wlokły się za nim, a dzida wypadła z rozwartych palców, które zwisały bezwładnie jak u omdlałego.

Na spotkanie im wyszło dwóch oprawców. Gdy nadchodząca trójka zatrzymała się przed nimi, z pytającym spojrzeniem obrócili się do Twali, ten zaś warknął krótko:

— Zabić!
— Zabić! — zawyła Gagool.
— Zabić! — z głuchym rechotem powtórzył Skragga.

Jeszcze nie przebrzmiały te słowa, a straszliwe dzieło zostało dokonane. Jeden z katów wbił nieszczęśnikowi dzidę w serce, drugi zaś dla pewności roztrzaskał mu czaszkę pałką.

— Jeden! — odliczył Twala niczym ciemnoskóra Madame Defarge[12], jak to ujął Good, a ciało odciągnięto o kilka kroków za nas i ciśnięto na ziemię.

Ledwie się to stało, a już kolejną ofiarę przywleczono niczym wołu na rzeź. Po lamparciej skórze poznaliśmy, że tym razem był to ktoś znaczniejszy. Znowu rozbrzmiały straszliwe okrzyki i padł następny trup.

— Dwa! — spokojnie oznajmił Twala.

I tak toczyły się te straszliwe łowy, aż wreszcie za nami legła w rzędach setka zwłok. Słyszałem o rzeziach gladiatorów w cesarskim Rzymie, słyszałem o hiszpańskich walkach byków, nie sądzę jednak, by cokolwiek mogło dorównać łowom na czarowników u Kukuanich. Ostatecznie zadaniem czy to walki gladiatorów, czy korridy było dostarczenie uciechy publiczności, tutaj jednak z pewnością chodziło o coś innego. Najbardziej lubujący się w brutalnych sensacjach widz wzdrygnąłby się przed uczestnictwem w widowisku, wiedząc, że w każdej chwili sam może stać się jego bohaterem.

W pewnej chwili chcieliśmy zaprotestować, ale Twala natychmiast nas usadził.

— Nie sprzeciwiajcie się prawu, biali przybysze. Te psy to czarownicy i złoczyńcy, dobrze więc, że zdechli.

Około wpół do jedenastej nastąpiła przerwa. Tropicielki czarowników zebrały się w jedną grupę, najwyraźniej wyczerpane swoją krwawą pracą, a my przedwcześnie uznaliśmy, że to już koniec. Tymczasem ku naszemu zdumieniu Gagool wyprostowała się i podpierając laską, wyszła na środek otwartej przestrzeni. Przedziwny to był widok, jak ta starucha z sępią głową, przez wiek niemal zgięta wpół, zbiera w sobie siły, ale

---

[12] Postać z powieści Dickensa *Opowieść o dwóch miastach* (przyp. tłum.).

kiedy już zaczęła się ruszać, okazała się niemal tak aktywna jak jej okropne uczennice. Rzucała się we wszystkie strony, podśpiewując pod nosem, aż wreszcie podbiegła do wysokiego mężczyzny stojącego przed resztą i dotknęła go. Cały oddział jęknął, najwyraźniej rozpaczając po stracie dowódcy, niemniej jednak chwycili go dwaj inni wodzowie i zaprowadzili na egzekucję. Później mieliśmy się dowiedzieć, że był bardzo znanym i ważnym człowiekiem, dalekim kuzynem króla.

Kiedy padł martwy, Twala odliczył sto trzecią ofiarę. Gagool znowu zaczęła się miotać, coraz bardziej zbliżając się do nas.

— Niech mnie kule biją, ale coś mi się wydaje, że chce popróbować swoich sztuczek na nas — wykrzyknął wystraszony Good.

— Nonsens! — obruszył się sir Henry.

Co do mnie, kiedy tylko zauważyłem, jak w swoich pląsach tańczy coraz bliżej nas, serce we mnie omdlało. Odruchowo zerknąłem przez ramię na długie rzędy ciał i zadrżałem.

Ciskała się i rzucała jak opętany znak zapytania. Wszyscy wpatrywali się w nią ze zgrozą, aż w końcu znieruchomiała z ręką wzniesioną ku górze.

— I kto to będzie? — mruknął sir Henry.

W następnej jednak sekundzie nie mogło być już mowy o żadnej wątpliwości, starucha bowiem podbiegła do Ignosiego *alias* Umbopy i dotknęła jego ramienia.

— Wyczułam! — wrzasnęła. — Zabijcie go, zabijcie! Cały ocieka złem, zabijcie go, przybłędę, zanim krew z niego odpłynie. Zabij go, o królu!

Umilkła, a ja natychmiast zawołałem, zrywając się z miejsca:

— Wasza królewska mość, to sługa twoich gości, ich pies! Ktokolwiek rozleje krew naszego psa, to jakby rozlał naszą. Żądam, by prawo gościnności objęło też naszego sługę.

— Gagool, matka wszystkich tropicielek, wyczuła zło. On musi umrzeć, biały człowieku — padła surowa odpowiedź.

— Nie, nie umrze — powiedziałem stanowczo. — Śmierć natomiast czeka każdego, kto ośmieli się go tknąć.

— Brać go! — krzyknął Twala do swoich oprychów, którzy aż po białka oczu pokryci byli krwią ofiar.

Postąpili w naszym kierunku, ale się zawahali, natomiast Ignosi potrząsnął dzidą na znak, że nie zamierza łatwo sprzedać skóry.

— Cofnąć się, wściekłe psy! — zawołałem. — Cofnąć się, jeśli chcecie doczekać świtu. Niech tylko włos spadnie mu z głowy, a zginie wasz król!

Wycelowałem w Twalę z rewolweru; sir Henry i Good także wyciągnęli broń. Pierwszy wymierzył w jednego z katów, drugi na muszkę wziął Gagool.

Twala skrzywił się niemiłosiernie, widząc lufę godzącą w jego szeroką pierś.

— Zatem jak, Twalo? — wycedziłem.

— Odłóżcie swoje magiczne rury — powiedział. — Oszczędzę go, ale nie ze strachu, lecz dlatego, że powołaliście się na prawo gościnności. Odejdźcie w pokoju.

— I bardzo dobrze — pokiwałem głową — bo już dość mamy tej rzezi. Z chęcią pójdziemy spać. Koniec już tańców?

— Koniec — prychnął Twala. — Rzucić te zdechłe psy hienom i sępom na pożarcie — rozkazał i uniósł dzidę, a na ten znak oddziały zaczęły się rozchodzić, pozostał tylko jeden, aby pozbierać ciała ofiar.

Powstaliśmy i my, pozdrowiliśmy Jego Królewską Wysokość, który ledwie raczył to dostrzec, a potem skierowaliśmy się do swego kraalu.

— Muszę powiedzieć — rzekł sir Henry, kiedy usiedliśmy, wcześniej zapaliwszy używaną przez Kukuanich lampę, w której knot z liścia palmowego nasączony był tłuszczem hipopotama — że nie pamiętam, kiedy ostatni raz tak bliski byłem mdłości.

— Jeśli miałbym jakiekolwiek wątpliwości, czy pomóc Umbopie w buncie przeciw tej piekielnej zgrai, to rozwiały się wszystkie. Ledwie mogłem wysiedzieć, gdy trwała ta masakra. Usiłowałem trzymać oczy zamknięte, ale otwierały się w nieodpowiednim momencie. Ciekawe, co się stało z Infadoosem. Umbopo, przyjacielu, powinieneś być nam wdzięczny; niewiele brakowało, a zrobiliby w tobie dziurę na wylot.

— Jestem wdzięczny, Bougwanie — odpowiedział Umbopa, a ja na bieżąco tłumaczyłem — i nigdy wam tego nie zapomnę. Co do Infadoosa, będzie tu niebawem. Musimy czekać.

Zapaliliśmy więc fajki i czekaliśmy.

# ROZDZIAŁ XI

## DAJEMY ZNAKI

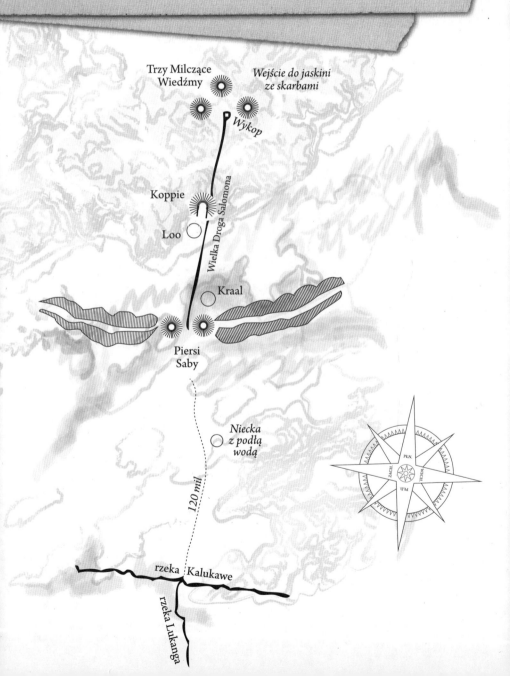

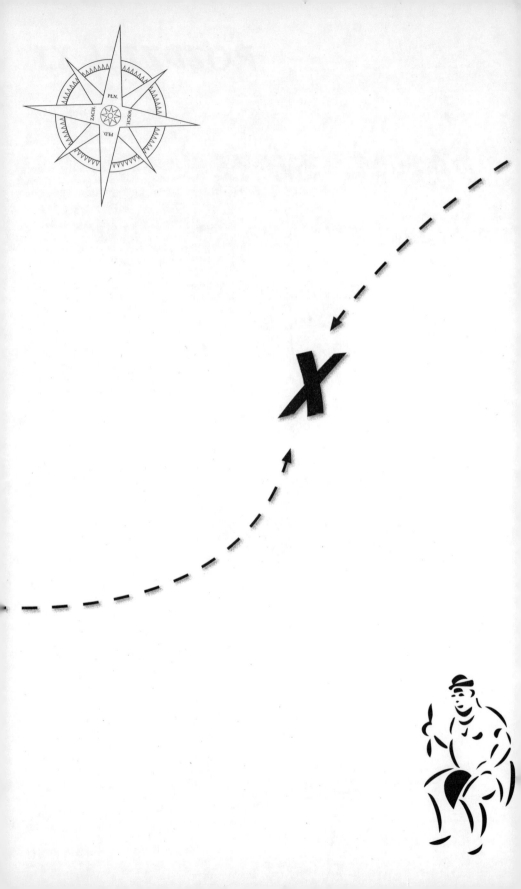

Długo, myślę, że jakieś dwie godziny, siedzieliśmy w milczeniu, przytłoczeni wspomnieniami tego, co ujrzeliśmy. I kiedy postanowiliśmy się kłaść, gdyż noc chyliła się już ku końcowi, usłyszeliśmy zbliżające się kroki. Rozległ się okrzyk wartownika, padła odpowiedź, której nie zrozumieliśmy, stąpanie było coraz głośniejsze, aż wreszcie w drzwiach stanął Infadoos, któremu towarzyszyło sześciu dumnie wyglądających wodzów.

— Panowie prześwietni, Ignosi, prawowity królu Kukuanich, przychodzę zgodnie z obietnicą — oznajmił. — Przyprowadziłem ze sobą tych znakomitych wodzów, z których każdy ma pod swoją komendą trzy tysiące żołnierzy. Każdy z nich za swą najwyższą powinność uważa służbę królowi. Powiedziałem im, co widziałem i słyszałem, ale moje słowa to za mało. Dlatego teraz to ty, szlachetny Ignosi, pokaż im węża na swoim ciele i przedstaw opowieść, aby sami rozsądzili, wobec kogo powinni być lojalni. Niechaj zdecydują, czy chcą wraz z tobą wystąpić przeciw Twali.

W odpowiedzi Ignosi ponownie zdjął opaskę i ukazał węża na swym ciele. Każdy z wodzów podchodził, nachylał się, badał tatuaż, a potem w milczeniu przechodził na drugą stronę. Kiedy zrobili to wszyscy, Ignosi opiął *moocha* wokół bioder i powtórzył historię, której wysłuchaliśmy rano.

— Teraz więc — odezwał się po ostatnich słowach Umbopy Infadoos — kiedyście wszystkiego wysłuchali na własne uszy, o wodzowie, rzeknijcie: zamierzacie temu człowiekowi dopomóc w odzyskaniu ojcowskiego tronu czy też nie? Cały kraj stęka pod panowaniem Twali, krew płynie strumieniami, samiście to widzieli dzisiaj w nocy. Chciałem rozmawiać jeszcze z dwoma innymi wodzami, ale gdzież oni teraz? Hieny wyją nad ich ciałami. I z wami nie będzie inaczej, jeśli teraz nie uderzycie. Wybierajcie, bracia.

Najstarszy z całej szóstki, niski i barczysty, wystąpił do przodu i powiedział:

— Prawdziwe twe słowa, Infadoosie, kraj stęka, kraj jęczy; mój brat był pośród tych, którzy tej nocy stracili życie, chodzi tu jednak o wielką sprawę, a opowieści tej trudno dać wiarę. Jak można być pewnym, że nie okaże się, iż podnieśliśmy włócznie dla złodzieja i kłamcy? To wielka sprawa, powtarzam, której końca nikt z nas nie zna, a pewnym można być jednego: zanim rzecz cała się skończy, popłyną rzeki krwi. Wielu na pewno nadal będzie się trzymać króla, gdyż ludzie wyżej czczą to słońce, które stoi na niebie, niż to, które dopiero ma wzejść. Ci Biali Przybysze z Gwiazd... Ich magia jest wielka, a Ignosi jest pod ich skrzydłami. Jeśli rzeczywiście Ignosi ma być królem, niechże dadzą nam znak. Niechże dadzą znak, który wszyscy zobaczą. Ludzie będą do nas lgnąć, jeśli będą wiedzieć, że magia białych jest po naszej stronie.

— Macie przecież znak węża — powiedziałem.

— To nie starczy, panie. Ktoś go mógł specjalnie nanieść. Dajcie nam znak i to wystarczy, ale bez niego się nie ruszymy.

Inni pokiwali głowami, więc zwróciłem się do sir Henry'ego i Gooda, by wyjaśnić sytuację.

— Mnie się to podoba — powiedział z ożywieniem Good. — Niech pan im powie, żeby dali nam chwilę do namysłu.

Przetłumaczyłem i wodzowie się wycofali. Gdy tylko znikli, Good podszedł do pudełka z medykamentami, otworzył i wyjął notatnik, który na skrzydełkach miał kalendarzyk.

— Powiedzcie, panowie, czy aby jutro nie mamy czwartego czerwca? — Dokładnie zapisywaliśmy daty, więc bez wahania potwierdziliśmy. — Świetnie, spójrzcie tutaj: *4 czerwca, całkowite zaćmienie Księżyca, początek 08:15 czasu Greenwich, widoczne na Teneryfie, w Afryce Południowej* i tak dalej. To nam wystarczy. Macie swój znak. Niech pan im powie, że jutro w nocy zgasimy księżyc.

Pomysł był znakomity i jedyne niebezpieczeństwo polegało na tym, że kalendarzyk Gooda mógł nie być dokładny. Jeśli przepowiednia okaże się fałszywa — stracimy cały prestiż, a Ignosi szansę na tron Kukuanich.

— A jeśli to nie jest ścisła informacja? — powątpiewał sir Henry, podczas gdy Good zaciekle coś obliczał.

— Nie ma co się obawiać — odpowiedział. — Z doświadczenia wiem, że zaćmienia zawsze są punktualne, a tu jeszcze na dodatek podają, że będzie widoczne w południowej Afryce. Przeprowadziłem obliczenia, pobieżne, gdyż nie znam dokładnie naszego położenia. W każdym razie wychodzi mi, że zacznie się o dziesiątej wieczór i potrwa do wpół do pierwszej. Przez jakieś półtorej godziny będzie niemal zupełna ciemność.

— No cóż — kiwnął głową sir Henry. — Chyba musimy zaryzykować.

Zgodziłem się i ja, acz z pewnym wahaniem — niebo może być zachmurzone, doświadczenie Gooda doświadczeniem, ale dane zawsze mogą się mylić. Niemniej poleciliśmy Umbopie, aby zawołał wodzów z powrotem. Kiedy weszli, zwróciłem się do nich w te słowa:

— Posłuchajcie, wielcy wodzowie Kukuanich i ty, Infadoosie. Nieczęsto okazujemy swoją moc, gdyż trzeba wtedy nagiąć bieg natury, a to w całym świecie rodzi niepokój i trwogę. Ponieważ jednak sprawa jest nader ważna, a my zagniewani jesteśmy na króla z powodu masakry, którą kazał nam oglądać, a także z racji tego, że Isanusi Gagool chciała na śmierć wystawić naszego przyjaciela Ignosiego, więc zdecydowaliśmy się dać znak, który wszyscy zobaczą. — Podprowadziłem ich do drzwi, skąd wskazałem na czerwoną kulę księżyca. — Co tam widzicie?

— Księżyc w pełni — odpowiedział najstarszy.

— Zgoda. A teraz powiedzcie: czy może zwykły śmiertelnik zgasić w jednej chwili księżyc i cały świat pogrążyć w ciemności?

Kukuani zachichotał.

— Nie, panie, nikt z ludzi tego nie potrafi. Księżyc potężniejszy jest od patrzącego na niego człowieka i nie odmienia dla niego swoich obyczajów.

— Skoro tak powiadasz, to dowiedz się, że jutro wieczorem, na dwie godziny przed północą, sprawimy, że księżyc zniknie na półtorej godziny, a ciemność zapanuje nad światem. Czy ten znak wam wystarczy?

— Tak, panowie — odrzekł najstarszy wódz z uśmiechem, który rozlał się też na twarzach jego towarzyszy. — Jeśli naprawdę tego dokonacie, wystarczy to nam.

— Wszyscy trzej, Inkubu, Bougwan i Makumazan, obwieszczamy to i spełnimy. Słyszałeś, Infadoosie?

— Słyszałem, panie prześwietny, ale uszom swoim nie wierzę. Chcecie zgasić księżyc, gdy jest w pełni mocy, księżyc, który zrodził świat?

— To właśnie chcemy uczynić, Infadoosie.

— Dobrze się składa, panowie prześwietni. Dwie godziny po zmierzchu Twala przyśle po was, abyście zobaczyli taniec dziewcząt. Godzinę po rozpoczęciu tę, którą Twala uzna za najpiękniejszą, ma zabić Skragga, jego syn, w ofierze dla Trzech Milczących, które pełnią swoją górską wartę. — Mówiąc to, wskazał na trzy szczyty, przy których miała się kończyć Droga Salomona. — Wtedy zgaście księżyc. Uratujecie życie dziewicy, a wszyscy ludzie wam uwierzą.

— Tak, tak — przyłączył się najstarszy wódz, ale chichot zdradzał, że nie bardzo nam wierzył. — Wtedy wszyscy uwierzą.

— Dwie mile od Loo — odezwał się Infadoos — jest góra w kształcie młodego księżyca, a na niej warownia, gdzie stacjonuje mój pułk i trzy jeszcze inne, którymi komenderują ci wodzowie. Z rana zadbam o to, aby dołączyły do nich jeszcze dwa, a może nawet trzy pułki. Jeśli naprawdę zgasicie księżyc, to trzymając was za rękę, panowie prześwietni, wyprowadzę was z Loo w to miejsce. Tam będziecie bezpieczni i stamtąd możemy uderzyć na Twalę.

— Dobrze — zgodziłem się. — A teraz pozwólcie nam zasnąć, abyśmy mogli nabrać sił do wielkiej magii.

Podnieśli się wszyscy wodzowie wraz z Infadoosem, pożegnali nas i odeszli.

— Powiedzcie, przyjaciele — odezwał się Ignosi, gdy wodzowie nie mogli go już usłyszeć — czy naprawdę potraficie sprawić taki cud? Czy tylko chcieliście namącić im w głowie?

— Ufamy, że jesteśmy w stanie to zrobić, Umbopo czy raczej Ignosi.

— Niepojęte. Nie uwierzyłbym, gdybyście nie byli Anglikami, gdyż angielski dżentelmen, jak słyszałem, nigdy nie łamie słowa. Jeśli wyjdziemy z tego wszystkiego z życiem, hojnie was wynagrodzę.

— Ignosi — odezwał się sir Henry. — Obiecaj mi jedną rzecz.

— Przyrzekam, Inkubu, mój przyjacielu, zanim jeszcze wypowiesz swe życzenie.

— Obiecaj, że jeśli zostaniesz królem, to skończysz z tymi łowami na czarowników i że odtąd nikt na tej ziemi nie zostanie zabity bez sprawiedliwego sądu.

Przetłumaczyłem, Ignosi namyślał się przez chwilę, a potem odparł:

— Obyczaje czarnoskórych inne są niż obyczaje białych, Inkubu. Nie cenią oni życia tak wysoko jak wy, przyrzekam jednak. Jeśli tylko będzie to w mojej mocy, to położę kres tropieniu czarowników, nikomu też bez uczciwego sądu życie nie będzie odebrane.

— Umowa zatem stoi — oświadczył sir Henry. — A teraz zaznajmy trochę snu.

Zmęczeni fizycznie i duchowo szybko zapadliśmy w sen. Koło jedenastej zbudził nas Ignosi; wstaliśmy, umyliśmy się i zjedliśmy solidne śniadanie. Potem wyszliśmy na miasto, by z zainteresowaniem obserwować konstrukcje chat Kukuanich i obyczaje ich kobiet.

— Mam nadzieję, że Good nie myli się z zaćmieniem — powiedział w pewnej chwili sir Henry.

— Jeśli się myli, rychło będzie po nas — odrzekłem ponuro — gdyż przynajmniej tego możemy być pewni, że wtedy któryś z tych wodzów, a może i wszyscy, przekażą rzecz całą królowi. Spowoduje to inne zaćmienie, które z pewnością nam się nie spodoba.

Wróciliśmy do kraalu, zjedliśmy obiad, a potem przyjęliśmy kilka wizyt starszyzny Kukuanich, aczkolwiek podejrzewaliśmy, iż goście przyszli raczej na przeszpiegi z polecenia Twali, niż aby dać wyraz swojej życzliwości, to bowiem łacno mogliby przypłacić życiem. Wreszcie słońce zaczęło chylić się ku horyzontowi, my zaś milczeliśmy, w cichości ducha zastanawiając się, co też przyniosą najbliższe godziny. Wreszcie o wpół do dziewiątej przybył posłaniec od Twali, aby zaprosić nas na wielki doroczny Taniec Dziewic, który wnet miał się rozpocząć.

Szybko naciągnęliśmy otrzymane od króla kolczugi, a potem, biorąc ze sobą nie tylko rewolwery, ale i strzelby — jak bowiem sugerował Infadoos, najpewniej nie mieliśmy już wrócić do kraalu — ruszyliśmy krokiem dziarskim i pewnym, chociaż w głębi ducha drżeliśmy ze strachu. Dziedziniec wokół pałacu wyglądał teraz zupełnie inaczej, gdyż wypełniły go oddziały młodych kobiet w bardzo skąpych ubraniach. Każda miała wieniec kwiatów na głowie, liść palmowy w lewej dłoni i białą kalię w prawej. Także i teraz miejsce pośrodku pustego centrum zajął Twala z Gagool przycupniętą u jego stóp, a orszak stanowili: Infadoos, Skragga i tuzin gwardzistów. Nieco z boku stała grupa wodzów, w której rozpoznałem chyba wszystkich naszych wieczornych gości.

Twala powitał nas z udaną serdecznością, co nie przeszkodziło mu złowieszczymi spojrzeniami obdarzać co jakiś czas Umbopę.

— Witajcie, Biali Przybysze z Gwiazd — powiedział. — Dzisiaj czeka was inne widowisko niż wczoraj, aczkolwiek nie tak zajmujące. Dziewczęta są przyjemne, a gdyby nie one — zatoczył szeroki kolisty gest — nie byłoby nas dziś tutaj, mężczyźni jednak są lepsi. Kobiece pieszczoty i czułe słowa są słodkie, o wiele jednak słodszy jest brzęk kling i grotów, a także zapach męskiej krwi. Chcecie za żonę którąś z naszych niewiast, przybysze? Jeśli tak, bierzecie każdą, która wam w oko wpadnie, ile zapragniecie.

Perspektywa ta nie wydawała się odpychająca Goodowi, który, jak to marynarz, był romantycznej, by tak rzec, natury. Ja zaś, starszy i mądrzejszy, bez trudu mogłem przewidzieć niekończące się utrapienia, jakie spowodowałaby akceptacja tej propozycji. Ponieważ z kobietami wiążą się kłopoty tak nieuchronne jak dzień następujący po nocy, więc odpowiedziałem spiesznie:

— Serdeczne ci dzięki, o królu, lecz nam wolno się żenić tylko z białymi kobietami. Piękne są wasze dziewczyny, ale nie dla nas.

Twala roześmiał się.

— No i dobrze! Powiada się u nas: „Kobiece oczy zawsze się świecą, niezależnie od koloru", ale jest też porzekadło: „Kochaj tę, która jest pod ręką, gdyż niepilnowana każda cię zdradzi". Widocznie jednak w Gwiazdach jest inaczej. Tam, gdzie ludzie noszą białą skórę, wszystko jest możliwe. Niechże będzie i tak, jak chcecie, przybysze, nie będę was błagać na kolanach. Witajcie zatem, mówię, witaj i ty, czarnoskóry, który, gdyby się stało po myśli Gagool, byłbyś już sztywny i zimny. Wielki z ciebie szczęściarz, iż z Gwiazd przybywasz, cha, cha, cha!

— Potrafię cię uśmiercić, o królu, szybciej niż ty mnie — spokojnie odrzekł Ignosi — i to ty prędzej zesztywniejesz, niż moje członki przestaną się zginać.

Twala aż wzdrygnął się z oburzenia.

— Hardo odpowiadasz, chłystku! — warknął. — Uważaj, żebyś nie przebrał miary!

— Śmiało może mówić ten, kto głosi prawdę, o królu. To ostra dzida, która niechybnie trafia do celu. Taka to gwiezdna mądrość.

Twala prychnął, jedno oko rozbłysło mu dziko, a zamiast odpowiedzieć krzyknął:

— Niech się zaczną tańce!

Natychmiast jedna za drugą zaczęły wypływać na otwartą przestrzeń grupy dziewcząt w girlandach. Snuły one słodkie pieśni, powiewając liśćmi palmowymi i liliami. Wdzięcznie pląsały w miękkim i smutnym świetle księżyca, to wirując, to odgrywając sceny walki, to odpływając w tył, to nadpływając niczym wzbierająca fala. Wreszcie ustały, a wtedy spomiędzy nich wynurzyła się prześliczna panna i zaczęła kreślić piruety z wdziękiem i gracją, którym nie dorównałaby większość primabalerin. Kiedy była już zmęczona, jej miejsce zajęła następna i kolejna, żadna jednak nie była tak wspaniała jak ta pierwsza ani co do talentu, ani co do urody.

Twala podniósł rękę, dając znak, że przyszła pora na zakończenie solowych popisów, i zwrócił się do nas:

— Która najbardziej wam się podobała, o przybysze?

— Pierwsza — odrzekłem z zapałem, ale natychmiast tego pożałowałem, gdyż przypomniałem sobie słowa Infadoosa, że najpiękniejsza z tancerek zostanie złożona w ofierze.

— Tak samo więc myślimy, tak samo patrzymy! — z satysfakcją oznajmił Twala. — I ja myślę, że była najlepsza, ale szkoda to zarazem, gdyż będzie musiała umrzeć.

— Tak, tak, umrzeć! — zapiszczała Gagool i spojrzała w kierunku nieszczęśniczki, która — nieświadoma swoich losów — stała o jakieś dziesięć jardów od nas przed resztą grupy i w roztargnieniu skubała płatki z kwiatów w wianku.

— Dlaczego, królu?! — spytałem, ledwie panując na sobą.

— Tańczyła zachwycająco, sprawiła nam przyjemność, jest też piękna; to okropne, by nagradzać ją śmiercią!

Twala parsknął rozbawiony i wyjaśnił:

— To nasz zwyczaj, a tamte postacie zastygłe w kamieniu muszą dostać to, co im należne. Gdybym dzisiaj nie poświęcił w ofierze najpiękniejszej dziewczyny, klęska spadłaby na mnie i na mój dom. Tak mówi proroctwo: „Jeśli w dzień Tańca Dziewic król nie ofiaruje pięknej dziewczyny Skalistym Wartowniczkom, to upadnie on i cały jego dom". Spójrzcie, biali przybysze, mój brat, który władał przede mną, z powodu łez kobiecych poniechał ofiary i proszę: upadł on i jego dom, a ja zasiadam na jego miejscu. Dość zatem: musi umrzeć. Przyprowadzić ją! — rzucił do gwardzistów, a Skragdze nakazał:

— Szykuj dzidę!

Dwóch oprychów natychmiast skoczyło wykonać rozkaz, a dziewczyna, dopiero teraz zorientowawszy się, co ją czeka, wrzasnęła i rzuciła się do ucieczki. Potężne ramiona natychmiast ją chwyciły; miotającą się i zawodzącą poniosły przed oblicze Twali.

— Jak się nazywasz? — zaskrzeczała Gagool, a nie otrzymawszy odpowiedzi, wychrypiała: — Nie chcesz mówić? Czy syn króla ma całą sprawę skończyć od razu?

Słysząc te słowa, Skragga, bardziej jeszcze nikczemnie wyglądający niż kiedykolwiek przedtem, zrobił dwa kroki do przodu i poderwał rękę z dzidą, a ja kątem oka zobaczyłem, że Good sięga po rewolwer. Dziewczyna, dostrzegłszy przez łzy metaliczny błysk, wyrwała się gwardzistom, ale konwulsyjnie tylko przycisnęła ręce do piersi i stała, dygocząc na całym ciele.

— Patrzcie tylko — zarechotał Skragga. — Już na sam widok mojej zabaweczki się kuli, a co dopiero będzie, jak ta ją popieści?

— Jak tylko będę miał szansę — usłyszałem pomruk Gooda — zapłacisz za wszystko, ty wściekły psie.

— Skoro się już trochę uspokoiłaś, powiedz nam, moja droga, jak ci na imię. Mów śmiało, nie lękaj się — szyderczo zachęcała Gagool.

— Och, matko! — zawołała drżącym głosem dziewczyna. — Nazywam się Foulata, z rodu Suko. Matko, czemu mam umrzeć? Przecież nie zrobiłam nic złego!

— Uspokój się — drwiąco ciągnęła Gagool. — Musisz umrzeć, to prawda. Trzeba cię złożyć w ofierze Skalistym Wartowniczkom — kiwnęła głową w kierunku trzech turni — ale lepiej zasnąć w nocy niż mozolić się za dnia. Lepiej umrzeć, niż żyć, a ciebie spotka jeszcze ten zaszczyt, że zginiesz ze szlachetnej ręki królewskiego syna.

Foulata wyrzuciła ręce w rozpaczy i krzyknęła na cały głos:
— Och, okrutni, jestem taka młoda! Dlaczego mam już nie zobaczyć więcej, jak wstaje poranne słońce, jak wieczorem

rozpalają się gwiazdy, nam już nigdy zbierać kwiatów ciężkich od rosy, słuchać, jak śmieje się potok? Biada mi, że już nigdy nie zobaczę ojcowskiej chaty, nie poczuję pocałunku matki, nie wyleczę chorego jagnięcia! Biada mi, że żaden miłośnik nie weźmie mnie w ramiona, nie zajrzy mi w oczy, że już się ze mnie nie zrodzi dziecko! Ach, okrutni, okrutni!

Załamała ręce i wzniosła zalaną łzami, ukwieconą twarz ku niebu, a tak prześlicznie wyglądała w swej rozpaczy — będąc doprawdy piękną kobietą — że zmiękczyłaby każde serce, każde poza należącymi do trojga zatwardziałych nikczemników. Pewien jestem, że nawet gdy książę Artur[13] błagał łotrów, by go nie oślepiali, nie było to tak poruszające jak skargi Foulaty.

Żadnego jednak nie zrobiły one wrażenia ani na Gagool, ani na jej władcy, chociaż ślady wzruszenia widziałem na twarzach gwardzistów i wodzów. Good natomiast, płonąc cały z oburzenia, zrobił ruch, jakby chciał się rzucić dziewczynie na pomoc. Ta zaś, wiedziona najpewniej kobiecą intuicją, która nie wie, co to rasa, rzuciła się w jego kierunku i padła przed nim na kolana, chwytając go za nogi, nadal jeszcze niechronione przez spodnie.

— O, biały ojcze z Gwiazd! — załkała. — Weź mnie pod swoją opiekę, pozwól mi schronić się w cieniu twojej mocy. Nie zdawaj mnie na łaskę okrutnych mężczyzn i straszliwej Gagool.

Twala machnął na syna, a ten ruszył z dzidą gotową do ciosu.

---

[13] Najpewniej chodzi o Artura z Bretanii (1187–1203), syna Gotfryda Plantageneta, wnuka Henryka II. Artur był rywalem do tronu Anglii po śmierci Ryszarda Lwie Serce. Tron zagarnął jego brat Jan bez Ziemi. Artur miał 15 lat, gdy pojmał go stryj, w niecały rok później zniknął bez śladu. Wedle krążących opowieści stryj zamordował go własnoręcznie. Artur występuje w sztuce Szekspira *Król Jan*, ale tam ginie, spadając z murów zamkowych (przyp. tłum.).

— Teraz pański ruch! — szepnął sir Henry. — Na co pan czeka?!

— Na zaćmienie! — żachnąłem się. — Od pół godziny zerkam na księżyc i mam wrażenie, że nigdy nie miał się lepiej niż teraz.

— Musimy zaryzykować albo nieboraczka zginie. Twala nie chce już czekać.

Czując siłę tego argumentu, raz jeszcze zerknąłem w desperacji na jasną twarz księżyca (gdyż najżarliwszy nawet miłośnik astronomii nie czekał łapczywiej na to, by zjawisko potwierdziło teorię), a potem z całą stanowczością, na jaką byłem w stanie się zdobyć, wkroczyłem między nieszczęśniczkę i nieubłaganie nadchodzącą dzidę Skraggi ze słowami:

— Nie, królu, tak się nie stanie. Nie pozwolimy na to, dlatego puść wolno tę dziewczynę!

Wrzący z gniewu Twala poderwał się, a od wodzów i ustawionych w szeregi kobiet doleciał szmer zdumienia i niewiary.

— Nie stanie się, ty biały psie?! Nie stanie się, szczeniaku w paszczy lwa?! Nie stanie się?! Czyś ty zwariował?! Uważaj, byś nie podzielił losu tej dzierlatki, ty i ci twoi! A jak niby chcesz ochronić ją czy siebie? Kim niby jesteś, żeby stawać na drodze mojej woli? Cofnij się, rozkazuję, a ty, Skraggo, zadźgaj ją! Gwardia, pojmać mi tych obcych!

Na ten krzyk zza budynku pałacowego wypadli uzbrojeni żołnierze, najwyraźniej z rozmysłem tam wcześniej umieszczeni.

Sir Henry, Good i Umbopa w jednej chwili stanęli obok mnie z bronią gotową do strzału.

— Stać! — krzyknąłem gromko, chociaż serce uciekło mi w pięty. — My, Biali Przybysze z Gwiazd, nie pozwolimy, by tak się stało. Postąpcie jeszcze o krok, a zdmuchniemy księżyc jak domową lampę. Dla nas, jego współdomowników, żadna to trudność, a wtedy na ziemię zwali się ciemność. Jeśli któryś chce popróbować naszej magii, to niech nie posłucha!

Groźba podziałała, żołnierze się zatrzymali, Skragga zastygł z wzniesioną w górę dzidą.

— Słyszycie go? Słyszycie go? — zakwiczała Gagool. — Ten kłamca śmie twierdzić, że potrafi zgasić księżyc jak lampę! Niechże więc tak zrobi, a dziewczyna pójdzie wolno. Niech to zrobi, a jak nie, to zdechnie ona, on i jego pobratymcy.

W rozpaczy zerknąłem na niebo i jakaż była moja radość i ulga, gdy zobaczyłem, że nie pomyliliśmy się, a raczej nie mylił się kalendarzyk. Skraj wielkiego talerza pociemniał, a dymna, muślinowa na razie, zasłona powlekła jego resztę. Chyba do końca życia będę pamiętał, jak mi się nagle lekko zrobiło na sercu.

Majestatycznym gestem podniosłem rękę ku niebu, w czym natychmiast przyłączyli się do mnie sir Henry i Good, i wygłosiłem dwa wersy z *Legend Ingoldsby'ego*. Sir Henry zacytował Stary Testament i coś po łacinie o Balbusie wznoszącym mur[14], podczas gdy Good zwrócił się do Księcia Nocy w najbardziej dziwacznym języku klasycznym, jaki udało mu się wymyślić.

Wolno, lecz nieustannie penumbra, cień cienia, wpełzał na jasną tarczę, a ja słyszałem, jak w tłumie narasta szmer.

— Patrz, o królu! — zawołałem. — Patrz i ty, Gagool! Patrzcie wodzowie, patrzcie wszyscy, Kukuani! Patrzcie uważnie i sami sobie odpowiedzcie, czy Biali Przybysze z Gwiazd dotrzymują swych słów, czy też jak byle łgarze rzucają je na wiatr. Na waszych oczach księżyc ciemnieje, jeszcze chwila, a mrok całkiem go pochłonie i w godzinę pełni ciemność nastanie

---

[14] Marcus Nonius Balbus — polityk rzymski z I w. p.n.e., zasłużony pretor i prokonsul Krety i Cyrenajki; z własnych pieniędzy odbudował mury i bramy Herkulanum (przyp. red.).

na ziemi. Chcieliście znaku i oto go macie! Gaśnij, księżycu, czysty i jedyny, przestań obdarzać nas swym blaskiem, niechże w czerni, która pochłonie ziemię, w pył skruszeją nikczemne serca morderców!

Teraz nie był to już szmer pośród widzów, lecz okrzyki zgrozy. Niektórzy stali osłupiali, inni padali na kolana i wołali w przerażeniu. I tylko Gagool nie straciła odwagi.

— To minie! — zawodziła. — Nie raz już widziałam takie rzeczy, a człowiek nie ma w nich żadnego udziału, gdyż nikt nie jest w stanie rozkazywać księżycowi. Cień minie, mówię wam, minie!

— Nie słuchajcie jej! — ryknąłem. — Zresztą, patrzcie tylko, patrzcie! O Księżycu, o Miesiącu, o Luno Srebrzysta, czemuś taka zimna i niestała?

Ostatnią partię wyczytałem niedawno w jakimś romansidle i teraz zdało mi się nie do końca w porządku, że słowami zawiedzionego kochanka obrzucam Księcia Nocy, który tak pokornie się wobec nas zachował. Tak czy siak, dotarłem już do kresu swojej wyobraźni, mruknąłem więc do Gooda.

— Do dzieła, panie Good, gdyż mnie już weny poetyckiej nie dostaje. Niechże i pan powie coś dosadnego pod adresem naszego życzliwego przyjaciela.

I dał Good szlachetny popis swego słowotwórczego talentu. Mniemałem, wyznaję, że wiem to i owo o żeglarzach, w istocie jednak nie miałem bladego choćby pojęcia o skali ich mocy obscenicznej. Przez dobrych dziesięć minut przemawiał Good w najprzeróżniejszych językach i nie sądzę, by chociaż raz się powtórzył.

Im mocniej czerniała powierzchnia księżyca, tym bardziej tłum milkł w nabożnej zgrozie. Ciemniało wszystko wokół i coraz więcej ludzi zastygało w odrętwieniu. Cisza była tak gęsta, iż zdało się, że można ją było nożem kroić. Krawędź ziemskiego globu nieugięcie zmierzała ku skrajowi księżyca, powlekając go inkaustową czernią. Cały zdawał się zbliżać i rozrastać, nieprzesłonięta jeszcze część szarzała i popielała, podczas gdy góry przez chwile żarzyły się żałobną purpurą.

Coraz trudniej było rozpoznać wszystko dookoła, twarze roztapiały się w zapadającym mroku, a kiedy Good osiągnął kres znanych sobie przekleństw, w absolutnej ciszy rozległ się drżący okrzyk księcia Skraggi:

— Księżyc umiera, zabili go biali czarownicy! Wszyscy sczeźniemy teraz w ciemności!

Wiedziony strachem, a może wściekłością, najpewniej zaś i jednym, i drugim, odchylił ramię i z całej siły uderzył dzidą w pierś sir Henry'ego. Zapomniał jednak, że mieliśmy na sobie kolczugi, które nam podarował jego ojciec. Stalowy grot odbił się od kunsztownego metalu, nie czyniąc sir Henry'emu żadnej szkody. Zanim napastnik zdążył zareagować, Curtis wyrwał mu broń i sam zadał cios.

Skragga zwalił się martwy na ziemię.

Zobaczywszy to dziewczęta, i tak już przejęte trwogą wobec gęstniejącego mroku i cienia, który, ich zdaniem, na zawsze pochłaniał księżyc, poderwały się i z przeraźliwym wrzaskiem rzuciły się do ucieczki. Panika nie ograniczyła się tylko do nich. Król, jego gwardziści, paru wodzów, a także Gagool, gnająca z nieoczekiwaną chyżością, czmychnęli jak niepyszni do dworu. Nie minęła minuta, a na opustoszałym dziedzińcu pozostaliśmy tylko my, ocalona Foulata, Infadoos, wodzowie, którzy nas odwiedzili poprzedniego wieczoru, a także zwłoki syna Twali, Skraggi.

— O wodzowie — rzekłem. — Otrzymaliście znak, którego żądaliście. Jeśli jesteście przekonani, to czym prędzej przenieśmy się na umówione wcześniej miejsce. Czar trwać będzie jeszcze półtorej godziny, więc wykorzystajmy mrok, aby się ukryć.

— Chodźmy! — zwięźle zakomenderował Infadoos i ruszył do bramy, a w jego ślady natychmiast poszła nasza czwórka, wylęknieni wodzowie i Foulata, którą Good wziął pod ramię.

Zanim dotarliśmy do bramy kraalu, księżyc znikł zupełnie. Na całym niebie silniej rozbłysły wszystkie gwiazdy, a my, chwyciwszy się za ręce, podążaliśmy w całkowitym mroku.

# ROZDZIAŁ XII

## PRZED BITWĄ

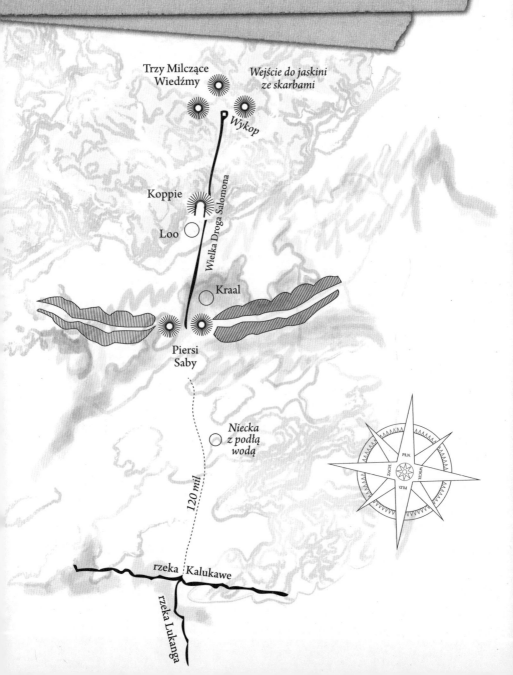

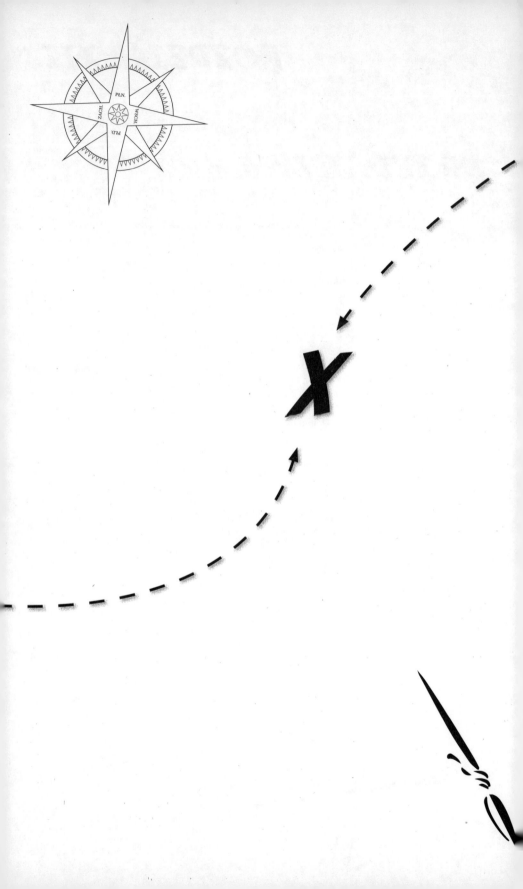

Na całe nasze szczęście, Infadoos i wodzowie doskonale znali wszystkie ulice i przejścia w wielkim mieście, nie natrafiliśmy więc w marszu na żadne przeszkody i pomimo czerni, przez którą brnęliśmy, posuwaliśmy się dość szybko do przodu.

Mniej więcej po godzinie zaćmienie poczęło z wolna ustępować i znowu stał się widoczny ten skrawek księżyca, który znikł najpierwszy. Znienacka na ciemnym niebie pojawiła się struga srebrzystego światła w pięknej rdzawej poświacie, a widok był to zarazem i dziwny, i piękny. Jeszcze pięć minut i gwiazdy zaczęły przygasać, a wokół nas pojawiły się bryły kształtów. Zorientowaliśmy się, że jesteśmy już poza Loo i zbliżamy się do wzgórza o płaskim szczycie, liczącym w obwodzie jakieś dwie mile. Formacje takie często widuje się w Afryce Południowej; nie są zbyt wysokie, rzadko przekraczają trzysta stóp, mają kształt podkowy, ale ich boki są dość strome i na dodatek usiane głazami. Trawiasty grzbiet od dawna był wykorzystywany jako obozowisko wojskowe; zazwyczaj stacjonował tam liczący trzy tysiące żołnierzy pułk. Kiedy jednak teraz wspięliśmy się na szczyt, zobaczyliśmy, że wojowników jest kilka razy więcej.

Ci, wyrwani ze snu, stali tłumnie przestraszeni i skonsternowani zjawiskiem, którego byli świadkami. Przeciskaliśmy się między nimi bez słowa, aż wreszcie dotarliśmy do znajdującej się pośrodku budowli, by przed nią, z największym zdumieniem, zobaczyć dwóch mężczyzn objuczonych naszymi rzeczami, które uważaliśmy już za stracone, skoro, salwując się ucieczką, musieliśmy zostawić je w domu.

— Wysłałem po nie — wyjaśnił Infadoos — a także po to.

I podniósł rękę z dawno nieużywanymi spodniami Gooda, który — wydawszy radosny okrzyk — wydarł je z ręki Infadoosa i natychmiast zaczął przywdziewać.

— Ależ panie prześwietny! — zawołał rozczarowany Infadoos. — Czemuż skrywasz przed nami swoje cudownie białe nogi!?

Good się jednak nie ugiął i nie mieli Kukuani już więcej okazji, by zobaczyć jego nieosłonięte kończyny. Odtąd mogli już tylko podziwiać jeden zarośnięty policzek, przejrzyste oko i wędrujące zęby.

Popatrując od czasu do czasu na spodnie Gooda, Infadoos poinformował nas, że kazał żołnierzom stanąć do raportu o świcie, wtedy bowiem zamierzał wyjaśnić im przyczyny rebelii, którą uzgodnili wodzowie, a także przedstawić im prawowitego władcę Ignosiego.

O pierwszym więc brzasku dwadzieścia tysięcy żołnierzy, kwiat armii Kukuanich, zebrało się w ordynku na placu, zająwszy w równych szeregach trzy jego strony, podczas gdy my stanęliśmy pośrodku czwartego boku w otoczeniu najwyższych oficerów.

Kiedy zapadła zupełna cisza, przemówił Infadoos. Językiem żywym i barwnym — jak większość Kukuanich był urodzonym oratorem — przedstawił historię swego ojca Ingosiego, to, jak został zamordowany przez Twalę i jak ten wygnał jego żonę i syna, aby zmarli z głodu. Potem przypomniał, że pod okrutnymi rządami Twali cały lud cierpi i jęczy, a jego najlepsi przedstawiciele podczas takich kaźni jak wczorajsza są wywlekani jako rzekomi czarownicy i mordowani. Dalej oznajmił, że Białoskórzy Panowie z Gwiazd, widząc, w jakiej potrzebie jest kraj, postanowili mu pomóc niezależnie od niebezpieczeństw, na które się w ten sposób narażali. Wyciągnęli rękę do żyjącego na wygnaniu prawowitego władcy Ignosiego, przeprowadzili go przez góry, a na własne oczy widząc nikczemne postępki Twali, aby dać poznać swoją siłę, a także by ratować nieszczęsną Foulatę, mocą swej magii zgasili księżyc i uśmiercili podłego Skraggę. Teraz zaś gotowi byli pomóc Kukuanim w obaleniu Twali i osadzeniu na tronie Ignosiego.

Kiedy kończył, towarzyszył mu pomruk aprobaty. Na czoło wystąpił Ignosi i zabrał głos. Powtórzywszy to wszystko, co przed nim powiedział stryj, zakończył wypowiedź słowami:

— Wodzowie, oficerowie i żołnierze, tyle właśnie miałem wam do powiedzenia, teraz sami musicie podjąć decyzję — wybór między mną a tym, który bezprawnie zasiada na tronie; stryjem, który zabił mego ojca, swego brata, a bratankiem skazanym przez okrutnika na poniewierkę i śmierć. Że jestem prawowitym władcą, to mogą wam potwierdzić ci — tu wskazał na wodzów — którzy widzieli węża na moim brzuchu. Gdyby słuszność nie była po mojej stronie, czy poparliby mnie Białoskórzy Przybysze z Gwiazd, z którymi zgodnie kroczy wielka magia? Zadrżeliście, nieprawdaż, wodzowie, dowódcy i żołnierze? Czyż to nie ciemność, którą oni sprawili, wpędziła Twalę w pomieszanie, a nam pozwoliła na bezpieczny odwrót? Ciemność w godzinę pełni, mrok zamiast blasku! Widzieliście to?!

— Tak, widzieliśmy! — zgodnie odkrzyknęli zebrani.

— Jam jest królem, powiadam wam, królem jestem ja — ciągnął Ignosi, a wyprostował przy tym dumnie swą imponującą sylwetkę i wzniósł nad głową bojowy topór o szerokim ostrzu. — Jeśli jest tu ktoś, kto się ze mną nie zgadza, niechaj wystąpi, abyśmy w walce rozstrzygnęli, po czyjej stronie jest racja. Powiadam, jeśli jest ktoś przeciw mnie, niech wystąpi! — Ponieważ nikt nie zamierzał zareagować na wezwanie w stylu: „Oj, dany, oj, dany, będziesz rozrąbany", któremu na dodatek towarzyszył furkot łyskającego w słonecznym świetle topora, więc niegdysiejszy nasz pachołek zakończył: — A żem jest królem, winniście stanąć u mego boku do boju. Jeśli zwyciężę, dla wszystkich was będzie to dzień honoru i szczęścia. Dam wam woły, dam wam żony, awansuję was w pułkach. Jeśli zaś polegniecie, to polegnę i ja razem z wami. I zapamiętajcie, kiedy zasiądę na stolcu moich ojców, przestanie kraj spływać krwią. Nie będziecie już krzyczeć o sprawiedliwość, gdy was mordują, nie będą węszyć wiedźmy, aby niewinnego skazać na kaźń. Życie tracić będą tylko zbrodniarze, nie będzie już władca podkradał wam kraali, każdy będzie mógł bezpiecznie zasnąć w ścianach swego domostwa, niczego się nie lękając, wszędzie zaś zapanuje sprawiedliwość ślepa w swej bezstronności. Czyście się zdecydowali, wodzowie, dowódcy, żołnierze, i ty, ludu?

— Tak, zdecydowaliśmy się, o królu! — padła chóralna odpowiedź.

— Świetnie. Spójrzcie tylko, jak rozbiegają się wysłannicy Twali na wszystkie strony: wschód i zachód, północ i południe, aby zebrać wielką armię i rozprawić się ze mną, z wami, z moimi przyjaciółmi i protektorami. Jutro, najpóźniej pojutrze zwali się na nas ze wszystkimi, którzy pozostali mu wierni. Wtedy też zobaczę, kto naprawdę jest ze mną, kto się nie lęka zginąć dla sprawy, a możecie być pewni, że o takich ludziach nie zapomnę. Rzekłem, o wodzowie, dowódcy, żołnierze, i ty, ludu. A teraz rozejdźcie się i szykujcie do wojny.

Zapadła cisza, aż jeden z wodzów podniósł wyprostowaną rękę i gromko rozległ się królewski salut:

— *Koom!*

Żołnierze, nazwawszy Ignosiego swym królem, karnie rozchodzili się w oddziałach.

Pół godziny później zwołaliśmy radę wojenną, do której zaproszeni zostali wszyscy pułkownicy. Jak jeden mąż byli pewni, że nie trzeba będzie długo czekać, aż Twala zaatakuje nas wielkimi siłami. Ze swego miejsca obserwacyjnego widzieliśmy oddziały ćwiczące w Loo i wokół niego, a także posłańców mknących we wszystkie strony, aby ściągnąć wzmocnienia. Mieliśmy dwadzieścia tysięcy żołnierzy sformowanych w siedem najlepszych w kraju pułków. Infadoos i wodzowie obliczali, że Twala już w tej chwili mógł liczyć na wsparcie jakichś trzydziestu, trzydziestu pięciu tysięcy ludzi, a nazajutrz do południa powinno go zasilić następne pięć tysięcy, a może więcej. Nie można było, rzecz jasna, wykluczyć, że ktoś zdezerteruje i przejdzie na naszą stronę, ale nie wolno było na tym opierać planów. Widać też było, że Twala szykował się do ataku; podnóże wzgórza patrolowały grupy zbrojnych, pilnując, byśmy się nie wymknęli.

Tak czy owak, Infadoos i reszta kukuańskich wodzów byli pewni, że dzisiejszego dnia atak nie nastąpi, bo Twala poświęci czas na przygotowania tyleż militarne, co duchowe. Trzeba było bowiem z duszy żołnierzy przegnać wszelką trwogę, jaką mogło w nich zasiać magiczne zgaśnięcie księżyca. Natarcie przewidywali na dzień następny i, jak się okazało, mieli rację.

Natychmiast zaczęliśmy więc na wszystkie możliwe sposoby umacniać swoje pozycje. Stanęli do tego wszyscy żołnierze i do końca dnia, który wydawał się rozpaczliwie krótki, sporo zostało zrobione. Drogi na szczyt — a znajdowała się tam nie tyle forteca, ile raczej sanatorium, gdzie zazwyczaj lokowano oddziały, aby odpoczęły po służbie w niezdrowych częściach kraju — starannie zablokowaliśmy kamiennymi barykadami. Utrudniliśmy także wszystkie inne podejścia, jak dalece pozwolił nam na to czas. W różnych miejscach przygotowaliśmy stosy wielkich głazów, aby je zrzucać na nacierających.

Starannie rozplanowaliśmy ulokowanie oddziałów, wspólnie usiłowaliśmy wyobrazić sobie czekające nas niebezpieczeństwa i możliwe na nie odpowiedzi.

Tuż przez zachodem słońca, kiedy odpoczywaliśmy dość już utrudzeni, zobaczyliśmy, że od strony Loo idzie w kierunku wzgórza mała grupka, której przewodził mężczyzna z liściem palmy w dłoni, co oznaczało, że jest posłem.

Na ten widok Ignosi, Infadoos, dwóch wodzów i nasza trójka zeszliśmy ze wzgórza, aby oczekiwać przybyszów u jego podnóża.

Poseł, okazałej postury człowiek odziany w lamparcią skórę, przemówił tymi słowy:

— Przynoszę pozdrowienia od Jego Królewskiej Znakomitości, pozdrowienia dla tych, którzy ośmielają się wzniecać bezbożną wojnę przeciw monarsze. To pozdrowienia lwa dla szakala, który ujada mu przy łapach.

— Mów, co masz do powiedzenia! — rzuciłem ostro.

— Oto królewskie słowa. Zdajcie się na jego łaskę, zanim spotka was prawdziwe nieszczęście. Zdarto już skórę z grzbietu czarnego byka i król wodzi go krwawiącego po obozie[15].

— Dobrze już, dobrze — żachnąłem się. — Jakie są warunki Twali?

— Jak przystało na łaskawego króla, są łagodne. Oto słowa wielkiego króla Twali, jednookiego i potężnego męża tysiąca żon, pana Kukuanich, władcy Wielkiej Drogi (Drogi Salomona), ulubieńca Osobliwych, które w milczeniu pełnią skalną wartę w górach (Trzech Wiedźm), Cielęcia Czarnej Krowy, Słonia, pod którego krokami trzęsie się ziemia, Grozy dla złoczyńców,

---

[15] Ten okrutny zwyczaj występuje nie tylko u Kukuanich; nie tak rzadko spotyka się go też u innych afrykańskich plemion, które w ten sposób upamiętniają wybuch wojny czy inne ważne dla społeczności zdarzenie (przyp. A.Q.).

Strusia, którego łapy połykają pustynię, Mocarnego, Czarnego, Mądrego, tego, który góruje nad pokoleniami. Oto jego słowa: „Będę łaskawy i nie zażądam wiele krwi. Życie odda jeden na każdych dziesięciu buntowników, resztę puszczę wolno, z wyjątkiem białego Inkubu, który zabił mego syna Skraggę, jego czarnoskórego sługi, który zamachnął się na mój tron, i Infadoosa, mojego brata, który wzniecił przeciw mnie rebelię. Zginą torturowani w ofierze dla Milczących". Oto łaskawe słowa króla Twali.

Naradziwszy się z pozostałymi, odpowiedziałem tak głośno, żeby mogli usłyszeć mnie żołnierze.

— Wracaj, psie, do swego Twali, i powiedz mu, że prawowity król Kukuanich, Ignosi, Biali Przybysze z Gwiazd: Inkubu, Bougwan i Makumazan — mędrcy, którzy zgasili księżyc, Infadoos z domu królewskiego, wodzowie, oficerowie, żołnierze i wszyscy zebrani tu Kukuani odpowiadają na jego słowa: „Nie ugniemy się, a zanim się słońce dwakroć schowa za horyzont, zesztywnieje trup Twali u bram jego dworu, Ignosi zaś, którego ojca Twala zgładził, zajmie należne mu miejsce na tronie". A teraz odejdź, zanim przegnamy cię biczami. Jak długo starczy wam życia, powtarzajcie sobie, iż trzeba zważać, na kogo się podnosi dłoń.

Emisariusz zaniósł się śmiechem.

— Nikogo nie wystraszycie swoimi nadętymi słowami — krzyknął. — Ciekawe, czy do jutra starczy wam hardości, wy, coście księżyc zdmuchnęli. Stawajcie dzielnie, walczcie, jak potraficie, i cieszcie się póki czas, gdyż potem kruki tak wam objedzą kości, że bielsze będą od waszych lic. Bywajcie, może się spotkamy na polu bitwy, tylko nie umknijcie mi czasem między Gwiazdy, oto was proszę, białe skóry.

Z tymi słowami odwrócił się i odszedł, a niemal w tej samej chwili słońce zniknęło za horyzontem.

Wieczór był bardzo pracowity, bo choć byliśmy zmęczeni, to przy blasku księżyca wciąż gotowaliśmy się, aby odeprzeć jutrzejszy atak, nieustannie też w miejscu obrad rady przyjmowaliśmy i odprawialiśmy gońców. Jakąś godzinę po północy uznaliśmy, że zrobiono wszystko, co dało się zrobić, w całym więc obozie zaległa cisza, jeśli nie liczyć nawoływania wart. Ja, sir Henry, Ignosi i jeden z wodzów obeszliśmy posterunki. W miejscach zupełnie nieoczekiwanych znienacka nastawiały się przeciw nam groźne ostrza, zaraz jednak znikały, ledwie podaliśmy hasło. Na czatach nikt nie spał, wszyscy bacznie czuwali, więc uspokojeni zawróciliśmy, przechodząc między tysiącami śpiących wojowników. Wiedzieliśmy, że dla niektórych był to ostatni doczesny spoczynek.

Księżyc, odbijając się od grotów i kling, nadawał twarzom widmowy odcień. Zimny wiatr poruszał pióropuszami. Leżeli dziwnie powyginani, z rozrzuconymi ramionami i podkulonymi nogami, a w srebrzystej poświacie formy te wydawały się dziwnie nieludzkie.

— Jak wielu z nich pozostanie jutro o tej porze przy życiu? Jak pan myśli, Quatermain? — spytał w zamyśleniu sir Henry.

Pokręciłem bezradnie głową, a gdy raz jeszcze przeciągnąłem wzrokiem po wojownikach, wyobraźnia podpowiedziała mi, że śmierć już ich naznaczyła. Wypatrując tych, którym pisana była śmierć, nagle poczułem, jak wielką tajemnicą jest ludzkie istnienie, a także jak czcze jest życie nieuchronnie skazane na żałosny koniec. Tej nocy tysiące żołnierzy spało smacznie; jutro o tej porze (być może i my w ich liczbie) będą już zimni i sztywni, czyniąc swe żony wdowami, dzieci — sierotami, a własność — bezpańską. I tylko stary księżyc będzie świecił równie beznamiętnie, nocny wiatr będzie czesał trawy, a ziemia z obojętną skrupulatnością przyjmie ich ciała, jak to działo się eony lat przed nami i jak dziać się będzie przez następne eony lat.

Nie jest jednak tak, że człowiek umiera bez reszty, pozostawiając za sobą nieporuszony niczym monument świat — swoją matkę. Choć zatraca się w niepamięci jego imię, to przecież oddech porusza szczyty drzew na wierzchołkach gór, rozbrzmiewa w przestrzeni echo słów, żyje pośród żyjących dziedzictwo myśli, powodują nimi jego pasje, towarzyszą im jego radości i smutki. Taki też koniec niecałkowity czeka wszystkich, jakkolwiek trwożnie przed nim uchodzą.

Tak, bez wątpienia wszechświat jest pełen duchów; nie tych powłóczystych widm cmentarnych, lecz niedających się wytrzebić elementów jednostkowego życia, które raz zaistniawszy, nigdy już nie umrą, aczkolwiek blednąć będą i przemieniać się bez ustanku.

Takie to myśli mną zawładnęły — tak, przyznaję, że im jestem starszy, tym silniej mną rozporządza pożałowania godny nawyk zadumy — kiedy tak stałem i spoglądałem na posępne, acz w posępności swej urzekające rzędy wojowników śniących, jak to się powiada „pod bronią".

— Sir Curtisie — powiedziałem — czemuś mi straszno.

Sir Henry pogładził swą żółtawą brodę, uśmiechnął się i powiedział:

— Kiedyś już to od pana słyszałem, Quatermain.

— Ale teraz mówię serio. Wątpię, by którykolwiek z nas jutro wieczorem należał do żywych. Natrą na nas przeważające siły i nie wydaje mi się, byśmy byli w stanie utrzymać te pozycje.

— Przynajmniej za niektóre przyjdzie im drogo zapłacić. Cóż, panie Quatermain, dość to podła sprawa i przyznać trzeba, że nie powinniśmy się w nią mieszać, ale skoro to już przesądzone, to musimy się sprawić najlepiej, jak potrafimy.

Całkiem prywatnie wyznam, że jeśli już mam być zabity, to wolę, by stało się to w walce, a skoro nie ma już szansy na odnalezienie mego nieszczęsnego brata, łatwiej mi przystać na takie rozwiązanie. Zgadzam się wprawdzie, że bitwa czeka nas straszliwa, skoro jednak musimy bronić swej reputacji, niepodobna trzymać się na uboczu.

Wprawdzie ostatnie słowa wypowiedział sir Henry ponurym tonem, to jednak przeczył im błysk w jego oku, co kazało mi podejrzewać, że w istocie walka była sir Curtisowi całkiem miła.

Ułożyliśmy się, aby pospać parę godzin, ledwie jednak nastał brzask, zbudził nas Infadoos. Oznajmił, że wielki ruch widać w Loo, a królewscy harcownicy już uwijają się wokół naszych forpoczt.

Wstaliśmy i spiesznie się ubraliśmy, a nakładając elastyczne kolczugi, nie mogliśmy w duchu nie dziękować Twali za jego podarunek. „Gdyś się dostał między Kukuanich, musisz działać jak i oni" rzucił sentencjonalnie sir Henry, oblekając szeroką pierś w lśniącą stalową plecionkę, która opięła go tak dokładnie, jakby specjalnie na niego była sporządzona. Do tego się jednak sir Curtis nie ograniczył i polecił Infadoosowi, aby mu wydał kompletne oporządzenie bojowe krajowców. Tak więc na karku przewiązał skórę lamparcią dowódcy, we włosach umieścił ozdobę ze strusich piór, do której byli uprawnieni tylko najwyżsi oficerowie, a w pasie opiął się wspaniałą *moocha* z wolich ogonów, do czego doszły jeszcze sandały, mocowane do stóp kozim włosiem, ciężki topór z rękojęścią z rogu nosorożca, okrągła żelazna tarcza obleczona białą wołową skórą oraz regulaminowa liczba trzech *tolla*, a także — z własnej, rzecz jasna, inicjatywy sir Henry'ego — rewolwer. Był to, bez wątpienia, strój dzikiego wojownika, a przecież nie mogę nie przyznać, że wyglądał w nim sir Curtis nader udatnie, gdyż bardzo podkreślona została jego fizyczna krzepkość. Kiedy pojawił się Ignosi w niemal identycznym rynsztunku, przyszło mi do głowy, że nie widziałem dotąd dwóch bardziej olśniewających rycerzy.

Co się tyczy mnie i Gooda, wszystko leżało na nas znacznie gorzej. Po pierwsze, Good uparł się, iż nie rozstanie się z nowo odzyskanymi spodniami, w efekcie więc dżentelmen z monoklem, gładko wygoloną tylko połową twarzy i kolczugą upchaną za pas spodni bardziej zdumiewał, niż imponował. Na mnie kolczuga była zdecydowanie za duża. Narzuciłem ją na ubranie, co sprawiło, że dziwnie się wybrzuszała w różnych miejscach. Zrezygnowałem ze spodni, zachowując tylko veldtschoony, gdyż uznałem, że lepiej będzie stawać do bitwy z gołymi nogami. Niepodobna bowiem było wykluczyć, iż nader szybko trzeba będzie rejterować. Skąpą zbroję uzupełniły: kolczuga, dzida, tarcza, którą nie wiedziałem, jak się posłużyć, dwa *tolla*, rewolwer i wielki pióropusz, który umocowałem do kapelusza myśliwskiego, aby nadać sobie bardziej wojowniczy wygląd. Oprócz wszystkich tych utensyliów mieliśmy, rzecz jasna, także strzelby, ale amunicji nie było wiele, a ponieważ w razie czy to natarcia, czy odwrotu byłyby tylko przeszkodą, więc kazaliśmy, by nosili je za nami wyznaczeni tragarze.

Kiedy już się oporządziliśmy, szybko przełknęliśmy posiłek, a potem ruszyliśmy sprawdzać posterunki. W pewnym miejscu płaskiego wierzchołka znajdował się mały *koppie* z brązowego kamienia, który służył zarówno jako stanowisko dowodzenia, jak i punkt obserwacyjny. Tutaj zastaliśmy Infadoosa w otoczeniu jego oddziału Szarych Wojowników, który należał do najznakomitszych w armii Kukuanich i który pierwszy ukazał nam się na ich ziemi. Pułk liczył sobie teraz trzy i pół tysiąca żołnierzy, stanowiąc rezerwę. Żołnierze leżeli w trawie wokół *koppie* i patrzyli, jak siły Twali wyciekają z Loo niczym kolumny mrówek. Wydawało się, że nie ma im końca, było ich trzy, a każda, wedle naszych wyliczeń, liczyła jedenaście, dwanaście tysięcy żołnierzy.

Ledwie opuściły miasto, natychmiast się rozeszły i już wkrótce jedna maszerowała na nas z prawej strony, jedna z lewej, a jedna szła na wprost.

— Tak, tak — pokiwał głową Infadoos. — Uderzą z trzech stron naraz.

Nie była to dobra wiadomość, gdyż mieliśmy do obrony linię o długości mniej więcej półtorej mili, a przy dość skąpej liczbie obrońców najlepiej byłoby skupić ich na niewielkiej reducie. Nie my jednak ustalaliśmy warunki bitwy, musieliśmy więc przygotować swoje oddziały do zmierzenia się z trzema oddzielnymi natarciami.

# ROZDZIAŁ XIII

## ATAK

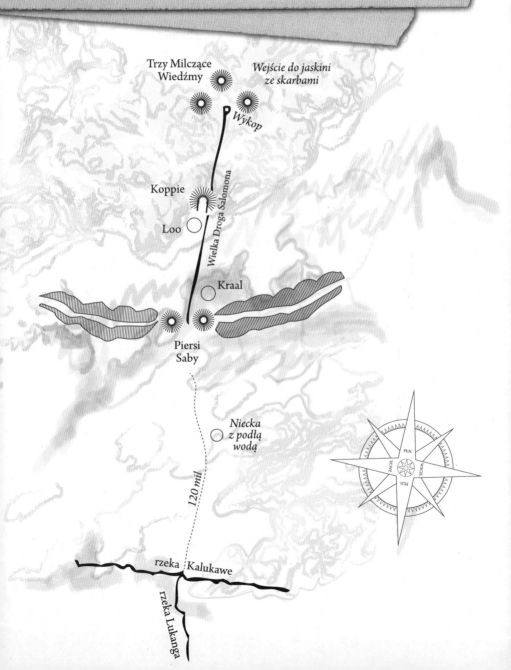

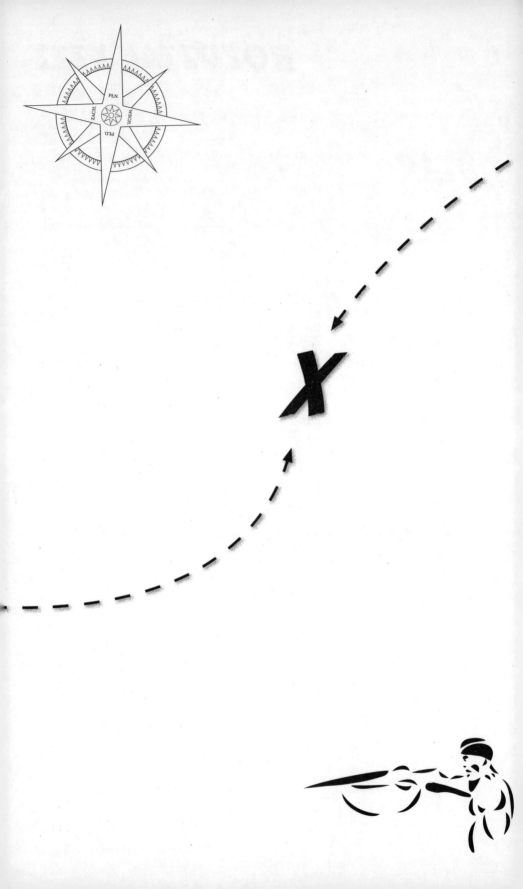

Trzy kolumny przeciwników nadciągały wolno i miarowo, można by rzec — beznamiętnie. Kiedy znalazły się jakieś pięćset jardów od nas, środkowa zatrzymała się u podnóża wzniesienia, aby dać czas dwóm pozostałym na zajęcie pozycji. Ustawienie wroga miało z grubsza kształt podkowy z dwoma końcami zwróconej ku Loo. Natarcie miało się zatem rozpocząć jednocześnie od frontu i na flankach.

— Ach, gatlinga, jednego gatlinga, a w dwadzieścia minut mielibyśmy pustkę i spokój! — jęknął Good, wpatrzony w nadciągające falangi.

— A skąd pan chce tu wytrzasnąć gatlinga!? — żachnął się sir Henry. — Po co strzępić język po próżnicy. Quatermain, niech pan spróbuje trafić tego wysokiego, chyba dowódcę. Dwa suwereny do jednego, że nie zmieści pan kuli w promieniu pięciu jardów od niego.

Bardzo mnie dotknęła ta sugestia, załadowałem więc purdeya, odczekałem, aż wskazany jegomość tylko w towarzystwie adiutanta oddali się od swoich na dziesięć jardów, aby lepiej ocenić nasze rozlokowanie, ułożyłem się, oparłem lufę na skalnym występie i wycelowałem. Ponieważ strzelba była wyskalowana do trzystu pięćdziesięciu jardów, więc wymierzyłem mu w krtań, biorąc poprawkę na obniżenie trajektorii. Liczyłem, że trafię go w pierś. Stał zupełnie nieruchomo, jakby chciał ułatwić mi zadanie, czy jednak sprawiło to podniecenie, wiatr, czy fakt, że była to istotnie duża odległość — nie wiem, w każdym razie oto, co się wydarzyło. Naprowadziłem muszkę na obmyślane miejsce, odetchnąłem, nacisnąłem spust, a kiedy dym się rozwiał, ku swemu rozczarowaniu zobaczyłem wielkoluda stojącego bez szwanku, natomiast martwy leżał jego adiutant stojący o trzy kroki na lewo. Oficer natychmiast poderwał się i przerażony pomknął ku swoim.

— Brawo, Quatermain! — pochwalił sir Henry. — Wystraszył go pan.

To bardzo mnie rozzłościło, gdyż nienawidzę chybiać na oczach innych. Jeśli ktoś jest mistrzem tylko w jednej sztuce, to bardzo mu zależy na reputacji. Podrażniony nie zastanawiałem się ani chwili, lecz naprowadziwszy drugą lufę na gnającego generała, raz jeszcze nacisnąłem cyngiel, a wtedy biedaczysko wyrzucił ręce ku niebu i zwalił się na twarz. Tym razem nie chybiłem, co napełniło mnie — przyznaję, żeby podkreślić, jak niewiele troszczymy się o innych, kiedy zagrożone są nasze bezpieczeństwo, duma czy reputacja — niekłamaną radością.

Nasi żołnierze, którzy widzieli całe wydarzenie, zaczęli dziko wiwatować na cześć magii białych ludzi, podczas gdy ci, którymi dowodził generał, skonfundowani zaczęli się w popłochu wycofywać. Teraz także sir Henry i Good sięgnęli po swe strzelby — ten drugi po winchestera — ja również oddałem jeszcze dwa czy trzy strzały i, w sumie, jak dalece udało nam się doliczyć, pozostawiliśmy od sześciu do ośmiu ludzi *hors de combat*, zanim zdążyli się znaleźć poza naszym zasięgiem.

Ledwie skończyliśmy palbę, złowieszczy ryk odezwał się z prawej, a chwilę później także z lewej strony. Tam atak rozpoczął się na serio.

Na ten dźwięk masa ludzi przed nami zakołysała się, a potem ruszyła truchtem pod górę, śpiewając gardłowo jakąś pieśń bojową. Znowu podjęliśmy ostrzał, przyłączył się do nas Ignosi, który też położył kilku nieprzyjaciół, trzeba jednak powiedzieć, że efekt naszej kanonady był taki, jakbyśmy usiłowali powstrzymać wzbierającego morskiego bałwana, ciskając w niego kamykami.

Parli więc przed siebie, śpiewając, krzycząc i potrząsając dzidami, ale musieli trochę zwolnić, gdyż dotarli do miejsca, gdzie najeżyliśmy zbocze zaostrzonymi drągami, a przecież i tak nie była to jeszcze linia solidnej obrony. Pierwsza z nich znajdowała się mniej więcej w połowie zbocza, druga pięćdziesiąt jardów za nią, trzecia na skraju płaskiego wierzchołka.

Podchodząc, zaczęli rytmicznie powtarzać okrzyk: „*Twala! Twala! Chiele! Chiele!*" (Twala! Twala! Zabij! Zabij!), na co nasi odpowiadali „*Ignosi! Ignosi! Chiele! Chiele!*". Byli już całkiem blisko, *tolla* zaczęły fruwać w obydwie strony, a potem, przy straszliwym wrzasku, rozpoczęła się walka wręcz.

Dwie masy walczących zwarły się ze sobą, przesuwając to w jedną, to w drugą stronę. Wkrótce górę zaczęli brać nacierający, a pierwsza linia jęła się uginać, aż wreszcie zlała się z drugą. Zmagania stały się jeszcze bardziej zażarte, ale i tutaj zaczęliśmy ulegać, aż wreszcie, mniej więcej dwadzieścia minut od rozpoczęcia boju, została nam już tylko trzecia linia obrony.

Tutaj jednak atakujący byli już bardzo wyczerpani, poza tym, po drodze stracili wielu walczących, więc przełamanie rzędu najeżonych dzid okazało się ponad ich możliwości. Przez długą chwilę jednak wynik nie był przesądzony, front wyginał się, przesuwał to w jedną, to w drugą stronę, aż wreszcie przyglądający się temu wszystkiemu rozpalonym wzrokiem sir Henry rzucił się w gęstwinę najognistszych zmagań. Podążył za nim Good, ja pozostałem tam, gdzie byłem.

Kiedy żołnierze zobaczyli, jak masywna postać sir Henry'ego nagle pojawia się między nimi, rozległ się krzyk:

— *Nanzia Inkubu! Nanzia Unkungunklowo!* (Jest Słoń! Słoń!). — *Chiele! Chiele!*

Od tej chwili nie można już było wątpić, jaki będzie wynik walki. Chociaż atakujący stawiali się bardzo dzielnie, to jednak cal po calu cofali się, aż wreszcie poddali tyły i w bezładzie zaczęli uciekać. W tym samym momencie nadbiegł goniec z wiadomością, że odparte zostało także natarcie z lewej strony, i kiedy już zacząłem gratulować sam sobie, sądząc, że bitewne starcie mamy za sobą, krzyki z prawej strony kazały nam spojrzeć w tamtą stronę i wtedy z przerażeniem zobaczyliśmy, że nasi ludzie w zażartej walce z rojem nieprzyjaciół wycofują się coraz bardziej, najwyraźniej nie mogąc sprostać naciskowi.

Stojący koło mnie Ignosi jednym rzutem oka ocenił sytuację i natychmiast zaczął wydawać rozkazy, zaraz też znajdujący się w rezerwie Szarzy Wojownicy uformowali ordynek.

Ignosi rzucił niezwłocznie następny rozkaz, a gdy podchwycili go dowódcy kompanii, z przerażeniem zobaczyłem, że jestem w samym środku tłuszczy z wrzaskiem gnającej na rozszalałych nieprzyjaciół. Usiłując kryć się możliwie jak najdokładniej za gigantyczną postacią Ignosiego, niczym lawinie dałem się nieść tłumowi w sam środek bitewnego gąszczu. Po minucie czy dwóch zaczęły nas mijać, gnając w przeciwnym kierunku, grupki naszych żołnierzy, które jednak, widząc, co się dzieje, kawałek dalej zatrzymywały się, zawracały i pędziły, aby nas dogonić. Potem zaś... powiem szczerze, że nie wiem właściwie, co się potem działo. Pamiętam tylko straszliwy łomot zderzających się tarcz, następnie nagłe pojawienie się oszalałego dzikusa, który z oczyma tak wybałuszonymi, że niemal wyskakiwały z głowy, uniesioną zakrwawioną dzidą mierzył prosto we mnie. Z dumą mogę powiedzieć, że sprostałem okazji czy — jeśli ktoś woli — że się do niej zniżyłem, tak czy siak, że ją przetrwałem. Widząc oto, iż jeśli czegoś nie zmienię w układzie sytuacji, to nieuchronnie polegnę, rzuciłem się brutalowi do stóp tak chytrze, iż nie mogąc już niczym zmniejszyć swego impetu, potknął się o mnie i wyleciał w powietrze, wykonując w nim salto, a zanim poturbowany zdążył się podnieść, ja już zerwałem się na równe nogi i całą sprawę rozwiązałem rewolwerem.

W ułamek sekundy potem ktoś zwalił mnie na ziemię i na tym kończą się moje bitewne wspomnienia.

Kiedy odzyskałem świadomość, leżałem znowu na *koppie*, a nade mną nachylał się Good z bukłakiem wody w ręku.

— Jak się pan czuje, przyjacielu? — spytał z troską w głosie.

Usiadłem i potrząsnąłem głową.

— Chyba dobrze, dzięki — stęknąłem.

— Dzięki Bogu! Jak zobaczyłem, że pana niosą, słabo mi się zrobiło. Myślałem, że już po panu.

— Jeszcze nie teraz, nie teraz. Ktoś mnie chyba zdzielił w głowę, bo nic nie pamiętam. Jak się skończyło?

— Jak na razie — odparci na całej linii. Ogromne straty; u nas dwa tysiące zabitych i rannych, u nich chyba trzy. Niech pan sam spojrzy.

Powiodłem wzrokiem za jego palcem i zobaczyłem żołnierzy nadchodzących czwórkami, każda z tych czwórek dźwigała skórzane nosze, których każda rączka zaopatrzona była w pętlę — każdy oddział Kukuanich miał zawsze ich pod dostatkiem. Na noszach tych spoczywali ranni. W lazarecie natychmiast zajmowali się nimi lekarze, których było po dziesięciu przy każdym pułku. Jeśli rana nie wydawała się śmiertelna, delikwenta odnoszono na bok, aby dalej się nim opiekować, natomiast jeśli lekarz ocenił sytuację jako beznadziejną, podejmował działanie bezwzględne, acz z prawdziwego współczucia płynące. Pod pozorem, że dalej prowadzi rozpoznanie, szybkim cięciem ostrego noża otwierał arterię, a nieszczęśnik w jedną lub dwie minuty bezboleśnie odchodził ze świata. Działo się tak właściwie w większości wypadków, gdy rana zadana była w tułów; przy niezwykle szerokich grotach dzid stosowanych przez Kukuanich nadzieja na wyzdrowienie była naprawdę nikła. Zresztą ranni tacy najczęściej pozostawali nieprzytomni, a nawet jeśli nie, to ruch łaskawego noża był tak szybki, że go nie zauważali i odchodzili w nieświadomości. Tak czy owak, widok był okropny i najchętniej odwracaliśmy oczy. Jeśli coś kiedykolwiek bardziej mnie poruszyło od widoku mężnych żołnierzy, których ratował od cierpień lekarz o zakrwawionych rękach, to byli to Suazi, którzy żywcem grzebali swych śmiertelnie rannych.

Kiedy przenieśliśmy się na inną stronę *koppie*, aby nie musieć oglądać tych scen, zastaliśmy tam prowadzących naradę: sir Henry'ego, ciągle z toporem w dłoni, Ignosiego, Infadoosa i dwóch wodzów Kukuanich.

— Wielkie nieba, jak to dobrze, że jest pan tutaj, Quatermain! Nie mogę do końca zrozumieć, czego chce Ignosi. Wygląda to w tej chwili tak, że odparliśmy natarcie, a Twala nie tyle chce nas wziąć siłą, ile głodem.

— Okropne!

— Tak, zwłaszcza że Infadoos informuje, iż zapasy wody są na wyczerpaniu.

— Panie prześwietny — odezwał się Infadoos, lekko się przy tym kłaniając — rzecz w tym, że miejscowe źródło nie jest w stanie napoić tylu ludzi i szybko wysycha. Jeszcze przed wieczorem zacznie nas gnębić pragnienie. Makumazanie! Jest pan mędrcem, z pewnością widział pan wiele wojen w krainach, z których przybywacie, jeśli w ogóle toczą się jakieś wojny w Gwiazdach. Niech pan nam powie, co teraz robić? Twala zapełnił już wszystkie ubytki nowymi ludźmi. To człowiek, który się uczy na błędach. Nie oczekiwał jastrząb, że czapla będzie gotowa, a tymczasem nasz dziób ugodził go w pierś.

Na razie nie będzie więc atakował. Tyle że i my jesteśmy poranieni, jemu zaś wystarczy poczekać, aż osłabniemy z upływu krwi. Zaczai się na nas jak wąż na byka; będzie nas oblegał i wypatrywał odpowiedniego momentu.

— Rozumiem — powiedziałem.

— Kończy się woda, Makumazanie, niewiele mamy jedzenia, więc stają przed nami trzy rozwiązania: zalec tutaj niczym wygłodniały lew w jamie, usiłować przebić się na północ albo... — Machnął ręką w kierunku czerniejącej masy wrogów. — Albo rzucić się prosto w gardło Twali. Inkubu — na własne oczy widziałem, jaki to wojownik — szalał jak rozwścieczony byk, padali pod jego toporem żołnierze Twali jak źdźbła zboża pod kosą. Inkubu zatem mówi: „Nacierać", ale to Słoń, a słoń zawsze chce nacierać. A co na to powie Makumazan, stary lis, który lubi ugodzić nieprzyjaciela znienacka? Ostatnie słowo należy do króla Ignosiego, gdyż to sprawa króla, by decydować o wojnie, najpierw jednak chcielibyśmy usłyszeć głos Makumazana, który krząta się po nocy, a także głos tego, którego oko jest przejrzyste.

— A jakie jest twoje zdanie, Ignosi? — spytałem.

— Pozwól, ojcze — odrzekł nasz dawny służący, który teraz w pełnej wojennej gotowości był w każdym calu królem i wojownikiem — że jeśli chodzi o mądrość, to, będąc ledwie dziecięciem w porównaniu z tobą, wsłucham się w twoje słowa.

Szybko wymieniłem opinie z Goodem i sir Henrym, po czym zwięźle oznajmiłem, że, moim zdaniem, jak i zdaniem pozostałej białej dwójki, w sytuacji gdy zaczyna nam brakować wody, największe szanse daje nam atak na siły Twali. I to atak nie tylko walny, ale i natychmiastowy, „dopóki nasze rany nie zaczęły sztywnieć" i dopóki pośród naszych żołnierzy duch bojowy nie zaczął się kurczyć „jak tłuszcz w ogniu". Im dłużej będziemy czekać, tym większe niebezpieczeństwo, że nasi oficerowie zaczną się wahać, czy jednak nie przejść na stronę Twali, może nawet wydając nas w jego ręce.

Moja opinia została przyjęta życzliwie, a nawet, rzekłbym, z szacunkiem, któregom w takiej intensywności nie spostrzegłem jeszcze pośród Kukuanich. Ostateczną jednak decyzję podjąć musiał Ignosi, który raz uznany królem miał niemal nieograniczoną władzę, włącznie rzecz jasna z kwestiami wojny i pokoju, na niego więc teraz zwróciły się wszystkie oczy.

Po dłuższej chwili, kiedy to pogrążył się w głębokim namyśle, rzekł wreszcie:

— Inkubu, Makumazanie i Bougwanie, dzielni biali mężowie i moi przyjaciele, Infadoosie, mój stryju, i wy, moi wodzowie. Decyzja podjęta. Uderzę dzisiaj na Twalę, rzucając na szalę swój los i swe życie, jak zresztą także i wasze. A teraz słuchajcie. Widzicie, jak się nasze wzgórze wygina niczym sierp księżyca i jak w ten uskok zagłębia się zielony jęzor równiny?

— Widzimy — odrzekłem także w imieniu moich przyjaciół.

— To dobrze. Jest południe, ludzie muszą się najeść tym, co mamy, i odpocząć po walce, kiedy jednak słońce zacznie swą podróż ku zachodowi, twój pułk, o stryju, ruszy w dół, w kierunku jęzora, a Twala, widząc to, rzuci przeciw tobie swoje siły. Ponieważ jednak przestrzeń jest tam wąska, więc będzie mógł stawać przeciw tobie jeden tylko pułk, a oczy całej jego armii skupią się na bitwie tak wielkiej, jakiej nie widziało jeszcze ludzkie oko. Z tobą zaś, mój stryju, niechże idzie Inkubu waleczny, kiedy bowiem zobaczą żołnierze Twali błysk jego topora w pierwszym szeregu Szarych Wojowników, duch może w nich upaść. Ja pójdę za tobą na czele drugiego pułku, aby — gdybyście polegli, co wszak może się zdarzyć — stanął do walki jeszcze król i władca. U swego boku mieć będę Makumazana mędrca.

— Tak się stanie, o królu — odrzekł Infadoos, który z absolutnym spokojem odniósł się do perspektywy, że jego oddział może zostać wybity co do nogi. Bez dwóch zdań wspaniali to ludzie, ci Kukuani, bez strachu myślący o śmierci, jeśli trzeba ją ponieść na posterunku.

— Kiedy zaś oczy żołnierzy Twali będą tak skupione na boju — ciągnął Ignosi — jedna trzecia tych, którzy nam zostali, a więc około sześciu tysięcy ludzi, zważcie, spełznie z prawej nogi podkowy, a po drugiej stronie, z lewej, spełznie pozostała jedna trzecia. A kiedy zgodnie uderzą, pierwsza na lewą, druga na prawą flankę sił Twali, ja z resztką, która będzie jeszcze zdolna do boju, uderzę wprost na Twalę. Jeśli zwycięstwo będzie po naszej stronie, to gdy zacznie noc przeganiać po górach swoje czarne woły, my, syci walki, zasiądziemy w Loo. Teraz czas się najeść i przygotować, ty zaś, Infadoosie, zadbaj, aby plan mój został wykonany dokładnie tak, jak go przedstawiłem. Acha, niech biały mój przyjaciel, Bougwan, idzie na prawą stronę, gdyż skrzące się jego oko doda ducha żołnierzom.

Przygotowania do realizacji tak zwięźle nakreślonego planu bitwy rozpoczęły się natychmiast i to z dziarskością, która znakomite świadectwo wystawiała militarnym zdolnościom Kukuanich. Nie minęła godzina, a były już rozdzielone i spożyte racje jedzenia, oddziały sformowane, plan natarcia został objaśniony dowódcom i całość naszej osiemnastotysięcznej armii była gotowa do ruchu, z wyjątkiem gwardzistów doglądających rannych.

Stałem z sir Henrym, gdy podszedł do nas Good.

— Bywajcie, przyjaciele — powiedział. — Zgodnie z rozkazem idę na prawym skrzydle, przyszedłem więc uścisnąć wam dłonie, gdybyśmy, no wiecie, mieli się już więcej po tej stronie nie spotkać.

Podaliśmy sobie ręce, objawiając przy tym emocje w stopniu nieczęsto spotykanym pośród Anglosasów.

— Trudna to sprawa — rzekł sir Henry głosem odrobinę drżącym. — Nie będę skrywał, iż nie liczę na to, bym ujrzał jutrzejsze słońce. Jak rozumiem, Szarzy Wojownicy, do których mam dołączyć, bić się będą do ostatniego człowieka, aby tylko pozwolić reszcie oskrzydlić siły Twali. Niechże zatem będzie, jak być musi, a śmierć, która najpewniej mnie czeka, będzie godna męża. Żegnajcie, przyjaciele, niechże Bóg wam sprzyja. Obyście wy wyszli z tej bitwy z życiem i oby zostało to wam nagrodzone diamentami, jeśli zaś tak się stanie, to weźcie sobie do serca moją radę i z daleka trzymajcie się od wszelkich pretendentów!

Good potrząsnął naszymi dłońmi, odwrócił się i odszedł, zaraz też pojawił się Infadoos i odprowadził sir Henry'ego na miejsce na czele Szarych Wojowników. Ja, pełen jak najgorszych przeczuć, ruszyłem z Ignosim do drugiego z nacierających pułków.

# ROZDZIAŁ XIV

# OSTATNIE STARCIE SZARYCH WOJOWNIKÓW

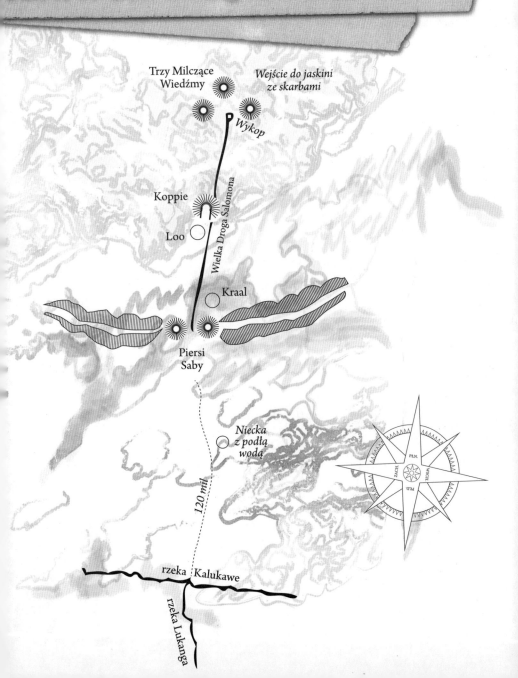

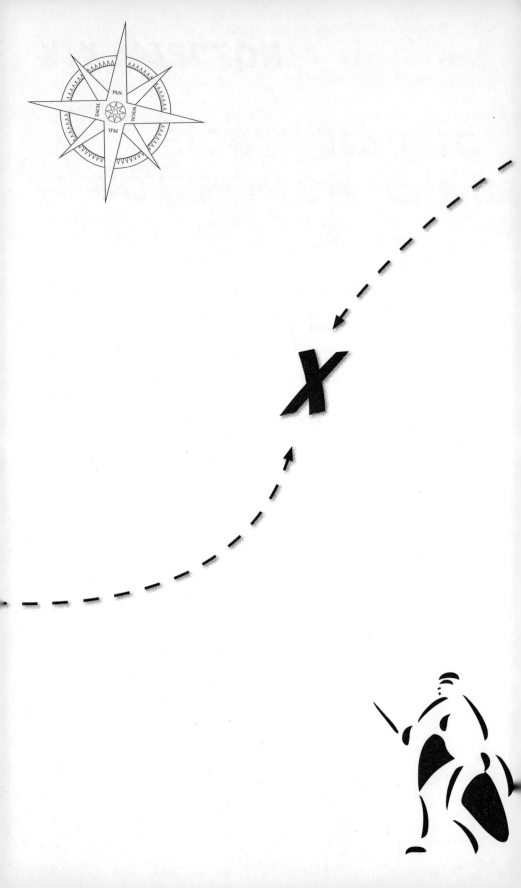

Starczyło kilka minut, by oddziały, które miały przeprowadzić podwójny manewr oskrzydlający, w milczeniu rozeszły się na swoje stanowiska. Wykorzystano nierówności terenu, tak aby czujni obserwatorzy, których nie brakowało wszak w siłach Twali, nie zorientowali się w przegrupowaniu.

Pół godziny minęło, zanim zaczął się ruch pośród Szarych Wojowników i w pułku, który miał stanowić ich odwód, a który nosił nazwę Bawołów.

Obie formacje były dość wypoczęte i obie w pełnej sile. Szarzy byli z rana w rezerwie, a w kontrataku, w którym i ja wziąłem udział, co skończyło się rychło zdzieleniem mnie w głowę, stracili stosunkowo niewielu ludzi. Co do Bawołów, ci na lewej flance stali w trzeciej linii, a że atak po tej stronie nie przełamał drugiej linii, więc niemal w ogóle nie zaznali walki.

Infadoos, który dowodził żołnierzami od wielu lat, dobrze wiedział, jakie to ważne, aby podtrzymać w ludziach ducha przed czekającym ich straszliwym starciem. Wygłosił zatem do Szarych Wojowników poetycką przemowę, sławiąc zaszczyt, jakim było dla nich pójście na czele natarcia, podkreślając determinację Białych Przybyszów z Gwiazd, którzy stawać będą razem z nimi, a także obiecując sowite nagrody w postaci bydła i awansów tym, którym dane będzie ujrzeć triumf Ignosiego.

Popatrzyłem po długiej linii czarnych pióropuszy i zaciętych twarzy pod nimi i ze smutkiem pomyślałem, że kiedy minie krótka godzina, większość — jeśli nie wszyscy ci waleczni żołnierze, z których nikt nie miał powyżej czterdziestu lat — leżeć będzie w pyle martwa lub umierająca. Nie mogło stać się inaczej: niefrasobliwość wobec ludzkiego życia, która cechuje wielkich generałów, skazała ich na rzeź mającą reszcie armii dać szansę na sukces. Pisana im była śmierć, a oni o tym wiedzieli. Na wąskim pasie ziemi pod nami mieli się ścierać z kolejnymi pułkami Twali do chwili, aż nie zostanie z nich już ani jeden żołnierz albo gdy oskrzydlające siły od tyłów zaatakują wrogą armię. A przecież nie było widać na ich twarzach ani śladu wahania czy trwogi. Szli na pewną śmierć, niebawem po raz ostatni miała dla nich zgasnąć światłość dnia, ale bez drgnięcia najmniejszego mięśnia twarzy spoglądali w czekającą ich przyszłość. Nie mogłem bez zazdrości i podziwu porównywać stanu ich ducha z moim, któremu nieskończenie daleko było do spokoju. Nigdy dotąd nie widziałem tak absolutnego poświęcenia w imię powinności i tak zupełnej obojętności na gorzkie jej owoce.

— Idźcie walczyć dla króla — kończył Infadoos, wskazując Ignosiego — bijcie się za niego i za niego ofiarujcie życie, taki jest bowiem obowiązek odważnego męża, a niezatarta hańba okryje tych, którzy będą się chwytać marnego żywota i plecy pokażą nieprzyjaciołom. Brońcie swego króla, generałowie, pułkownicy, kapitanowie i żołnierze! Złóżcie należny hołd świętemu wężowi, a ja i Inkubu pokażemy wam drogę do serca armii Twali!

Zapadła cisza, ale już w następnej chwili zaczął rozbrzmiewać między oddziałami dźwięk narastający jak pomruk wzbierającego przypływu, a był to odgłos drzewców sześciu tysięcy dzid stukających o krawędzie tarcz. Rósł ten dźwięk i potężniał, aż wreszcie stał się niczym grom, który wypełnił powietrze i echem przetaczał się po górach. Wreszcie cichł stopniowo, a gdy zupełnie wygasł, nagle zgodnym jednym okrzykiem huknął salut królewski:

— *KOOM!*

Może być dumny dziś z siebie Ignosi, myślałem, nie było bowiem rzymskiego cesarza, który głośniej i pewniej zostałby pozdrowiony przez idących na śmierć gladiatorów.

Ignosi odpowiedział na pozdrowienie, wysoko w powietrze wznosząc topór bojowy. Szarzy ustawili się wówczas w trzy tysiącosobowe linie i ruszyli w dół zbocza, kiedy zaś ostatni ich żołnierze byli już odlegli od nas o jakieś pięćset jardów, stanął Ignosi na czele Bawołów, którzy sformowali się w ten sam szyk, a gdy rzucił rozkaz, także i my zaczęliśmy maszerować. Nie muszę chyba dodawać, że jak najżarliwsze zanosiłem modły do Najwyższego, aby pozwolił mi ujść z życiem z tej straszliwej próby. W licznych bywałem opałach i opresjach, żadna z nich jednak nie była tak poważna jak obecna i w żadnej me szanse na przeżycie nie były tak znikome.

W chwili gdy dotarliśmy na krawędź płaskowyżu, Szarzy Wojownicy byli już w połowie stoku schodzącego na zieloną równinę, która wciskała się między podkowiaste ramiona zbocza. W rozłożonym w pewnej odległości od jego skrajów obozie Twali widać już było wielkie ożywienie; truchtem wybiegał z niego pułk za pułkiem, aby dotrzeć do końców podkowy, zanim Szarzy Wojownicy wyleją się na otaczającą Loo równinę.

Ów — jak go nazwałem — jęzor był długi na jakieś sześćset jardów, w najszerszym miejscu, u podstawy, miał pięćset kilkadziesiąt jardów, a na koniuszku ledwie siedemdziesiąt. Szarzy Wojownicy, dotarłszy do tego wąskiego końca, musieli ścieśnić się w kolumnę, która u wylotu podkowy znowu się rozsunęła, przybierając postać trzech gęstych linii, gdzie wojownicy zastygli jak wmurowani.

Teraz na czubek języka dotarliśmy my, Bawoły, po czym zajęliśmy miejsca jakieś sto jardów za ostatnimi Szarymi i odrobinę nad nimi. Tymczasem sunęła już na nas masa wojsk

Twali, które od porannego ataku jeszcze musiały się wzmocnić, teraz bowiem, jak dalece dało się ocenić, liczyły dobre czterdzieści tysięcy żołnierzy. Ci żwawo kroczyli przed siebie, im bliżej jednak byli podstawy języka, tym mniejsza była ich pewność, gdyż oto zorientowali się, że do walki będzie mógł przystąpić jeden tylko pułk. W dodatku czekał na niego — cofnięty w głąb o jakieś siedemdziesiąt jardów, z obu stron zabezpieczony przez wielkie skalne bloki — sławny oddział Szarych Wojowników. Bali się wojowie Twali tej dumy i chwały armii kukuańskiej — gotowej stawić czoła przeważającej sile wroga tak, jak ongiś trzech Rzymian potrafiło trzymać most przeciw tysiącom nacierających[16].

Nie tylko się żołnierze Twali stropili, ale także i ustali w pochodzie, najwyraźniej nie mając ochoty rzucać się na dzidy sterczące z tysięcznego rzędu wojowników posępnych i gotowych na wszystko. Pojawił się wreszcie w otoczeniu wodzów i adiutantów generał naznaczony kitą strusich piór, a był to, jak mi się zdało, sam Twala. Wydał rozkaz i pierwszy pułk rzucił się z wyciem na Szarych, ci jednak nie drgnęli nawet wtedy, gdy napastnicy z odległości czterdziestu jardów cisnęli w nich rój noży bojowych.

A potem wznieśli okrzyk bitewny i skoczyli do przodu, by obie gromady mogły zewrzeć się ze straszliwym łoskotem. Huknęły zderzające się tarcze, a powietrze rozmigotało się od błysku metalowych grotów dzid. To w jedną, to w drugą stronę przesuwała się walcząca wściekle masa ludzka, nie trwało to jednak długo, gdyż szeregi atakujących zaczęły topnieć, aż wreszcie fala Szarych Wojowników powoli wezbrała i prze-

---

[16] Legenda z czasów wojny z Etruskami, VI w. p.n.e.: Horacjusz Kokles miał z dwoma towarzyszami, a po ich odesłaniu sam bronić mostu na Tybrze (Pons Sublicius) (przyp. tłum.).

toczyła się po nich. Pułk Twali został wybity do nogi, ale też i Szarych pozostały już tylko dwa rzędy: jedna trzecia poległa.

I znowu zwarli szyk, tarcza przy tarczy, ramię przy ramieniu, w milczeniu czekając na kolejny atak. Z jakąż radością dostrzegłem żółtowłosą sylwetkę sir Henry'ego, gdy wyrównywał i porządkował szyki. Żył zatem, żył!

Tymczasem my przesunęliśmy się na pole starcia zasłane czterema tysiącami ciał ludzkich: martwych, umierających, rannych. Wszystkie bez wyjątku pociągnięte były czerwonym pokotem krwi. Ignosi wydał rozkaz, który natychmiast przekazano wszystkim żołnierzom, aby nie dobijano rannych wrogów, co byłoby okropną rzezią, gdybyśmy mieli w ogóle czas, by myśleć o czymś takim.

Ale oto już i drugi pułk, wyróżniający się białymi pióropuszami, spódniczkami i tarczami, zaatakował pozostałe dwa tysiące Szarych Wojowników, które czekały równie zastygłe jak poprzednio, a gdy wrogowie znaleźli się czterdzieści jardów od nich, skoczyły im na spotkanie. Znowu z łoskotem zderzyły się tarcze i znowu rozpętała się równie zażarta walka.

Tym razem jej wynik ważył się dłużej, a przez chwilę nawet się zdało, iż nie ma mowy, by i tym razem Szarzy zwyciężyli. Ów nowy pułk złożony był z młodszych żołnierzy, którzy atakowali z taką furią, iż weterani zrazu zgięli się pod ich naporem. Bój był morderczy, w każdej minucie waliły się setki ofiar, a oprócz krzyków walczących i skowytów konających słychać było nieustanne syczenie, tak bowiem kumulowały się dźwięki triumfu i satysfakcji, wydawane gdy jednemu z żołnierzy udało się przebić na wylot przeciwnika.

W końcu jednak okazało się, że doskonała dyscyplina i hart ducha potrafią zdziałać cuda, a jeden żołnierski wyga więcej jest wart od dwóch młodzików. Kiedy już bowiem pewni byliśmy, że będą musieli Szarzy Wojownicy polec, i szykowaliśmy się, by zająć ich miejsce, gdy tylko je zwolnią, padając trupem, usłyszałem basowy pomruk sir Henry'ego i zobaczyłem błysk jego topora nad pióropuszami. Był to właśnie moment, gdy odmieniły się koleje walki. Szarzy Wojownicy przestali ustępować i zamienili się w litą skałę, od której odbijały się kolejne fale atakujących. Po jakimś czasie skała drgnęła, ale tylko po to, by zacząć sunąć przed siebie, a że nie było broni palnej i towarzyszącego jej dymu, wszystko widzieliśmy wyraźnie jak na dłoni. Jeszcze minuta i walki zaczęły wygasać.

— To są mężowie, co się zowie — zakrzyknął Ignosi, który aż zgrzytał zębami z podniecenia. — Znowu wygrali, patrz, Makumazanie, już są górą!

Nagle nacierający rozpadli się na grupki, które z powiewem białych pióropuszy uchodziły czym prędzej, aby jak najszybciej oderwać się od swych pogromców. Tych jednak została już tylko garstka. Z uformowanych w mocarne rzędy trzech tysięcy bohaterskich wojowników zostało ledwie sześć setek, reszta bowiem padła pokotem. A przecież krzyczeli radośnie i potrząsali dzidami na znak triumfu, potem jednak — na przekór naszym oczekiwaniom — miast się wycofać, puścili się biegiem i, dopadłszy skalistego wybrzuszenia, nawykli do swej potrójnej formacji, potrójnymi otoczyli go kręgami. Ponownie poczułem przypływ radości, gdym na szczycie czuba na chwilę zobaczył postać sir Henry'ego i starego naszego przyjaciela Infadoosa. Zaraz jednak rzuciły się na nich hordy Twali i walka rozgorzała na nowo.

Jak czytelnicy tej opowieści dawno już musieli zmiarkować, że spory jest ze mnie, prawdę mówiąc, tchórz i przenigdy sam z siebie nie palę się do bitki, aczkolwiek nieraz los tak sprawił, iż znaleźć się musiałem w bitewnym zgiełku i przelać ludzką krew. Zawsze jednak nienawidziłem takich zdarzeń, a krwi własnej starałem się tracić jak najmniej, nierzadko pomocy szukając w chyżości nóg. Tym razem jednak po raz pierwszy w życiu poczułem, jak w piersi rozpala mi się wojenny zapał. Bitewne fragmenty z *Legend Ingoldsby'ego* oraz ze Starego Testamentu pleniły mi się w głowie niczym grzyby po nocnym deszczu. Krew, która jeszcze niedawno była na wpół zmrożona przerażeniem, teraz mocno pulsowała w żyłach, w duszy zaś wezbrała paląca potrzeba bezlitosnego zabijania. Zerknąłem za siebie i, jednym spojrzeniem ogarnąwszy twarze wojowników, zdziwiłem się. Czy i ja tak wyglądam? Ręce zaciśnięte w pięści, rozwarte usta, rysy zakrzepłe w grymasie morderczej żądzy, oczy lśniące jak u psa myśliwskiego, który po długiej gonitwie dopadł wreszcie tropioną ofiarę.

Tylko serce Ignosiego, sądząc po jego opanowanej twarzy, biło pod narzutą z lamparciej skóry równie spokojnie jak zawsze, aczkolwiek nawet on zgrzytał zębami. Poczułem, że dłużej już tego nie zniosę.

— I co, będziemy tu stać, aż nam nogi wrosną w ziemię, Umbopo–Ignosi, czy raczej aż wreszcie Twala połknie naszych braci, którzy tak się biją?

— Nie, Makumazanie — padła odpowiedź. — Owoc dojrzał i trzeba go zerwać.

Jeszcze to mówił, gdy oddział wroga przemknął bokiem i zaatakował od tyłu. Ignosi z rozmachem poderwał w górę topór, co było sygnałem do ataku, wydawszy więc dziki okrzyk bojowy Kukuanich, Bawoły jak mknąca fala pognały przed siebie.

Brakuje mi słów, aby opisać to, co nastąpiło później. Jedyne, co wyraźnie pamiętam, to nieregularny, lecz nieustanny postęp, dygotanie ziemi, nagłą zmianę frontu, konieczność przegrupowania oddziału, by stawić czoło nieoczekiwanemu natarciu, harmider głosów, krwistą mgłę, w której nieustannie błyskają dzidy.

Kiedy rozjaśniło mi się w głowie, stałem pośród resztek Szarych Wojowników na szczycie pagórka, a tuż koło mnie czyjaś postać górowała nad innymi. Któż mógłby to być, jeśli nie sir Henry? Jak się tu dostałem, nie miałem w tej chwili najmniejszego pojęcia, potem jednak dowiedziałem się od Curtisa, że wyniosła mnie pierwsza szarża Bawołów i tam pozostawiła nieprzytomnego, gdy reszta cofnęła się przed zaciekle atakującym wrogiem. Sir Henry podskoczył wtedy i wyniósł mnie z pola bitwy.

A samą bitwę jak opisać? Na nasze kurczące się kręgi zwalały się kolejne nawałnice, a my każdą z nich potrafiliśmy odeprzeć. Jak pięknie mówi któryś z poetów[17]:

*Dzielni włócznicy mężnie stawali*
*jak skała lita tak wytrwali.*
*Na miejsce tego, który się wali*
*druh jego stoi już.*

Wspaniała była to rzecz, widzieć te bohaterskie bataliony przelewające się nad zwałami poległych towarzyszy i wrogów, niekiedy pochylając się, aby porwać jeden z oszczepów lub by dorzucić swoje ciało do stosu zwłok. Wspaniale było widzieć wojaka nad wojakami, Infadoosa, spokojnego niczym na placu musztry, wykrzykującego rozkazy, pochwały, a nawet przekleństwa, aby dodać ducha swym nielicznym już żołnierzom, a gdy fala kolejnego natarcia zaczynała odpływać, rzucającego się w gąszcz najdzikszej walki, by mieć swój udział w odpar-

---

[17] Walter Scott — *Marmion: A Tale of Flodden Field* (przyp. tłum.).

ciu wroga. Jakimiż jednak słowy opisać uczucia wzbierające w duszy na widok sir Henry'ego, któremu ciśnięty oszczep zerwał biały strusi pióropusz, więc teraz długie żółte włosy powiewały mu wokół głowy niczym welon. Stał nieugięcie wielki Duńczyk, gdyż nikim innym być on nie mógł. Ręce, topór i zbroję miał czerwone od posoki; nie uszedł z życiem nikt, kto znalazł się w zasięgu jego ciosu. Patrzyłem, jak wznosi się jego oręż i opada, gdy po raz kolejny rzucał mu wyzwanie któryś z najdzielniejszych przeciwników. Za każdym razem krzyczał przy tym „A-hoj! A-hoj!" jak jego przodkowie berserkowie, ostrze zaś miażdżyło tarczę, dzidę, hełm, czaszkę, aż wreszcie nie znalazł się już nikt, kto gotów byłby zmierzyć się z wielkim, białym *Umtagati*, morderczym czarownikiem, którego żadne razy się nie imały.

Wtedy też rozbrzmiał krzyk „*Twala y'Twala*", a spomiędzy walczących wyłonił się nie kto inny, lecz sam jednooki król, jak wszyscy inni zbrojny w topór i tarczę. By zaznaczyć, że jest królewskiej krwi, miał na sobie kolczugę.

— Tuś jest, Inkubu, biały morderco mego syna, sprawdź no, czy mnie będziesz w stanie dać radę! — wrzasnął, jednocześnie ciskając *tolla* w sir Henry'ego. W czas to zoczył Curtis i zasłonił się tarczą, w której żelazną powłokę ostrze wbiło się do połowy. Teraz rzucił się Twala na sir Henry'ego z przeraźliwym wyciem i z takim impetem, że chociaż mocarny, przy zderzeniu tarczy padł biały olbrzym na kolana.

Przez moment nie mogłem śledzić dalszych losów tego starcia, gdyż w krzyku napierających na nas oddziałów pojawił się ton desperacji, a wystarczyło się rozejrzeć, bym zrozumiał jego przyczynę.

I po lewej, i po prawej stronie rozpętały się zażarte bitwy, gdyż oto z odsieczą spieszyły nareszcie nasze siły oskrzydlające i trudno doprawdy byłoby wybrać lepszy po temu moment. Zgodnie z przewidywaniami Ignosiego uwaga wojsk Twali skupiła się na trwającym w centrum boju, w którym z przeważającym wrogiem zmagały się resztki Szarych Wojowników i Bawoły uwikłane teraz w osobną, nieopodal się toczącą bitwę. I dopiero kiedy nasze kleszcze zaczęły się domykać, zorientowali się żołnierze Twali, że reszta sił wroga nie czeka bynajmniej w odwodzie na szczycie pagórka, jak przypuszczali. Teraz więc nie mieli nawet czasu na przegrupowanie szyków, a już *Impi* runęli na nich niczym ogary na osaczoną zwierzynę.

Po pięciu minutach losy bitwy były przesądzone. Wzięte w dwa ognie, a w środku nękani przez Szarych i Bawoły, podały tyły oddziały Twali i w jednej chwili cały rozłóg między nami i Loo zapełniły pomykające w panice grupki. Także i ci, co nas oblegali, nagle rozpłynęli się nie wiadomo gdzie, tak więc staliśmy na szczycie pagórka, mając wrażenie, że to ostrów jakiś spokojny, który sterczy nad wzburzonym morzem. Cóż to było za widowisko! Wszędzie dookoła zwały martwych i umierających, a nieopodal ledwie trzymające się na nogach niedobitki mężnych Szarych Wojowników, których ostało się tylko dziewięćdziesięciu pięciu. Z tego jednego pułku padło ponad trzy tysiące czterystu żołnierzy, większość na wieki wieków.

— Mężowie! — przemówił Infadoos, spoglądając na otaczających go żołnierzy, podczas gdy sanitariusz opatrywał mu ranę na ramieniu. — Dowiedliście dzisiaj, że nie przypadkiem służycie w tak sławetnym pułku, a opowieść o tym boju będą jeszcze powtarzać wasze wnuki. — Wyszukawszy wzrokiem sir Henry'ego, podszedł do niego i mocno uścisnął mu rękę. — Wielki z pana rycerz, Inkubu. Wiele czasu spędziłem pośród żołnierzy, wielu widziałem bitnych i odważnych, żaden z nich jednak nie mógłby się równać z panem.

W tymże momencie Bawoły zaczęły przechodzić obok nas, kierując się na Loo, a jednocześnie nadbiegł goniec od Ingosiego, który przyzywał do siebie Infadoosa. Resztkom Szarych Wojowników poleciwszy, aby wyszukali swych rannych i zajęli się nimi, stanęliśmy przed Ignosim, który oznajmił, iż chce czym prędzej zająć Loo, aby w ten sposób dopełnić zwycięstwa, a także w miarę możliwości pojmać Twalę. Już mieliśmy ruszać, kiedy o jakieś sto kroków od nas dostrzegłem Gooda skulonego na niewielkim pagórku tuż obok zwłok jakiegoś Kukuaniego.

— Jest pewnie ranny — niespokojnie powiedział sir Henry, ale jeszcze mówił te słowa, gdy stała się rzecz zupełnie niespodziewana.

Kukuani, jak się okazało, wcale nie był martwy, gdyż oto nagle poderwał się, pchnął Gooda tak, że ten, koziołkując, spadł ze wzniesienia. Napastnik pognał za nim, wymierzając mu ciosy dzidą. Przerażeni rzuciliśmy się w tym kierunku, widząc, jak okrutnik raz za razem dźga biednego Gooda, który się wzdrygał przy każdym ciosie. Zobaczywszy, że biegniemy, Kukuani z okrzykiem: „Masz, wredny czarowniku!" zadał ostatnie pchnięcie i wziął nogi za pas. Good leżał nieruchomy, trudno się więc dziwić, że uznaliśmy, iż już po nim. Zasępieni podeszliśmy do niego, jakież jednak było nasze zdziwienie, gdy na twarzy bladej, co prawda, jak prześcieradło zobaczyliśmy promienny uśmiech, a także monokl tkwiący w oczodole.

— Wspaniała zbroja! — westchnął na widok naszych nachylających się nad nim oblicz. — Cóż za rozczarowanie dla tego łajdaka!

Z tymi słowami na ustach omdlał.

Zbadaliśmy go szybko i okazało się, że otrzymał poważny cios nożem bojowym w nogę, kolczuga jednak nie przepuściła ani jednego z ciosów, które na ciele Gooda pozostawiły tylko wielkie sińce. Ponieważ bardziej nie można mu było w tej chwili pomóc, więc ułożono go tylko na dużej wiklinowej tarczy używanej jako nosze i poniesiono do miasta.

Gdy dotarliśmy do bramy, zobaczyliśmy, że — zgodnie z rozkazami wydanymi przez Ignosiego — strzeże jej jeden z naszych oddziałów, podczas gdy inne obsadziły fosę naprzeciw pozostałych wejść do miasta. Dowódca złożył Ignosiemu hołd jako królowi i zameldował, że resztki wojsk Twali, z nim samym na czele, schroniły się wewnątrz. Uważał jednak, że ponieważ duch w nich upadł, więc bez żadnych ceregieli się poddadzą. Naradziwszy się chwilę z nami, rozesłał Ignosi heroldów pod wszystkie bramy, aby obwieścili, że on, król i władca, gwarantuje życie i przebaczenie każdemu żołnierzowi, który do zachodu słońca złoży broń. Ci, którzy odmówią, muszą się liczyć z tym, że Loo stanie w ogniu, który pochłonie wszystkich w nim obecnych. Wieść ta wywarła zamierzony skutek. Nie minęło pół godziny, a przy głośnych okrzykach zwolenników Ignosiego opadły zwodzone mosty i otworzyły się wrota po przeciwnej stronie fosy obronnej.

Zachowując odpowiednią ostrożność, by nie stać się ofiarami podstępu, wkroczyliśmy do Loo. Wzdłuż ulic stały tysiące poddających się żołnierzy ze spuszczonymi głowami. U ich stóp leżały tarcze, dzidy i noże *tolla*, kiedy zaś Ignosi znalazł się przy nich, podrywali się na baczność i witali go jako króla. Skierowaliśmy się wprost do kraalu Twali. Wielkie obejście, na którym dzień czy dwa wcześniej widzieliśmy paradę i łowy na czarowników, teraz było opustoszałe. Opustoszałe, chociaż niecałkowicie, gdyż naprzeciw wejścia siedział przed dworem sam Twala w towarzystwie jednej tylko osoby — Gagool.

Niezależnie od popełnionych przez Twalę zbrodni i niegodziwości smutno było teraz widzieć, jak siedzi zgarbiony obok topora i tarczy, z brodą zwieszoną na kolczugę, za jedynego sprzymierzeńca mając starą wiedźmę. Poczułem dźgnięcie współczucia, gdy spoglądałem na włodarza, który runął z „wyżynnych swych siedzib"[18]. Żaden z żołnierzy jego wielotysięcznej armii, nikt z usłużnie nadskakujących ongiś sług, ani jedna z żon nie pozostała, aby dzielić z nim los i gorycz upadku. Biedny dzikus dostawał właśnie lekcję, której los nie szczędzi większości z nas, jeśli tylko pożyją odpowiednio długo, aby zobaczyć, jak ślepnie ludzki wzrok na przegranych i na jak niewielu przyjaciół, a jeszcze mniej litości może liczyć ten, kto staje się bezbronny i poniżony. Tyle że Twala na niewiele litości zasłużył.

Z bramy ruszyliśmy wprost do siedzącego ekskróla, aczkolwiek w odległości pięćdziesięciu jardów od niego kazaliśmy zatrzymać się oddziałowi, który nam towarzyszył, i dalej poszliśmy już tylko w otoczeniu kilku gwardzistów. Kiedy podeszliśmy jeszcze bliżej, Twala uniósł swoją zwieńczoną pióropuszem głowę, a w jego jedynym oku, którego spojrzenie wczepiło się w zwycięskiego rywala Ignosiego, błysnął płomień furii niemal tak promienny, jak wielki diament na jego czole.

— Witaj, o królu — powiedział szyderczym tonem — który zeżarłeś chleb dla mnie przeznaczony, a potem, korzystając z pomocy białych czarowników, przekabaciłeś moje oddziały i pokonałeś armię, witaj! Jaki los myślisz mi zgotować, o królu?

— Ten sam, który zgotowałeś lata temu memu ojcu, aby zasiąść na jego tronie — padła surowa odpowiedź.

— Więc dobrze. Pokażę ci, jak się umiera, żebyś miał lekcję, kiedy i na ciebie przyjdzie pora. Patrz, słońce krwawo zachodzi — mówiąc to, Twala machnął toporem w kierunku horyzontu — czemuż więc i moja gwiazda nie miałaby zejść z firmamentu razem z nim? Jestem zatem gotów umrzeć, o królu,

---

[18] Fraza z wiersza Johna Drydena *Alexander's Feast* (przyp. tłum.).

lecz skoro płynie w moich żyłach krew władców Kukuanich, zginąć muszę w boju[19]. Nie możesz się temu sprzeciwić, gdyż wtedy nawet ci otaczający cię tchórze będą tobą gardzić.

— Stanie się tak, jak każe zwyczaj. Z kim chcesz walczyć, ja bowiem stawać nie mogę, jako że królowie walczą tylko podczas wojny.

Zdrowe oko Twali zaczęło wędrować po stojących wokół Ignosiego osobach, a gdy na chwilę zatrzymało się na mnie, poczułem nie lada przerażenie. A jeśli zechce zacząć ode mnie? Jakie będę miał szanse w starciu z dzikim desperatem wysokim na sześć stóp i pięć cali, a do tego odpowiednio rozłożystym w barach? Równie dobrze mógłbym natychmiast popełnić samobójstwo. Natychmiast podjąłem postanowienie, że do tak nierównej walki nie stanę, nawet gdyby miano mnie potem wyśmiewać, jak kraj Kukuanich długi i szeroki. Lepiej, moim zdaniem, stać się pośmiewiskiem, niż zostać poćwiartowanym wojenną siekierą.

Wreszcie Twala przemówił.

— Inkubu, to jak, dokończymy to, co wcześniej zaczęliśmy, czy mam cię nazwać tchórzem pobladłym aż po samą wątrobę?

— Nie! — gwałtownie sprzeciwił się Ignosi. — Nie będziesz walczył z Inkubu!

— Pewnie że nie, jeśli się boi.

Na nieszczęście sir Henry zrozumiał tę odpowiedź i poczerwieniał aż po koniuszki włosów.

— Będę z nim walczył, wtedy zobaczymy, kto się boi.

— Wielkie nieba! — wykrzyknąłem. — Niechże pan nie ryzykuje swego życia w starciu z tym nikczemnikiem!

---

[19] U Kukuanich jest prawo mówiące, że mężczyznę z królewskiego rodu zgładzić można tylko za jego zgodą, której zresztą nie odmawia. Kiedy jej udzieli, ustala kolejność przeciwników, z którymi będzie walczył po kolei, aż wreszcie któryś go zabije (przyp. A.Q.)

— Będę walczył! — stanowczo odpowiedział sir Henry. — Kiedy ktoś nazwie mnie tchórzem, nie ma dla nas obu miejsca na ziemi. Jestem gotów!

Mówiąc to, sir Henry postąpił do przodu i machnął w powietrzu toporem. Byłem zdruzgotany tym popisem donkiszoterii, jeśli jednak sir Henry coś postanowił, to nikt, a już szczególnie ja, nie mógł tego zmienić.

— Nie stawaj do tej walki, biały bracie — sprzeciwił się Ignosi, chwytając za ramię sir Henry'ego. — Ofiarnie już dzisiaj się biłeś, a gdybyś padł pod jego ciosami, serce pękłoby mi na pół.

— Będę walczył, Ignosi — padła spokojna odpowiedź.

— W porządku, Inkubu, dzielny z ciebie człowiek. To będzie wielkie starcie. Gotuj się, Twalo, Słoń już na ciebie czeka.

Ekskról zaśmiał się dziko, poderwał i stanął twarzą w twarz z sir Curtisem. Zastygli tak na chwilę, a zachodzące słońce spowiło ich profile w ogniste aureole. Była to para godnych siebie przeciwników.

Po chwili odstąpili od siebie i zaczęli się wzajem okrążać, lekko poruszając przy tym gotowymi do ciosu toporami.

Sir Henry znienacka skoczył i strasznie ciął Twalę, ten jednak w porę się uchylił, a cios był tak mocarny, że uderzający stracił równowagę, co przeciwnik natychmiast wykorzystał. Wziąwszy olbrzymi zamach, uderzył znad głowy, a mnie serce zamarło w piersiach, gdyż myślałem, że już po wszystkim. Nie doceniłem jednak sir Henry'ego, gdy szybkim ruchem lewego ramienia wstawił tarczę między swój tułów i lecący obuch tak, że topór tylko odpłatał jej skraj, a, odbiwszy się, uderzył jeszcze w lewy bark sir Henry'ego, ale krzywdy mu już żadnej nie zrobił. On zaś poderwał się do drugiego ciosu, tym razem jednak to Twala przyjął go na tarczę.

I tak się toczyła ta walka, cios w odpowiedzi na cios, wszystkie unikane zwodem lub amortyzowane tarczą. Podniecenie rosło z każdą chwilą, żołnierze, nie pamiętając już o dyscyplinie, stłoczyli się w wielkim kole, co chwila pokrzykując lub pojękując. Good, którego złożono na ziemi obok mnie, ocknął się, a zobaczywszy, co się dzieje, w mgnieniu oka wspiął się po mnie i, ułapiwszy za ramię, zaczął kuśtykać na jednej nodze to tu, to tam, zmuszając mnie do przemieszczania się wraz z nim. Darł się na całe gardło, udzielając instrukcji sir Henry'emu i nie troszcząc się o formy układności językowej.

— Świetnie, stary druhu! O, ten był dobry, że cię mogę! Przywal mu teraz, przywal w japę!

Na tym poprzestanę, gdyż bystry czytelnik sam łatwo rozwinie sobie „i tak dalej".

Wychwyciwszy silny raz na tarczę, sir Henry sam ciął niesłychanie. Ostrze rozpłatało tarczę Twali, także, o dziwo, cudowną kolczugę, i otwarło mu ranę w ramieniu. Zawył z bólu i furii i odpowiedział razem równie potężnym, który przeciął jego przeciwnikowi wykonaną z kości nosorożca rękojeść tarczy umocnionej stalowymi opaskami. Jedna z nich raniła sir Curtisa w twarz.

Krzyk rozpaczy huknął wśród Bawołów, gdy zobaczyli, jak szeroki obuch siekiery ich bohatera ląduje na ziemi, a Twala, zakręciwszy toporem nad głową, rzuca się na przeciwnika. Nie chcąc widzieć okropnego końca, zamknąłem oczy, a kiedy je otworzyłem, zobaczyłem leżącą w pyle tarczę sir Henry'ego, jego samego zaś mocarnymi ramionami oplatającego Twalę w pasie. Zaczęło się straszliwe mocowanie, jak między dwoma niedźwiedziami, które ze wszystkich swych sił walczą o życie i o honor nawet od niego ważniejszy. Spięli się, żyły nabrzmiały na czołach, aż wreszcie Twala, wolno przechylając przeciwnika, zwalił go na ziemię. Wtedy potoczyli się po wysypanym wapnie — Twala usiłujący zdzielić rywala w głowę toporem i sir Henry próbujący dobytym zza pasa *tolla* dźgnąć przeciwnika w brzuch.

Wielki to był pojedynek i straszna rzecz do oglądania.

— Weź mu siekierę! — wrzeszczał Good i niewykluczone, że nasz przyjaciel go usłyszał, gdyż cisnął na bok nóż i złapał za stylisko, które do przegubu Twali przytroczone było bawolim rzemieniem. Ciężko dysząc i prychając jak dzikie koty, szarpali się niemiłosiernie, aż — trach! — rzemień pękł, a sir Henry z wielkim wysiłkiem uwolnił się od przeciwnika, ale z jego orężem w dłoni. Już w następnej chwili był na nogach z twarzą zalaną krwią. Naprzeciw niego, na ugiętych kolanach kołysał się Twala, który, wyrwawszy *tolla* zza pasa, cisnął nim i trafił w pierś sir Henry'ego. Ostrze trafiło mocno, ktokolwiek jednak sporządzał te kolczugi, znał się na robocie, gdyż nóż nie dał jej rady. Raz jeszcze Twala natarł, ale wtedy nasz znakomity Anglik zebrał się w sobie, zatoczył nad głową wielki krąg toporem i uderzył z całych sił.

Z setek gardeł wyrwał się krzyk i zdało się, że głowa Twali odprysła od jego tułowia, a potem spadła na pobielony pył i potoczyła się pod nogi Ignosiego. Przez krótką chwilę tułów ekskróla trzymał się prosto, ale potem z głuchym łoskotem zwalił na ziemię, a złoty naszyjnik zachrzęścił w piachu. Wówczas sir Henry, zmożony utratą sił i krwi, runął na ciało niegdysiejszego króla.

Już w następnej sekundzie pomocne dłonie zaczęły go podnosić, ktoś chlusnął mu wodą w twarz, jeszcze chwila, a szare oczy znowu rozwarły się szeroko.

Żył!

W ostatnich promieniach słońca stanąłem nad odrąbaną głową Twali, rozwiązałem pasek, który przytrzymywał na czole wielki diament, i podałem klejnot Ignosiemu.

— Weź to, królu Kukuanich, władco z mocy urodzenia i zwycięstwa.

I oto sypnął diament skrami z czoła Ignosiego, on zaś postawił nogę na piersi bezgłowego wroga i wzniósł do nieba pieśń zwycięstwa, tak zarazem piękną i dziką, że nie sądzę, bym potrafił wiernie oddać jej słowa. Słyszałem raz obdarzonego pięknym głosem nauczyciela, jak czytał publicznie Homera, i pamiętam, że owe rytmiczne wersy sprawiały, iż krew w żyłach niemal mi zastygała. Hymn Ignosiego wypowiedziany w języku równie pięknym i dźwięcznym jak antyczna greka wywarł na mnie taki sam efekt, aczkolwiek mocno byłem utrudzony i wstrząśnięty gwałtownymi emocjami.

*Bunt nasz zwieńczyła chwalebna wiktoria, złe czyny siłą się wrażą tłumaczą,*

*powstali wszak z rana przeciwnicy za zbroje chwycili do wojny gotowi.*

*Powstali i — dzidy wzniósłszy nad głowy — do wodzów krzyknęli „Prowadźcie na bój!",*

*wodzowie zaś twarze do króla zwrócili, „Tyś naszym władcą, ty nakaż nam znój!".*

*Pycha rozpiera im piersi opięte, dwadzieścia tysięcy po dwakroć ich jest.*

*Doliny nie zoczysz od piór, co na głowach, nie jest szczelniej okryta orla pierś,*

*tarcze przepysznie w blaskach się mienią, żołnierze radzi na walkę czekają,*

*aż wreszcie ruszyli, by cios zadać mi. „Ten jest już trupem", chełpliwie zaryczą,*

*lecz biada im, biada, gdyż wichrem mój dech, a gdy ich owionie, nie starczy im sił!*

*Grom ich ugodził, jak piorun ma dzida, mój krzyk niczym młot do ziemi przygważdża.*

*To godni wrogowie dla lisów i kun, a krew ich rozpulchnia wyschniętą tę darń.*

*Gdzież ci mocarze, co rankiem tak pyszni? Gdzież ci, co trupa mojego zwęszyli?*

*Głowy ich zległy, chociaż nieuśpione, ciała na plecach, acz nie do wytchnienia,*

*bo w mrok też odeszli, czerń niepamięci, już inni też wiodą ich wdowy i ród.*

*I oto wasz król! Dalekom odleciał, noc losu przeczekać, lecz dzień gdy nastał,*

*na powrót jam jest, by skrzydłem ochronić mych wiernych poddanych i pokój zasiać, gdzie trwała niecnota.*

*Więc królem jam jest, to moje są stada, dziewice po kraalach,*

*lecz zadbać potrafię, by nigdy zimnica nie była za mroźna, i wiosna*

*by kwieciem sypnęła obficie, i by już krainy zło nigdy nie dręczyło,*

*a szczęście i radość spłynęły na lud; więc cieszcie się, cieszcie, bo nastał wam król!*

Ledwie skończył Ignosi swoją pieśń, a z gęstniejącego mroku nadpłynęła odpowiedź:

— *Koom!* Tyś naszym królem!

I tak spełniła się przepowiednia, którą cisnąłem w twarz posłańcowi: nie minęło czterdzieści osiem godzin, a ukrócone o głowę ciało Twali sztywniało na przyzbie jego dworu.

# ROZDZIAŁ XV

# GOOD ZMOŻONY CHOROBĄ

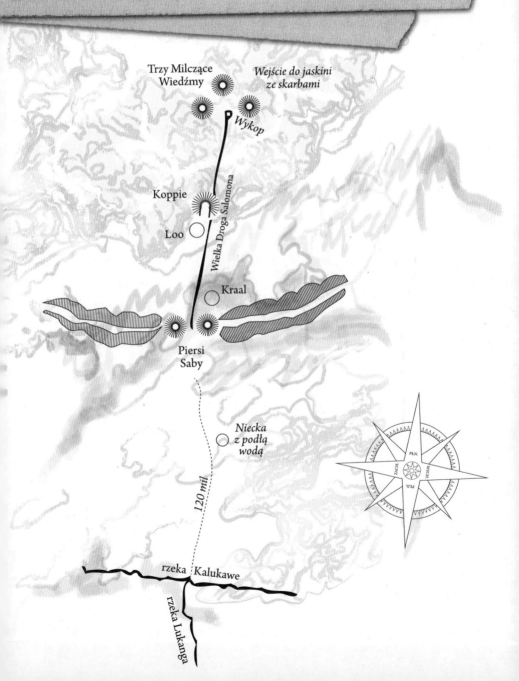

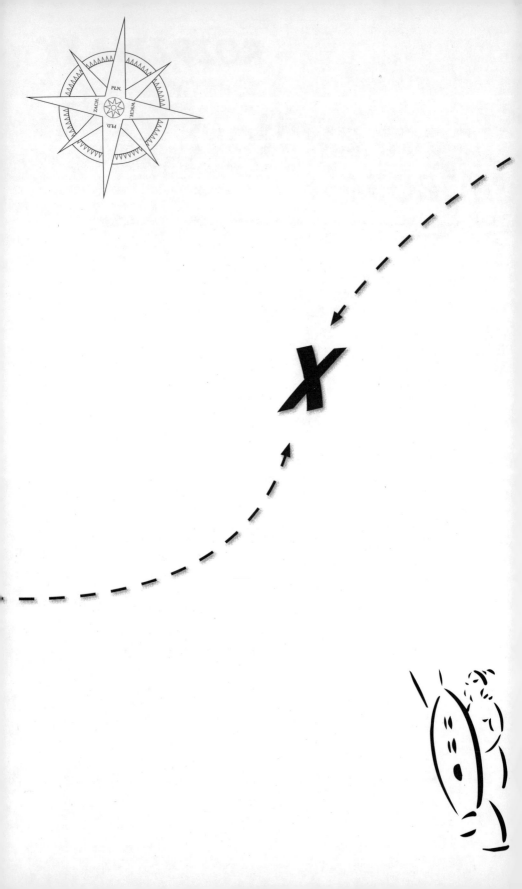

**P**o zakończonej walce wniesiono sir Henry'ego i Gooda do dworu Twali, a ja nie odstępowałem ich na krok. Byli wycieńczeni i osłabieni upływem krwi, a i o sobie mogę powiedzieć, że w niedużo lepszym byłem stanie. Jestem nader czerstwy i więcej mogę znieść trudu niż większość ludzi, być może za sprawą wagi niewielkiej i długiego treningu, tego jednak wieczoru byłem strasznie cherlawy, a jak to już ze mną bywa w takich sytuacjach, strasznie zaczęła mnie boleć dawna rana po starciu z lwem. Co więcej, gwałtownie też łupało mnie w głowie, w którą z rana otrzymałem odbierający mi przytomność cios. Trudno byłoby znaleźć gdzieś na świecie trzech większych mizeraków niż my tej nocy; jedyną ulgę dawała myśl, że jednak jesteśmy szczęściarzami, mogąc tak cierpieć, miast leżeć martwo na placu boju, jak to stało się z tysiącami dzielnych mężów, którzy ranek powitali dziarscy i mocarni.

Udało nam się jednak — przy znacznej pomocy pięknej Foulaty, ta bowiem uznawszy, że to nam zawdzięcza uratowanie życia, natychmiast zajęła pozycję naszej (a zwłaszcza Gooda) służącej — pozbyć kolczug, które co najmniej dwóm z nas ocaliły tego dnia życie. Jak się spodziewałem, ciało mieliśmy pod nimi strasznie posiniaczone, chociaż bowiem ogniwa zatrzymywały broń, to przecież nie mogły wyhamować uderzeń, które bezlitośnie nas poobijały. Sir Henry i Good cali byli fioletowi, ja nie wyglądałem lepiej. Jako lekarstwo przyniosła nam Foulata jakieś zielone aromatyczne liście, które — użyte w formie okładu — wielką nam przyniosły ulgę.

Sińce jednak, jakkolwiek bolesne, nie wprawiły nas w taki niepokój, jak rany sir Henry'ego i Gooda. Good miał ranę na wylot w udzie swej „cudownie białej" nogi i wiele utracił krwi; sir Henry obok innych okaleczeń miał głęboką wyrwę w szczęce. Na szczęście, okazał się Good całkiem zręcznym chirurgiem i ledwie mu dostarczono mały przybornik leczniczy, pięknie rany oczyścił, a potem zaszył, najpierw sir Henry'emu, potem sobie samemu — udało mu się to wręcz znakomicie, jeśli zważyć, jak mało światła dawały kukuańskie lampy. Następnie obficie posmarował skaleczone miejsca jakąś maścią antyseptyczną, której miał w pudełku pełen słoik, my zaś nałożyliśmy na to resztki chusteczek do nosa, które nam jeszcze zostały.

Foulata tymczasem przygotowała tłusty rosół, gdyż nazbyt byliśmy osłabieni, aby zjeść coś stałego. Przełknąwszy płyn, rzuciliśmy się na stosy karrossów, czyli futrzanych skór, których pełno było w dworze niegdysiejszego króla. Zakrawać to może na ironię losu, że w osobistym łożu Twali i pod jego własnym przykryciem spędził tę noc człowiek, który go zabił: sir Henry.

Powiadam „spędził noc", nie zaś „spał", niełatwo bowiem zasnąć po takim dniu jak ten.

*Powietrze gęste było*
*od pożegnań tych, co konają,*
*i żalu po tych, co skonali już*[20].

Ze wszystkich stron dobiegało zawodzenie kobiet, które straciły w boju mężów, synów i braci. Jakże miały nie łkać, skoro w tym okropnym starciu poległo ponad dwanaście tysięcy mężczyzn, jedna zatem piąta kukuańskiej armii. Serce krwawiło, gdy, leżąc na wygodnej pościeli, słyszało się ich

---

[20] Cytat z wiersza Henry'ego Wadswortha Longfellowa *Resignation* (przyp. tłum.).

skargi opłakujące tych, którzy już nigdy nie wrócą, co uzmysłowiło mi, jak straszliwe dzieło spełniło się tego dnia tylko po to, aby zaspokoić ludzkie ambicje. Im bliżej północy, tym rzadsze stawały się głośne płacze, aż wreszcie nastała cisza, co kilka minut przerywana wyciem rozbrzmiewającym gdzieś za nami. Dopiero potem dowiedziałem się, że to Gagool czuwała nad trupem króla Twali.

Potem zacząłem zapadać w drzemkę, z której wybudzałem się co chwilę, wzdrygając, gdyż zdało mi się, że znowu jestem aktorem w przeraźliwych scenach ostatnich czterdziestu ośmiu godzin. A to widziałem przeciwnika, którego zabiłem, wcześniej rzuciwszy mu się pod nogi; a to byłem w przesławnym orszaku Szarych Wojowników, którzy na szczycie niewielkiego wzgórka odpierali dzikie natarcia regimentów Twali, to znów wtoczyła mi się do stóp zbryzgana krwią głowa ekskróla, szczerząc do mnie zęby i przepalając jedynym okiem.

Tak jednak czy inaczej, jakoś ta noc przeminęła, o świcie jednak zorientowałem się, że moi przyjaciele nie spali ani odrobinę lepiej. Gorzej — okazało się, że Good gorączkuje, zaraz też zaczęło mu się kręcić w głowie, a — ku jeszcze większemu memu przerażeniu — co chwilę odpluwał krew, najwyraźniej z jakiejś rany wewnętrznej, którą spowodował ów dziki Kukuani, gdy na próżno usiłował wrazić w niego dzidę. Natomiast sir Henry wyglądał całkiem nieźle, jeśli nie liczyć rany na twarzy, która utrudniała jedzenie i uniemożliwiała śmiech, aczkolwiek był tak obolały i sztywny, że ledwie mógł się poruszać.

Około ósmej odwiedził nas Infadoos, na którym, mimo że był dzielnym wojakiem, wysiłki bitewne zostawiły wyraźny ślad, a na dodatek dowiedzieliśmy się, że nie kładł się prawie przez całą noc. Ucieszył się na nasz widok, zaraz jednak spochmurniał, zobaczywszy stan Gooda, nad którym nachylił się z troską. Zwróciło moją uwagę, że do sir Henry'ego odnosił się z taką rewerencją, jak gdyby dostrzegał w nim coś nadludzkiego, bo też — jak się potem okazało — istotnie w kraju Kukuanich uważano wielkiego Anglika za istotę nadnaturalną. Żaden człowiek, powtarzali żołnierze, nie mógłby walczyć tak jak on, a przecież na koniec dnia pełnego morderczych znojów potrafił jeszcze jednym cięciem w byczy kark uśmiercić Twalę, który nie tylko był królem, ale i najświetniejszym rycerzem w całym kraju. Cios ten stał się przysłowiowy pośród Kukuanich, którzy o razie szczególnie potężnym mówili: „jakby zdzielił Inkubu".

Zwróciłem mu uwagę, że Ignosi do władzy doszedł przez krew, na co stary wyga wzruszył tylko ramionami i powiedział:

— Tak, ale niepodobna utrzymać Kukuanich w ryzach, jeśli im się od czasu do czasu nie upuści krwi. Wielu padło, to prawda, zostały jednak kobiety, więc szybko pojawią się następcy zabitych. Teraz natomiast będzie w kraju przez czas jakiś spokój.

Jeszcze tego poranka odwiedził nas na krótko Ignosi, na którego czole pysznił się królewski diadem. Kiedy patrzyłem, jak stąpa z godnością, otoczony orszakiem gwardzistów, nie mogłem sobie nie przypomnieć wysokiego Zulusa, który zjawił się przed nami w Durbanie przed kilkoma miesiącami, prosząc, byśmy przyjęli go na służbę, i nie zastanowić się nad dziwnymi kolejami fortuny.

— Chwała ci, o królu! — powiedziałem, wstając.

— Owszem, Makumazanie, wreszcie jestem królem, ale tylko dzięki mocy waszych trzech prawic — odrzekł, najwyraźniej wcześniej przygotowawszy sobie odpowiedź.

Wszystko, jak powiedział, szło teraz dobrze, i miał nadzieję, że w ciągu dwóch tygodni uda się już przygotować wielką uroczystość, podczas której przed całym ludem wystąpi jako król.

Spytałem, jaki los miał spotkać Gagool.

— To siewczyni zła w całym kraju, więc muszę ją zabić, a wraz z nią wszystkie czarownice i czarowników. Żyje już tak długo, że nikt nie pamięta czasów, kiedy nie była stara. Przez cały ten czas ciągle ćwiczyła łowczynie czarowników, czyniąc kraj obrzydliwym i występnym.

— Trzeba jednak pamiętać, że wiele wie — odrzekłem — a wiedzę łatwiej zniszczyć, niż ją zdobyć.

— To racja — przyznał król w zamyśleniu. — Ona i tylko ona zna tajemnicę Trzech Wiedźm, Milczących, które trwają tam, gdzie kończy się wielka droga i gdzie chowani są królowie.

— I gdzie są diamenty. Nie zapominaj, Ignosi, o swej obietnicy; musisz doprowadzić nas do kopalń, nawet gdybyś miał oszczędzić życie Gagool, aby pokazała nam drogę.

— Nie zapomnę, Makumazanie, i zastanowię się nad twoimi słowami.

Kiedy Ignosi odszedł, wróciłem do Gooda i znalazłem go w delirium. Gorączka jeszcze bardziej wzrosła, gdyż rana się jątrzyła, do czego dołączyło wewnętrzne zapalenie. Przez cztery lub pięć dni był w stanie krytycznym i jestem głęboko przekonany, że gdyby nie niestrudzona opieka Foulaty, umarłby niechybnie.

Kobiety na całym świecie są takie same, niezależnie od koloru skóry. Mimo to dziwnie jakoś było widzieć, jak owa ciemnoskóra piękność noc i dzień trwała przy łożu gorączkującego, wszystkie czynności pielęgnacyjne wykonując szybko, delikatnie i z takim wyczuciem jak wyszkolona szpitalna salowa. Podczas pierwszej i drugiej nocy usiłowałem jej pomagać, podobnie jak sir Henry, gdy tylko drętwota opuściła go na tyle, by mógł się poruszać. Foulata reagowała jednak na te próby zniecierpliwieniem, aż wreszcie zażądała, abyśmy pozwolili tylko jej zajmować się chorym. Oznajmiła, że nasze ingerencje go niepokoją, w czym, jak mniemam, miała zupełną rację. Dzień i noc pilnowała go i opiekowała się nim, podając mu jako jedyne lekarstwo lokalny napój chłodzący, który sporządzano z mleka oraz soku z cebul jakiejś odmiany tulipana, oraz odganiając od Gooda muchy. Dzisiaj widzę ten obraz tak dokładnie, jak widziałem go wówczas, powtarzający się noc po nocy w świetle prymitywnej lampy kukuańskiej: Good ciskający się niespokojnie, jego rysy twarzy znamionujące wielkie wyczerpanie, oczy wielkie i rozognione, spływające z warg jaskrawe nonsensy, obok niego zaś — siedząca, wsparta o ścianę — kukuańska piękność o łagodnych oczach, wdzięcznej sylwetce, twarzy zmęczonej wprawdzie wielogodzinnym czuwaniem, ale ożywianej przez bezgraniczne współczucie. A może było w tym coś więcej niż współczucie?

Przez dwa dni sądziliśmy, że Good musi umrzeć, i wałęsaliśmy się tu i tam bez sensu z ciężkimi sercami.

Tylko Foulata nie traciła nadziei i powtarzała z przekonaniem:

— Będzie żył.

Leżał Good w dworze Twali, Ignosi zaś, nie chcąc, by jakikolwiek hałas niepokoił chorego, kazał opuścić okoliczne chaty wszystkim z wyjątkiem mnie i sir Henry'ego. Była to piąta noc choroby Gooda, gdy — jak to miałem w zwyczaju — poszedłem przed zaśnięciem zobaczyć, w jakim jest stanie. Wszedłem na palcach, a ustawiona na podłodze lampa pozwalała dostrzec jedynie nieruchomą, niemiotającą się już sylwetkę.

Więc w końcu się dokonało! Z ust wyrwał mi się jakiś gorzki szloch.

— Ciii! — rozległ się szept z cienia zalegającego obok głowy Gooda.

Kiedy się zbliżyłem, zobaczyłem, że nie zmarł, bynajmniej, lecz śpi smacznie, a smukłe palce Foulaty mocno zaciskają się na jego wychudzonej białej dłoni. Kryzys minął, teraz kapitan zacznie wracać do zdrowia. Spał osiemnaście godzin, a chociaż piszę z pewnym wahaniem, gdyż czytelnicy mogą nie dać temu wiary, przez cały ten czas dziewczyna siedziała przy nim nieruchomo, bojąc się, że jakiejś jej drgnięcie może go zbudzić. Nikt się nie dowie, ile wycierpiała skulona, zmęczona i głodna, fakt jednak jest faktem, że gdy się Good w końcu obudził, Foulatę trzeba było przenieść; mięśnie miała tak zdrętwiałe, iż nie mogła sama się ruszyć.

Rekonwalescencja, kiedy już raz się zaczęła, przebiegała bardzo szybko i zdecydowanie. Dopiero kiedy Good był już niemal zupełnie wykurowany, sir Henry opowiedział mu, ile zawdzięcza Foulacie, a gdy mu opisał, jak osiemnaście godzin trwała u boku marynarza nieruchomo, aby go nie rozbudzić, oczy Gooda napełniły się nieudawanymi łzami. Wstał i poszedł wprost do chaty, w której dziewczyna przygotowywała południowy posiłek — byliśmy już teraz bowiem w swoich dawnych domach. Zabrał mnie ze sobą na wypadek, gdyby była potrzebna pomoc tłumacza, aczkolwiek byłem pewien, że i tak rozumie go ona znakomicie, nawet jeśli zważyć, jak ograniczone było jego pozaangielskie słownictwo.

— Niech pan jej powie — polecił Good — że zawdzięczam jej życie i do końca swoich dni nie zapomnę jej życzliwości.

Przetłumaczyłem i odniosłem wrażenie, że jej ciemna skóra pociemniała jeszcze bardziej od rumieńca.

Natychmiast zwróciła się do niego tym swoim ruchem szybkim i wdzięcznym, który zawsze przywodził mi na myśl lot dzikiego ptaka, a, utkwiwszy w Goodzie spojrzenie swych wielkich brązowych oczu, powiedziała miękko:

— Nie, mój panie, zapominasz o tym, że to przecież ty ocaliłeś mi życie i że to dlatego jestem twoją wierną sługą.

Mimochodem można zauważyć, iż młoda dama najwyraźniej całkowicie zapomniała, jaki udział w wyrwaniu jej ze szponów Twali mieliśmy ja i sir Henry, ale cóż, tak to już jest z kobietami! Pamiętam, że nie inaczej było z moją drogą małżonką. Tak czy owak, ze smutkiem w sercu zostawiłem ich samych. Nie podobały mi się te powłóczyste spojrzenia Foulaty, dobrze bowiem znałem romantyczne skłonności marynarzy, a Gooda w szczególności.

Doświadczenie nauczyło mnie, iż są na świecie dwie rzeczy, którym zapobiec niepodobna — nie da się Zulusa powstrzymać od bitki i niemożliwe jest, by nie zakochał się marynarz, mając po temu najmniejszy choćby pretekst!

Kilka dni po tym zdarzeniu doszło do wielkiego posiedzenia *indaba*, czyli rady, podczas którego Ignosi został oficjalnie uznany królem przez *indunas*, czyli najwyższych dostojników Kukuanich. Wspaniała to była uroczystość, na którą złożyła się też, jakżeby inaczej, szumna parada wojska. Przy tej okazji zostały na front wywołane resztki Szarych Wojowników, którym wobec wszystkich innych żołnierzy król podziękował za znakomitą postawę podczas bitwy. Każdy z nich otrzymał od Ignosiego dorodne stado bydła, każdy też został awansowany na oficera w nowo formowanym pułku Szarych. Po wszystkich też ziemiach Kukuanich rozesłano edykt głoszący, że jak długo zaszczycamy kraj swą obecnością, tak długo każdy z nas ma być witany królewskim pozdrowieniem i traktowany w sposób równie ceremonialny jak sam władca; co więcej, przyznano nam też prawo decydowania o życiu i śmierci. Najważniejsze zaś było, że w przytomności swego ludu, zgodnie ze złożonym nam przyrzeczeniem, oznajmił Ignosi, iż odtąd nie można rozlać niczyjej krwi bez sprawiedliwego sądu, a także to, iż raz na zawsze zarzucone zostaje tropienie czarowników.

Kiedy uroczystość się skończyła, poczekaliśmy na okazję, żeby powiedzieć Ignosiemu, że bardzo nas teraz niepokoi kwestia kopalń, do których prowadzić miała Wielka Droga Salomona. Spytaliśmy, czy czegoś się w tej sprawie dowiedział.

— Przyjaciele — odrzekł — oto, co ustaliłem. Na końcu drogi są trzy wielkie postacie zwane Milczącymi, którym Twala chciał złożyć w ofierze Foulatę. Jest tam też wielka jaskinia, w której chowani są władcy tej krainy. To w niej znajdziecie ciało Twali siedzące obok ciał poprzedników. Jest tam także głęboki szyb, który wykuty został dawno przez nieżyjących już ludzi, być może po to, aby dobywać ważne dla was kamienie, podobne do tych w Kimberley, o których słyszałem w Natalu. Tam też, w Siedlisku Śmierci, znajduje się komnata znana tylko królowi i Gagool. Znał ją więc Twala, ale ten nie żyje, a ja nie wiem, ani gdzie ona jest, ani co się w niej znajduje. Krąży jednak po kraju opowieść, że wiele, wiele pokoleń temu przeszedł przez góry biały człowiek, któremu jakaś kobieta pokazała sekretną komnatę i skryte w niej bogactwa. Potem go jednak zdradziła, a ówczesny król kazał go powlec w góry, do miejsca, którego nikt już potem nie odwiedzał.

— Prawdziwa to z pewnością opowieść, Ignosi — zauważyłem — pamiętasz bowiem ciało tego białego, które znaleźliśmy w górach.

— Tak, pamiętam. Przyrzekłem też wam, że jeśli odnajdziecie tę komnatę i będą w niej kamienie...

— Na pewno są — przerwałem mu — o czym świadczy diament na twym czole.

I wskazałem klejnot skrzący się na jego głowie.

— Może i tak. Jeśli jeszcze tam są — rzekł z mocą — będziecie mogli zabrać tyle, ile uniesiecie, o ile będziecie chcieli rozstać się ze mną, o bracia.

— Najpierw trzeba odszukać tę komnatę — zauważyłem posępnie.

— Jest tylko jedna osoba, która może wam ją wskazać: Gagool.

Zjawiła się po kilku minutach, ciągnięta przez dwóch gwardzistów, których nieustannie wyzywała.

— Puśćcie ją — polecił król.

Wystarczyło, że przestali ją podtrzymywać, a zmięty stary worek — bo tak właśnie wyglądała — z którego skrzyło się dwoje nienawistnych oczu, osunął się na podłogę.

— Czego chcesz ode mnie, Ignosi?! — zaskrzeczała. — Ani waż się mnie tknąć, bo wtedy zabiję cię na miejscu. Strzeż się mojej magii.

— Nie potrafiła ochronić Twali, stara wilczyco, więc i mnie nie zaszkodzi — odparł spokojnie król. — Słuchaj, żądam, abyś nam powiedziała, gdzie znajduje się owa komnata, w której skrzą się drogie kamienie.

— Cha! Cha! Nikt prócz mnie nie zna tej tajemnicy — zarechotała piskliwie — a ja ci jej nie zdradzę. Białe diabły wrócą do domu z pustymi łapami.

— Zdradzisz, zdradzisz. Potrafię cię do tego zmusić.

— A niby jak, o królu? Myślisz, żeś wszechmocny, ale jak niby chcesz z kobiety wydusić prawdę na przekór jej woli?

— Nie będzie to łatwe, ale się uda.

— Powtarzam: jak, królu?

— Oto jak: jeśli nie będziesz chciała nam powiedzieć, będziesz umierać bardzo powoli.

— Umierać! — zawyła z furią. — Nie śmiesz mnie nawet tknąć palcem; czyż nie wiesz, kim jestem?! Jak ci się zdaje, jak jestem stara? Znałam waszych ojców, ojców ojców i ojców ojców ojców. Kiedy kraj ten był młody, ja już tu byłam, kraj się zestarzeje, a ja ciągle tu będę. Jeśli umrę, to tylko przez przypadek, gdyż nikt nie odważy się podnieść na mnie ręki.

— Ja cię zabiję. Widzisz, Gagool, ty matko zła, takaś stara, że niepodobna, byś jeszcze kochała życie. Czym może być życie dla takiej jędzy jak ty, bez figury, bez kształtu, bez włosów, bez zębów, cóż ci jeszcze zostało prócz podłych i złych oczu? Skończyć z tobą to będzie łaska, Gagool.

— Głupcze! — wrzasnęła. — Ty przeklęty głupcze, zdaje ci się, że życie miłe jest tylko młodym? Otóż nie i nic nie wie o sercu człowieka ten, kto tak myśli. Zdarza się, to prawda, że młodzi wyglądają niekiedy śmierci, bo młodzi jeszcze czują. Kochają i cierpią, z udręką patrzą, jak ich najdrożsi bezpowrotnie odchodzą w krainę cieni. Ale starzy już nie czują, nie kochają i śmieją się, patrząc, jak inni pogrążają się w mroku. Zaśmiewają się na widok zła, które panoszy się pod gwiazdami. Chociaż nie, kochają! Kochają życie, ciepłe, ciepluteńkie słońce, słodkie, słodziutkie powietrze. Boją się zimna, boją się zimna i ciemności, cha, cha, cha! — Stara wiła się po ziemi rozbawiona.

— Przestań sączyć złe słowa — ofuknął ją z gniewem Ignosi. — Pokażesz nam, gdzie są kamienie, czy nie pokażesz? Jeśli nie, to umrzesz, nawet zaraz.

— Nic wam nie pokażę, a ty nie śmiesz mnie zabić, nie odważysz się. Kto odbierze mi życie, będzie przeklęty na zawsze.

Ignosi powolnym ruchem opuścił dzidę tak, że ukłuła to, co wyglądało jak stos łachmanów.

Z dzikim wrzaskiem Gagool poderwała się, upadła i potoczyła po podłodze.

— Dobrze, pokażę ci. Daj mi tylko żyć, wygrzewać się na słońcu i mieć kęs mięsa do żucia, a ci pokażę!

— Dobrze. Tak myślałem, że uda mi się przemówić ci do rozumu. Jutro udasz się tam z Infadoosem i moimi białymi braćmi, ale pamiętaj, jeśli oszukasz i niczego nie ujawnisz, to będziesz umierać wolno. Rzekłem.

— Nikogo nie oszukam, Ignosi, ja zawsze dotrzymuję słowa, cha, cha, cha! Dawno, dawno temu pewna kobieta zaprowadziła w to miejsce białego człowieka i co? Źle skończył! — We wrednych oczach staruchy pojawił się błysk. — Ona także nazywała się Gagool. Trzeba trafu, że to byłam ja.

— Kłamiesz! — żachnąłem się. — To było wiele pokoleń temu!

— Może tak, może nie. Gdy ktoś długo żyje, niektóre rzeczy zapomina. A może mówiła mi to moja babka albo prababka, ale z pewnością miała na imię Gagool. Pamiętajcie, w miejscu, gdzie są te piękne rzeczy, zobaczycie też skórzany wór pełen kamieni. Tamten napchał go po brzegi, ale nie zabrał. Źle skończył, powiadam, źle skończył. Nie wiem, może to matka mojej matki o tym mi opowiadała. Piękna to będzie wędrówka, po drodze zobaczymy ciała tych, co zdechli w walce. Teraz nie będą już mieli oczu i ich żebra będą gołe. Cha, cha, cha!

# ROZDZIAŁ XVI

## SIEDLISKO ŚMIERCI

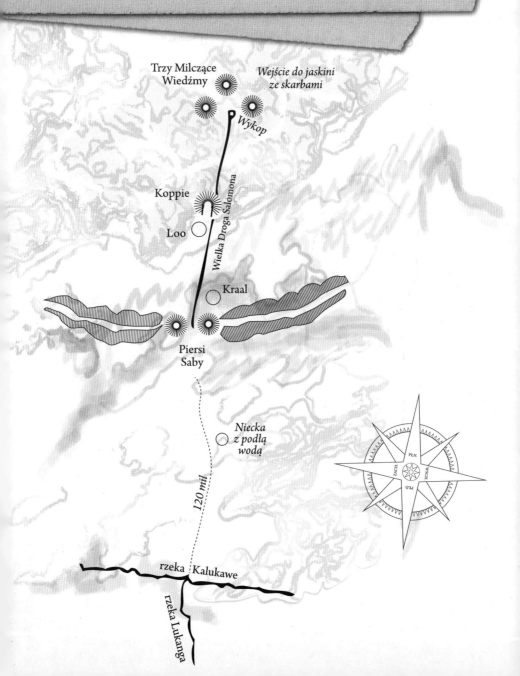

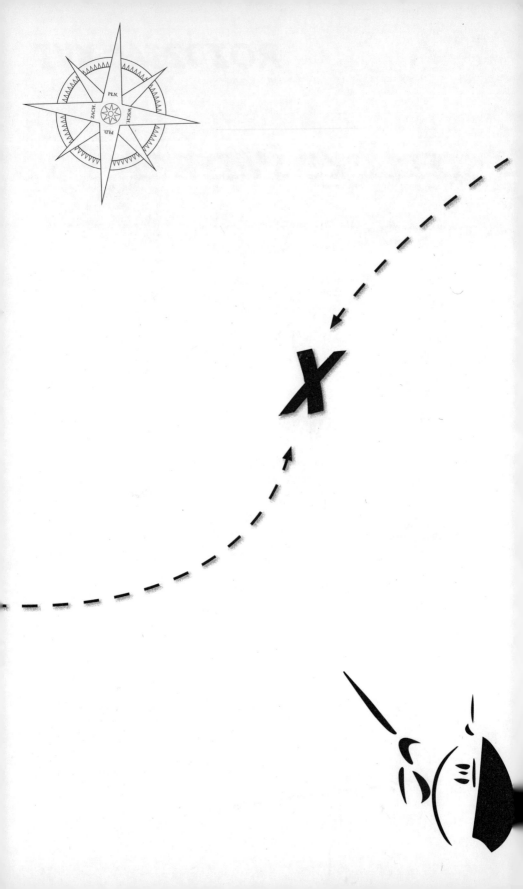

**B**ył już zmrok trzeciego dnia po scenie opisanej w poprzednim rozdziale, kiedy zatrzymaliśmy się w jakichś chatach u stóp Trzech Wiedźm, jak zwano trójkąt skalny, przy którym urywała się Wielka Droga Salomona. Oprócz nas trzech byli jeszcze: obsługująca nas — a zwłaszcza Gooda — Foulata, Infadoos, Gagool, którą niesiono w hamaku, skąd przez cały dzień dochodziły pomruki i przekleństwa, a także kilku strażników i służba. Trzy szczyty, najwyraźniej powstałe na skutek wstrząsu, od którego rozpadł się jeden wierzchołek, jak już wspomniałem, tworzyły trójkąt podstawą zwrócony do nas. Pierwszy szczyt mieliśmy po prawej, drugi po lewej, a trzeci był dokładnie na wprost nas. Nigdy nie zapomnę widoku tych trzech turni w świetle wstającego słońca. Wysoko, wysoko nad nami sterczały ich pokryte śniegiem szpice, a poniżej białej granicy zaczynały się wrzosowiska, które ciągnęły się całymi milami. Przed sobą mieliśmy białą wstęgę Wielkiej Drogi Salomona, która — biegnąc jeszcze przez jakieś pięć mil — dochodziła do środkowej skały i tam się kończyła.

Zamiast opisywać palące uczucie podniecenia, które nas nawiedziło tego ranka, lepiej odwołam się chyba do wyobraźni czytelników. Nareszcie znaleźliśmy się w pobliżu wspaniałych kopalń, które trzysta lat temu stały się przyczyną marnej śmierci starego portugalskiego szlachcica, jego niefortunnego potomka — mojego przyjaciela, i — jak się obawialiśmy — także George'a Curtisa, brata sir Henry'ego. Czy teraz, gdy zaszliśmy już tak daleko, również i nas czekał podobny los? Źle skończyli, jak powtarzała stara wiedźma Gagool; miałoż więc i z nami stać się podobnie? Kiedy pokonywaliśmy ostatni odcinek pięknej drogi, nie potrafiłem opanować zabobonnego lęku, a mniemam, że nie inaczej było też z sir Henrym i Goodem.

Przez jakieś półtorej godziny wspinaliśmy się drogą, którą po obu stronach otaczały wrzosowiska, a niecierpliwość tak nas poganiała, że tragarze Gagool ledwie mogli dotrzymać nam kroku. Ich pasażerka co rusz nas upominała.

— Wolniej, wolniej, białe skóry — popiskiwała, wciskając w sznurową siatkę swe pomarszczone oblicze. — Dokąd wam tak spieszno? Do kary, która na was spadnie, wy niesyci skarbów szperacze?

I zanosiła się rechotliwym śmiechem, który niezmiennie powodował, iż czułem ciarki na grzbiecie, i na jakiś czas gasił entuzjazm mój i moich towarzyszy.

Tak czy siak, nie ustawaliśmy w marszu, aż wreszcie zobaczyliśmy przed sobą oddzielającą nas od szczytu wielką okrągłą jamę, głęboką na trzysta stóp, a w obwodzie mającą dobre pół mili.

— Potraficie panowie zgadnąć, co to takiego? — spytałem sir Henry'ego i Gooda, którzy w zdumieniu wpatrywali się w ogromny dół. Pokręcili głowami. — No cóż, natychmiast widać, że nigdy nie widzieliście kopalni diamentów w Kimberley. Można iść o zakład, iż oto właśnie kopalnia króla Salomona. Spójrzcie tylko, panowie — ciągnąłem, wskazując pasma niebieskawej gliny między trawą i krzewami porastającymi zbocze jamy — ta sama formacja. Niech mnie diabli, jeśli po zejściu na dół nie znajdziemy błotnistych żył poruszonej skały. A to? — Zwróciłem ich uwagę na wytarte płyty kamienne ułożone rzędem pod rysą, którą przed wiekami musiał wyryć w skale nieistniejący już strumień. — Możecie nazwać mnie Holendrem, jeśli to nie są stoły do płukania żwiru.

Na skraju jamy — to ją z pewnością zaznaczył na swej mapie stary Don — droga się rozwidlała i obiegała ją z obu stron. W niektórych miejscach była ułożona z wielkich bloków kamiennych, które z pewnością miały umocnić krawędzie jamy i zabezpieczyć je przed obsuwaniem. Szliśmy niecierpliwym krokiem, gdyż jak najszybciej chcieliśmy rozpoznać, co to za trzy wielkie kształty sterczą po drugiej stronie krateru. Im bliżej byliśmy, tym wyraźniej dostrzegaliśmy, że są to jakieś kolosalne posągi, owych troje „Milczących", których tak się obawiali Kukuani, dopiero jednak z niedużej odległości mogliśmy w pełni docenić ich majestat.

Kiedy spoglądało się w dół drogi, która przez jakieś sześćdziesiąt mil ciągnęła się do Loo, można było dostrzec, jak na wielkich postumentach z ciemnego kamienia, przyozdobionych surowymi kształtami fallicznymi i odległych od siebie o mniej więcej trzydzieści jardów, siedziały trzy gigantyczne postacie — dwóch mężczyzn i jedna kobieta — każda wysoka na trzydzieści stóp, licząc od piedestału do szczytu głów.

Naga kobieta była niezwykłej urody, niestety, ostre rysy w wielkim stopniu rozmyły się pod wpływem warunków atmosferycznych. Dwa męskie kolosy miały natomiast długie szaty, a twarze ich były bardzo wyraziste i budzące lęk, chociaż każda z innego powodu. Oblicze prawe należało bez wątpienia do diabła, lewe było, co prawda, urodziwe, ale jego spokój miał w sobie coś nieludzkiego. Jak zauważył sir Henry, na tej twarzy malowało się to okrucieństwo, które starożytni przypisywali istotom zdolnym do dobra, zarazem jednak przypatrującym się ludzkim cierpieniom bez uciechy, ale też bez najmniejszego wzruszenia. W sumie była to budząca zgrozę trójca, która trwała w samotności i niewzruszenie patrzyła przed siebie.

Wpatrując się w troje Milczących, jak ich zwali Kukuani, byliśmy niezwykle ciekawi, jakie ręce ich uformowały oraz kto wykopał gigantyczny krater na końcu drogi. Naraz przypomniałem sobie, w miarę nieźle znałem bowiem Stary Testament, jak to Salomon porzucił Boga Jedynego i chwalił „Astarotę, boginię sydońską, Chamosa, boga moabskiego, i Milchę, boga ammonickiego"[21], zasugerowałem więc moim towarzyszom, że posągi te mogą prezentować owe fałszywe, rozdęte bóstwa.

— Hm — mruknął w zamyśleniu sir Henry, który otrzymał bardzo solidne wykształcenie klasyczne — w tym może być coś z prawdy. Astarot Hebrajczyków to Astarte Fenicjan, wielkich kupców w czasach Salomona. Astarte, którą Grecy utożsamili ze swoją Afrodytą, była przedstawiana z zagiętymi różkami, a tutaj, na czole tej niewiasty, widać wyraźne rogi. Nie można wykluczyć, że kazał wznieść te gigantyczne rzeźby jakiś fenicki urzędnik, który zarządzał kopalniami. Kto to wie?[22]

Jeszcze kontemplowaliśmy te niezwykłe relikty zamierzchłej przeszłości, gdy zbliżył się Infadoos, pozdrowił Milczących uniesieniem dzidy i spytał, czy chcemy teraz wejść do Siedziby Śmierci, czy może najpierw zjemy południowy posiłek. Gdy orzekliśmy, że gotowi jesteśmy ruszać od razu, Gagool oświadczyła, iż nas poprowadzi. Była dopiero jedenasta, a nas paliła niezwykła ciekawość, więc oznajmiliśmy, że nie zamierzamy zwlekać, natomiast jedzenie możemy zabrać ze sobą, gdyby pobyt w jaskini miał się przeciągnąć.

---

[21] Biblia Brzeska, 1 Krl 11, 33 (przyp. tłum.).

[22] Por. *Raj utracony* Johna Miltona: „Z owymi razem nadeszła Astoret,/ Którą Astarte zowią Fenicjanie,/Królowa niebios w rogów półksiężycu;/ Jej obrazowi lśniącemu składały/ Zaklęcia w pieśni dziewice Sydonu" [J. Milton, *Raj utracony*, ks. 1, tłum. M. Słomczyński, Kraków 2002, s. 24 — (przyp. tłum.)] (przyp. wydawcy angielskiego).

Przyniesiono zatem hamak i wydobyto z niego Gagool. W tym czasie Foulata, na moje polecenie, w wiklinowym koszyku z odmykanym wierzchem umieściła trochę biltongu, a także kilka bukłaków wody. Jakieś czterdzieści jardów za plecami kolosów wznosiła się stroma skała wysoka na co najmniej osiemdziesiąt stóp, której zbocze wyżej łagodniało, budując podstawę śnieżystej iglicy, która tryskała w niebo na tysiąc stóp. Stanąwszy na ziemi, Gagool złośliwie uśmiechnęła się pod naszym adresem, a potem, oparta na lasce, pokuśtykała do podnóża skały. W ślad za nią dotarliśmy do wąskiego, sklepionego solidnym łukiem portalu, który wyglądał jak wejście do szybu kopalnianego.

Tu Gagool zatrzymała się i obróciła do nas, ciągle z krzywym uśmiechem na ustach.

— I jak, Biali Przybysze z Gwiazd? — zaskrzeczała. — Czyście gotowi, wielcy wojownicy, Inkubu, Bougwanie i Makumazanie mędrcu? Tak, tak, jestem tu, aby spełnić złożone królowi przyrzeczenie i pokazać wam kamienie najświetlistsze ze świetlistych, cha, cha, cha!

— Jesteśmy gotowi — odrzekłem za nas trzech.

— Świetnie, znakomicie! Uzbrójcie serca w odwagę, abyście znieśli widok, który was czeka. Infadoosie, zdrajco swego pana, idziesz i ty?

Infadoos stropiony zmarszczył brwi i odparł:

— Nie, nie pójdę, nie dla mnie to droga. Ty jednak, Gagool, poskrom swój jęzor i bacz, jak się zwracasz do moich panów. Oddaję ich w twoje ręce, a jeśli chociaż jeden włos spadnie im z głowy, to bądź sobie pięćdziesiąt razy potężniejszą wiedźmą niż jesteś, i tak zdechniesz w męczarniach. Słyszysz mnie?

— Słyszę, słyszę, Infadoosie, ale mało się przejmuję. Znam ja cię dobrze, strasznie ty lubisz wielkie słowa, pamiętam, że jako małe chłopię straszyłeś własną matkę. Ale to było dawno.

Nie bój się, nie lękaj, żyję tylko po to, by wypełniać królewskie żądania. Obsługiwałam wielu królów, Infadoosie, aż wreszcie oni spełniali moje życzenie. Cha, cha, cha! Zerknę sobie teraz raz jeszcze na ich twarze, także Twali! No, chodźcie, chodźcie, tu mamy lampę.

Znienacka spod swego futrzanego okrycia dobyła pełen oliwy bukłak zwieńczony knotem z sitowia.

— Ty pójdziesz z nami, Foulato? — spytał Good, kalecząc narzecze Kukuanich, w którym kształcił się pod kierownictwem młodej damy.

— Boję się, panie — odpowiedziała drżącym głosem.

— W takim razie daj mi kosz.

— Nie, panie, gdziekolwiek ty idziesz, ja pójdę za tobą.

Niech to licho!, pomyślałem. Jeśli nawet ujdziemy z życiem, mogą być z tego kłopoty.

Gagool, na nic już więcej nie czekając, weszła w zupełnie ciemny korytarz, wystarczająco szeroki, by dwie osoby mogły iść ramię w ramię. Podążaliśmy za piskiem jej głosu, w którym łatwo było wychwycić niepokój i trwogę. Niespodzianie poczuliśmy jakiś powiew wiatru, a Gagool krzyknęła:

— Co to? Kto uderzył mnie w twarz?!

— Nietoperz — wyjaśniłem. — Idźże, idź.

Uszliśmy tak może pięćdziesiąt kroków, gdy korytarz zaczął się odrobinę rozjaśniać, a po minucie znaleźliśmy się w najpiękniejszym chyba miejscu, jakie kiedykolwiek widziało ludzkie oko.

Niechaj czytelnik wyobrazi sobie wnętrze największej katedry, w jakiej zdarzyło mu się stanąć, pozbawionej okien, jednak lekko oświetlonej od góry, być może przez tunele doprowadzające z zewnątrz powietrze, a zwieńczonej stropem setkę stóp nad głową. Będzie miał mgliste pojęcie o rozmiarach jaskini, w której się znaleźliśmy, z tą tylko różnicą, iż owa przez naturę zaprojektowana katedra była rozleglejsza niż jakakolwiek wzniesiona przez człowieka. Ale gigantyczne jej rozmiary nie były jedynym cudem tego miejsca. Na spodzie ciągnęły się bowiem rzędy, zdało się, wielkich kolumn, które w istocie były olbrzymimi stalagnatami. Nie potrafię oddać w słowach przytłaczającego piękna i monumentalności tych niezwykłych białych kolumn, z których niejedna miała co najmniej dwadzieścia stóp u podstawy, by wdzięcznie i lotnie wzbijać się ku dalekiemu sklepieniu. Inne były dopiero w procesie formowania; wtedy podłoga jaskini przypominała, by użyć słów sir Henry'ego, złamaną kolumnę starej świątyni greckiej, podczas gdy wysoko nad głową można było dostrzec koniuszek wielkiego nawisu.

Nawet teraz mogliśmy śledzić ten proces, gdyż co jakiś czas z cichym pluskiem spadała na podstawę kropla wody z odległego sopleńca. Przerwy między kroplami wynosiły od dwóch do trzech minut, a to pozwalało dokonać ciekawych obliczeń, ile przy tym tempie musiałoby upłynąć czasu, zanim powstałaby kolumna wysoka na, powiedzmy, osiemdziesiąt stóp, a średnicy licząc stóp dziesięć. Jak powolny byłby to proces, niechaj pokaże następujący przykład. Na jednym ze stalagmitów znaleźliśmy podobiznę mumii, przy której siedział jakiś egipski bóg — musiał to wyryć pradawny górnik. Mumia była naturalnej wielkości: miała jakieś pięć stóp wysokości — tak bowiem usiłuje się uwiecznić na arcydziełach natury zwykły śmiertelnik bez względu na to, czy będzie to fenicki robotnik czy brytyjski cham. Kiedyśmy jednak teraz przyglądali się tej płaskorzeźbie, musiała liczyć sobie jakieś trzy tysiące lat. Kolumna wyrosła na osiem stóp i ciągle była jeszcze w trakcie formowania, a znaczyło to, że przyrastała o stopę na tysiąc lat, a więc przez sto lat o cal z okładem. W trakcie naszej obserwacji spadły dwie krople.

Niekiedy stalagnaty przybierały dziwne kształty, najpewniej dlatego, że krople nie spadały stale w to samo miejsce. Jedna wielka masa, która liczyć musiała z setkę ton, miała wygląd ambony, pięknie z zewnątrz przystrojonej czymś na wzór koronki. Było też kilka przywodzących na myśl dziwaczne bestie, na ścianach jaskini wiły się natomiast liściaste wzory podobne do tych, które mróz zostawia na szybach.

Od nawy środkowej odchodziły mniejsze pieczary, zupełnie, jak słusznie określił to sir Henry, niczym kaplice przylegające do katedry. Niektóre były całkiem duże, kilka jednak zupełnie maciupkich stanowiło pokaz tego, jak przyroda wiedzie swe rzemiosło pod działaniem tych samych praw, niezależnie od skali dzieła. Lilipucia, niewiele większa od domku dla lalek grota, mogłaby posłużyć jako model całego miejsca, gdyż i w niej skapywała woda, tworząc cieniutkie nawisy i podstawione pod nie kolumienki.

Nie mieliśmy jednak czasu zachwycać się urodą jaskini tak długo, jak byśmy chcieli, na Gagool bowiem, zdaje się, stalagnaty nie robiły żadnego wrażenia. Interesowała ją tylko jej własna sprawa. Nie podobało mi się to, gdyż z wielką chęcią bym zbadał, w jaki sposób światło docierało do jaskini; czy stała za tym przyroda, czy ręka człowieka? Chciałem także stwierdzić — w miarę możliwości — jak wykorzystywano to miejsce w dawnych czasach. Trudno, trzeba było obiecać sobie tylko, że rzecz całą zbadamy w drodze powrotnej, i ruszyć za naszą niecierpliwą przewodniczką.

Poprowadziła nas na koniec rozległej głuchej jaskini, gdzie stanęliśmy znowu przed portalem, chociaż nie łukowato sklepionym jak pierwej, lecz prostokątnym jak przy wejściu do świątyni egipskiej.

— I jakże, białe skóry, gotowiście na wejście do Siedziby Śmierci? — spytała drwiąco, najwyraźniej chcąc nas zbić z pantałyku.

— Do dzieła, Macduffie — mruknął Good, udając, że wcale nie jest zakłopotany, co zresztą robiliśmy wszyscy z wyjątkiem Foulaty, która bojaźliwie chwyciła Gooda za rękę.

— Wygląda to niezbyt zachęcająco — przyznał sir Henry, zaglądając w ciemny tunel. — Chodźmy, panie Quatermain, *seniores priores*. Nie możemy pozwolić, by wiekowa dama na nas czekała.

Z tymi słowami zrobił gest zapraszający, bym poszedł przodem, za co wcale nie byłem mu wdzięczny.

Przede mną postukiwała laska starej Gagool, dolatywał mnie też jej złowieszczy chichot, a, przeczuwszy coś złowrogiego, mimowolnie stanąłem.

— No dalej, dalej — usłyszałem za sobą Gooda. — Tylko tego by brakowało, żebyśmy zgubili uroczą przewodniczkę.

Nie mogłem się z nim nie zgodzić, ruszyłem więc przed siebie i po kilkudziesięciu krokach znalazłem się w pomieszczeniu długim na czterdzieści stóp, a szerokim i wysokim na trzydzieści. Nie ulegało najmniejszej wątpliwości, że został kiedyś wydrążony w masywie górskim. Oświetlenie było tu niemal tak dobre jak w jaskini ze stalagnatami; zobaczyłem pośrodku masywny kamienny stół z wielką białą postacią u szczytu i białymi figurami naturalnej wielkości, które zasiadły wzdłuż niego. Dopiero potem dostrzegłem jakiś brązowy kształt na środku blatu, a gdy po chwili zorientowałem się, co mam przed oczami, gwałtownie odwróciłem się, aby uciekać tak daleko, jak tylko nogi mnie poniosą.

Nie jestem przesadnie nerwowy. Obce mi są przesądy, gdyż dostatecznie wiele widziałem w życiu. Nie waham się jednak wyznać, że gdyby sir Henry nie chwycił mnie za kołnierz, za pięć minut byłbym już na świetle dziennym i obietnica wszystkich diamentów Kimberley nie zmusiłaby mnie, bym wrócił. Curtis złapał mnie tak mocno, że nie mogłem się wyrwać, ale gdy już w następnym momencie także i jego oczy nawykły do półmroku, puścił mnie i otarł pot z czoła. Good klął siarczyście, podczas gdy Foulata zawisła mu na szyi z przeraźliwym krzykiem.

I tylko Gagool zanosiła się śmiechem.

A widok był naprawdę przerażający. U końca stołu z wielką białą rzeźbą w postaci ludzkiego szkieletu wysokiego na dobre piętnaście stóp siedziała sama Śmierć z białą włócznią w kościstych palcach wzniesioną nad głową, jakby szykowała ją do rzutu. Jedną dłoń oparła na blacie stołu, sprawiając wrażenie kogoś, kto chce się poderwać na nogi, a całą postać pochyliła do przodu tak, że wydawało się, iż oczodoły wpatrują się w nas, szczęki zaś lekko rozchylają, aby do nas przemówić.

— Wielkie nieba — wykrztusiłem w końcu. — Cóż to takiego?

— A to co? — zawtórował mi Good, wskazując białą kompanię zastygłą za stołem.

— A too?! — przyłączył się do nas sir Henry, ale on miał na myśli brązową bryłę pośrodku blatu.

— Hi, hi, hi! — zapiszczała Gagool. — Osacza zło tego, kto nawiedzi Siedzibę Śmierci. Hi, hi, hi! Cha, cha, cha! Chodź, chodź, Inkubu, coś taki mężny w bitce, chodź, spojrzyj na tego, któregoś zamordował — syknęła, chwytając Curtisa za połę kurtki i ciągnąc do stołu.

My także za nimi postąpiliśmy.

Zatrzymała się przed brązowym kształtem, sir Henry wpatrzył się weń uważnie, ale już w następnej chwili odskoczył z okrzykiem, któremu trudno się dziwić, gdyż oto całkiem nagi, z odciętą toporem Curtisa głową na kolanach, trwał w siedzącej pozycji korpus Twali, ostatniego króla Kukuanich. Mówię prawdę: z czerepem złożonym na kolanach, z żebrami sterczącymi dobry cal na ziejącą wyrwą zastygł tak jak czarna kopia Hamiltona Tighe[23]. Powierzchnię ciała pokryła już, nadając mu wygląd jeszcze bardziej odrażający, cienka szklista pokrywa, której pochodzenia zrazu nie mogliśmy pojąć, aż wreszcie dostrzegliśmy, że z sufitu komnaty, w miejsce, gdzie niegdyś sterczała szyja Twali, bez ustanku, kropla za kroplą, kapała woda, stamtąd spływała po reszcie ciała, by na koniec przez mały otwór w blacie spadać na skałę. Ni mniej, ni więcej: Twala zamieniał się w stalagmit.

Wtedy też natychmiast zrozumiałem, co to za upiorna gromada zebrała się na obiegającej stół kamiennej ławie. Były to ludzkie ciała zamienione w stalagmity. To w ten sposób Kukuani od niepamiętnych czasów utrwalali swych zmarłych królów: zamieniali ich w słupy lodu. Nigdy się nie dowiedziałem, czy znali jeszcze jakiś sposób prócz umieszczania ciał na długie lata pod skapującą wodą — tak czy inaczej siedzieli oto przed nami zamarznięci i zabezpieczeni przed rozkładem lodową powłoką na wieki.

Trudno wyobrazić sobie coś bardziej przeraźliwego od tej odpychającej rady zmarłych władców, dwudziestu siedmiu w sumie, z ojcem Ignosiego na ostatku, każdy w lodowym kokonie, z ledwie rozpoznawalnymi rysami — rady zastygłej przy stole pod przewodnictwem samej Śmierci. Że był to dawny zwyczaj mumifikowania władców, o tym świadczyła ich liczba, gdyby bowiem założyć, iż każdy rządził przeciętnie piętnaście lat i że umieszczeni tu zostali wszyscy — co wydawało się mało prawdopodobne już chociażby z tej przyczyny, że przecież musiał jeden czy drugi polec w bitwie daleko od domu — wskazywałoby to na cztery i ćwierć stulecia owej niezwykłej praktyki.

--------------------

[23] W innej z rymowanek Thomasa Ingoldsby'ego *The Legend of Hamilton Tighe* tytułowy bohater zjawia się z ułożoną na kolanach głową odstrzeloną w trakcie bitwy morskiej (przyp. tłum.).

Wszelako siedząca u końca stołu gigantyczna Śmierć musiała być znacznie starsza i, jeśli się nie mylę, jej autorem był ten sam rzeźbiarz, który stworzył trzech kolosów. Modelował postać w jednym wielkim stalagmicie, a jeśli oceniało się ją jako dzieło sztuki, trzeba było podziwiać znakomitość pomysłu i wykonania. Znający się na tych kwestiach Good oznajmił, że, na ile może ocenić, w szkielecie został odtworzony nawet najmniejszy anatomiczny drobiazg.

Przypuszczam, że było to dzieło nieposkromionej fantazji owego pradawnego mistrza, a obecność posągu podsunęła Kukuanim myśl, by pod jego groźną opieką umieszczać zmarłych królów, ale nie można też wykluczyć, że umieszczono tu Śmierć, aby odstraszała maruderów od kryjących się dalej skarbów. Ja mogę tylko opisać to, co ujrzałem, a czytelnik niechże sam rozstrzygnie, jak się w tym miejscu znalazła owa przerażająca statua.

Mieliśmy w każdym razie Białą Śmierć. I mieliśmy Białe Zwłoki.

# ROZDZIAŁ XVII

# SKARBIEC SALOMONA

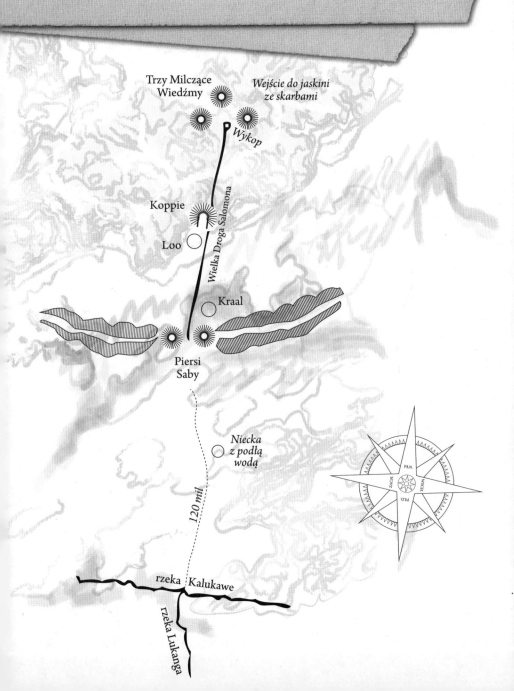

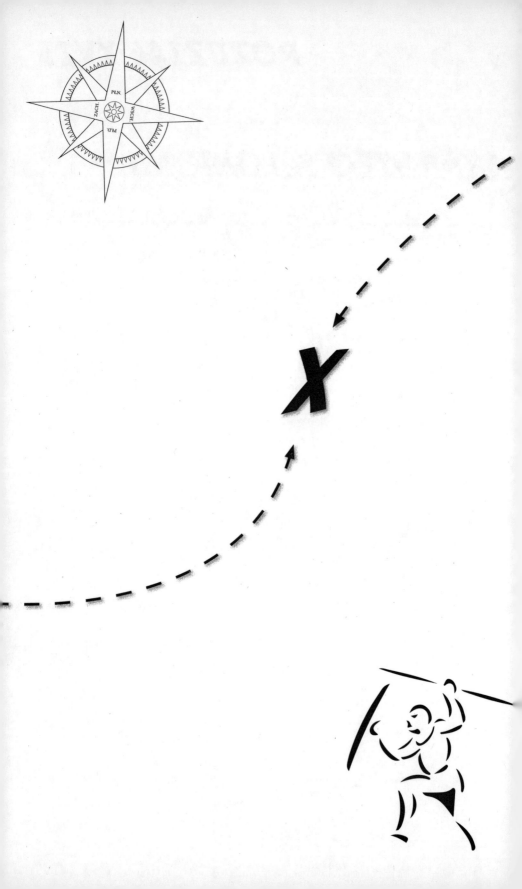

Podczas gdy my próbowaliśmy jakoś dojść do siebie, spoglądając na ponure cuda Siedziby Śmierci, Gagool — która, jeśli tylko chciała, potrafiła być bardzo żwawa — wdrapała się na blat i podreptała do naszego zmarłego „przyjaciela" Twali, przysuwając się do strużki kapiącej wody, aby, jak zasugerował Good, przyjrzeć się dokładniej, jak też się zewłok królewski „marynuje". Nachyliła się nad lodowaciejącymi ustami, złożyła na nich pocałunek, a po tym wyrodnym pozdrowieniu poczłapała dalej, zatrzymując się przy jednym czy drugim z zamrożonych władców, coś do nich pomrukując i popiskując, jakby się z nimi witała. Kiedy już zakończyła tę tajemniczą i odrażającą ceremonię, przycupnęła pod figurą Białej Śmierci i — jak mi się zdało — zaczęła odprawiać osobliwe modły. Widząc, jak formułuje jakieś bez wątpienia występne życzenia i prośby, poczuliśmy się bardzo nieswojo i zapragnęliśmy jak najszybciej doprowadzić naszą wyprawę do skutecznego końca.

— Gagool! — odezwałem się cicho, gdyż w tym miejscu trudno było podnieść głos. — Prowadź nas teraz do skarbu.

Wiedźma pospiesznie zsunęła się ze stołu.

— Biali panowie nic a nic się nie boją? — syknęła, wpatrując się uważnie w nasze twarze.

— Prowadź.

— A jakże, a jakże! — Skoczyła za wielką postać Śmierci. — Tu jest komnata, niech sobie panowie zapalą lampę i wejdą.

To powiedziawszy, postawiła bukłak z oliwą na podłodze jaskini, a sama oparła się o ścianę. Potarłem zapałkę, których wzięliśmy kilka pudełek, przytknąłem płomień do knota, a gdy ten zajaśniał, podniosłem lampę. Przed sobą dojrzałem tylko litą ścianę.

Gagool wykrzywiła usta w uśmiechu.

— Oto i droga! Cha, cha, cha! Hi, hi, hi!

— Gagool, nie waż się z nas drwić! — rzuciłem surowo.

— Ani mi w głowie drwiny, patrzcież!

I wskazała skałę, a my dopiero teraz spostrzegliśmy, że ta się powoli odrywa od dna jaskini i znika w masywnym nawisie, w którym najwidoczniej znajdował się otwór na jej przyjęcie. Miała ta bryła wielkość dużej bramy; wysoka na dziesięć stóp i gruba co najmniej na pięć, musiała ważyć dwadzieścia, może trzydzieści ton, a poruszał ją z pewnością przemyślny system przeciwwag, podobny do tego, jakiego się dziś używa do otwierania i zamykania najnowszych okien. Samego mechanizmu nie zobaczyliśmy. Gagool nic na ten temat nie chciała mówić, jestem jednak pewien, że istniała sprytna dźwignia, którą wystarczyło nacisnąć, by dodatkowy balast zrównoważył wagę ruchomej skały i zaczął ją unosić.

Ruchem powolnym i płynnym wielka kamienna masa uniosła się i znikła bez reszty, a w jej miejscu widniała teraz czarna pustka.

Wiedząc, że oto wreszcie otwiera się przed nami skarbiec Salomona, czułem podniecenie tak wielkie, że cały dygotałem. Czy rzeczywiście ujrzymy tyle kosztowności, ile obiecywał opis da Silvestry? Czy tutaj, we wnętrzu ziemi, czekał na nas majątek tak wielki, iż uczyni nas największymi na świecie bogaczami? Jeszcze minuta, dwie, a sami się przekonamy.

— Wejdźcież, Biali Przybysze z Gwiazd — zaskrzeczała Gagool, zagradzając nam drogę — ale najpierw posłuchajcie, co ma wam do powiedzenia sługa wasza, odwieczna Gagool. Skrzące się kamienie, które zobaczycie, zostały wykopane z wielkiej jamy strzeżonej przez Milczących. Schowano je tutaj. Kto to zrobił, tego nie wiem nawet ja, gdyż stało się to dawniej, niż sięga moja pamięć. Skrywszy skarby, oddalili się w pośpiechu ci, którzy zostawili je tutaj, ale ktoś musiał tu dotrzeć, może i niejeden. Zaczęły więc krążyć pośród zamieszkujących te ziemie ludzi opowieści o wielkich bogactwach, nie wiedział jednak nikt, gdzie są złożone, nikt też nie znał tajemnicy sekretnej bramy. Zdarzyło się natomiast, iż poprzez góry dotarł tutaj człowiek o białej jak wasza skórze. Trzeba trafu, że i on przybywał z Gwiazd, a ówczesny król przyjął go gościnnie. Siedzi o tam. — Wskazała piątego z królów zastygłych za stołem. — A stało się tak, że on i miejscowa kobieta, która z nim się trzymała, przywędrowali tutaj. Ona przypadkiem poznała sekret tego miejsca, a bez tego możesz szukać tysiąc lat, a nic nie znajdziesz. Weszli więc do środka, zobaczyli kamienie i napełnili nimi koźlą skórę, do której ona zapakowała jedzenie. Gdy już wychodzili z komnaty, on wziął jeszcze jeden kamień, wielki, i trzymał go w dłoni.

Urwała.

— No i? — ledwie wykrztusiłem, tak gardło miałem ściśnięte z ekscytacji. — Co się stało z da Silvestrą?

Na dźwięk jego nazwiska aż podskoczyła.

— A wy skąd wiecie, jak on się nazywał? — syknęła, ale, nie czekając na odpowiedź, ciągnęła: — Nikt nie wie, co się dokładnie wydarzyło, w każdym razie biały czegoś się przeraził, cisnął koźli wór z kamieniami i wybiegł tylko z jednym w dłoni, tym właśnie, który ty, Makumazanie, zdjąłeś Twali z czoła.

— I nikt już później tutaj nie dotarł? — spytałem, zapuszczając wzrok w ciemność za jej plecami.

— Nie, nikt. Sekret ruchomych drzwi został dochowany. Otwierał je każdy król, ale nigdy nie postąpił dalej. Powiadają, że ten, kto to zrobi, umrze w ciągu miesiąca, tak jak tamten w górach, coście go znaleźli. Właśnie dlatego, Makumazanie, nigdy żaden król nie ważył się iść dalej, cha, cha, cha! Oto moje słowa, a wy czyńcie, co chcecie. — Spojrzeliśmy sobie w oczy, a mnie po grzbiecie przebiegł dreszcz. Skąd ona to wszystko wiedziała? — Wchodźcie, wchodźcie, wy gwiezdni panowie. Jeśli mówię prawdę, to na podłodze będzie leżał wór z kamieniami, a czy prawda to, iż rychło musi umrzeć ten, kto tam wejdzie, sami się niebawem przekonacie, cha, cha, cha!

Z upiornym rechotem chwyciła lampę i weszła do środka. Zawahałem się, czy iść za nią.

— Nie ma co zważać na jej gadaninę — obruszył się Good. — Nie dam się wystraszyć jakiejś starej diablicy!

Z tymi słowami, w towarzystwie Foulaty, która nie odstępowała go na krok, chociaż sama aż się trzęsła ze strachu, poszedł za staruchą, więc i my nie mogliśmy postąpić inaczej.

Kilkanaście jardów dalej czekała na nas Gagool na wąziutkim przejściu wyrąbanym w litej skale.

— Spójrzcie no tylko — pisnęła i podniosła lampę. — Musieli ci, co tu skarb ukryli, uciekać w nagłym pośpiechu, chcieli go bowiem jeszcze zabezpieczyć przed tymi, którzy odkryliby sekret drzwi, ale już nie zdążyli. — W blasku światła zobaczyliśmy wielkie kamienne sześciany, które ułożono w poprzek drogi, najwyraźniej z zamiarem jej zamurowania. Po bokach leżały w pogotowiu podobnie uformowane głazy, a ku swemu zdumieniu dojrzeliśmy też zaprawę murarską i kilka kielni. Chociaż nie mieliśmy czasu im się przyglądać, dałbym głowę, iż bardzo przypominały te, które po dziś dzień są w użyciu.

Foulata, cała rozdygotana, oznajmiła, iż dalej już nie pójdzie, lecz tu na nas zaczeka. Usadziliśmy ją więc na niedokończonej przegrodzie, ustawiliśmy obok niej kosz z prowiantem i zostawiliśmy, aby ochłonęła.

Nie uszliśmy dalej nawet kilkunastu kroków, gdy zobaczyliśmy kunsztownie pomalowane drewniane drzwi stojące otworem przez czyjeś zapomnienie lub pośpiech.

Za progiem leżał wór z koźlej skóry, jak się zdaje, pełen klejnotów.

— Hi, hi, hi! No i co, gwiezdni panowie? — zarechotała Gagool, kiedy światło padło na skórzany kształt. — Pamiętacie, mówiłam, że ten biały uciekł w takim przerażeniu, że cisnął worek tej kobiety! I co, nie miałam racji? Zajrzyjcie do środka, a znajdziecie między kamieniami bukłak na wodę.

Good pochylił się i podniósł sakwę; była ciężka i coś w niej chrobotało.

— Na Jowisza! — powiedział pełnym nabożności szeptem, trudno bowiem inaczej zareagować na myśl, że torba z koziej skóry pełna jest diamentów.

— Dalej, dalej! — niecierpliwił się sir Henry. — No dobrze, moja pani, daj no tę swoją lampę.

Odebrał Gagool bukłak z oliwą i, minąwszy drzwi, uniósł go nad głowę.

Natychmiast skoczyliśmy za nim, na chwilę zapominając o sakwie z diamentami.

Zrazu w mdłym świetle lampy mogliśmy się tylko zorientować, iż mamy przez sobą wyrąbane w skale pomieszczenie nie większe niż dziesięć stóp kwadratowych. W następnym momencie mogliśmy już rozróżnić wspaniałą kolekcję kłów słoniowych, które ułożone jeden na drugim wznosiły się aż do powały. Ile ich było, niepodobna powiedzieć, nie wiedzieliśmy bowiem, jak daleko sięgały, tak czy owak, widzieliśmy końce co najmniej czterystu albo pięciuset — wszystkie znakomitej jakości. Sama ta kość słoniowa była bogactwem, którego starczyłoby do końca życia. Przypuszczam, że to stąd sprowadził Salomon materiał na „wielki tron z kości słoniowej"; „w żadnym innym królestwie czegoś takiego nie zrobiono"[24].

Po przeciwnej stronie komnaty ustawiono stos drewnianych skrzyń podobnych trochę do pudeł na amunicję Martini-Henry'ego, większych jednak i pomalowanych na czerwono.

— Tam muszą być diamenty! — nie wytrzymałem. — Dawajcie światło!

Poświecił mi sir Henry; górna skrzynia zbutwiała z czasem nawet w tak suchym miejscu, gdyż była wgnieciona, najpewniej przez samego da Silvestrę. Wcisnąłem w dziurę dłoń, a kiedy ją wydobyłem, lśniły w niej nie diamenty, lecz kawałki złota o dziwnym, przez żadnego z nas niewidzianym dotąd kształcie, z literami, które wyglądały na hebrajskie.

— Ha! — zawołałem, odkładając monety na miejsce. — Tak czy owak, nie będziemy wracać z pustymi rękami. — W każdym pudle, a jest ich osiemnaście, są ich zapewne tysiące.

— Sporo tego — zgodził się Good — nigdzie jednak nie widzę diamentów, chyba że portugalski chciwiec wszystkie zapakował do worka.

— Zajrzyjcie tam, gdzie najciemniej — szyderczo doradziła Gagool. — Tam, w kącie są trzy kamienne kufry.

Zanim przetłumaczyłem to sir Henry'emu, który trzymał światło, nie mogłem się powstrzymać od pytania, skąd Gagool wie to wszystko, skoro nikt tu nie wchodził po białym człowieku, który zrobił to przecież wiele pokoleń temu.

— Ach, Makumazanie, ty, który wstajesz po nocy — odparła kpiąco. — Ty, który żyjesz w Gwiazdach, musisz przecież wiedzieć, że są ludzie długowieczni, a niektórzy potrafią widzieć nawet przez kamienie. Cha, cha, cha!

---

[24] Biblia Brzeska, 1 Krl 10, 18–19 (przyp. tłum.).

— Niech pan zajrzy w tamten róg! — powiedziałem do sir Curtisa, kiwając dłonią w kierunku wskazanym przez Gagool.

Sir Henry postąpił kilka kroków i zawołał:

— Ej, przyjaciele, jest tu coś! Wielkie nieba, spójrzcie tylko!

Podbiegliśmy i zobaczyliśmy wnękę, w której stały trzy kamienne kufry, każdy o powierzchni dwóch stóp kwadratowych. Na dwóch spoczywały wieka, pokrywa trzeciego była o niego oparta.

— Patrzcie! — powtórzył ochrypłym głosem sir Henry, trzymając lampę nad otwartą skrzynią.

W pierwszej chwili niczego nie mogliśmy zobaczyć, gdyż poraził nas srebrzysty odblask. Kiedy oczy nawykły już do lśnienia, dojrzeliśmy, że wnętrze jest w dwóch trzecich zapełnione nieoszlifowanymi diamentami, w większości sporych rozmiarów. Nachyliłem się i zaczerpnąłem kilka; ach, to charakterystyczne wrażenie, którego niepodobna pomylić z niczym innym!

Westchnąłem głęboko i odrzuciłem klejnoty na miejsce.

— Jesteśmy najbogatszymi ludźmi na świecie — oznajmiłem. — Monte Christo to przy nas łapserdak.

— Zarzucimy rynek diamentami — entuzjazmował się Good.

— Najpierw trzeba je stąd wydobyć — rzeczowo zauważył sir Henry.

— Hi, hi, hi! — rechotała za nami Gagool, rzucając się to w jedną, to w drugą stronę niczym nietoperzyca. — Tak, kochacie te lśniące kamyczki, macie ich, ile chcieliście, bierzcie je, przesypujcie między palcami, jedzcie, pijcie, cha, cha, cha!

Myśl o jedzeniu czy piciu diamentów wydała mi się tak zabawna, że zaniosłem się śmiechem, co natychmiast udzieliło się moim towarzyszom, chociaż sami nie wiedzieli dlaczego. Staliśmy i zarykiwaliśmy się ze śmiechu nad kamieniami, które należały do nas, które dla nas znaleźli przed tysiącami lat pradawni kopacze, które dla nas schował ich dawno zmarły nadzorca Salomon, którego imię, nawiasem mówiąc, można było wyczytać na woskowej pieczęci na wiekach kufrów. Nie zabrał ich ani on, ani Dawid, ani da Silvestra, ani nikt inny. To nam się dostały: oto przed nami spoczywały warte miliony funtów diamenty, złoto warte setki tysięcy funtów, kość słoniowa tylko czekająca, by ją zabrać.

Atak śmiechu minął w mgnieniu oka, równie niespodziewanie, jak się zaczął.

— Otwórzcie także resztę! — zachęcała Gagool. — Na pewno jest jeszcze więcej! Napchajcie się, biali panowie, napchajcie się do syta!

Zabraliśmy się do pozostałych kamiennych wiek, chociaż mieliśmy w pewnym stopniu poczucie świętokradztwa, gdy zrywaliśmy woskowe pieczęcie.

Hura! Te były pełne po brzegi, a przynajmniej druga. Przy żadnej z nich nie krzątał się da Silvestra ze swym skórzanym workiem. Trzecia zapełniona była tylko w jednej czwartej, ale diamenty były starannie przebrane, żaden nie miał mniej niż dwadzieścia karatów, niektóre były wielkości gołębiego jaja. Tyle że kiedy obejrzeliśmy je pod światło, okazało się, że są lekko żółtawe, „odbarwione", jak mówią w Kimberley.

Nie zwróciliśmy natomiast uwagi na złowieszcze spojrzenie, jakie rzuciła Gagool, niczym żmija wymykając się ze skarbca, aby pokuśtykać do wielkiej, ruchomej skały.

O zgrozo! Krzyki przetaczają się pod niskim stropem; wszak to głos Foulaty!

— Bougwan! Bougwan! Skała się wali!
— Puszczaj, dziewko! Puszczaj, bo...!
— Na pomoc! Na pomoc! Dźgnęła mnie!

Rzuciliśmy się wąskim przejściem, a oto, co zobaczyliśmy w świetle lampy. Ściana zamykała się powoli, ale była już ledwie trzy stopy nad podłogą. Tuż obok Foulata zmagała się z Gagool, krew ściekała dziewczynie na kolana, nie puszczała jednak wiedźmy, która miotała się niczym dzika kocica. Nagłym szarpnięciem wyswobodziła się, Foulata poleciała do tyłu, a Gagool rzuciła się, aby przepełznąć pod osuwającą się bryłą. Śmignęła jak wąż, a jednak nie zdążyła! Zaczepiła o jakiś kamienny występ i zawyła w przerażeniu. Trzydzieści ton nieubłaganie docisnęło starcze ciało do podłoża i rozległo się wycie, jakiego nigdy jeszcze w życiu nie słyszeliśmy. Potem nastał okropny szczęk i skalna brama zamknęła się, a my, rozpędzeni, z impetem się z nią zderzyliśmy.

Wszystko to stało się w cztery sekundy!

Nachyliliśmy się nad Foulatą. Dostała cios nożem w brzuch; wiedziałem, że niewiele zostało jej życia.

— Ach, Bougwanie, umieram! — jęknęła ciemnoskóra piękność. — Gagool podpełzła, sama nie wiem kiedy, chyba się zdrzemnęłam. Kamień zaczął opadać, ale wróciła, żeby sprawdzić, czy nie wracacie. Widziałam, jak idzie przez te ruchome wrota, złapałam ją i nie puszczałam. Wtedy mnie dźgnęła, a teraz umieram, Bougwanie!

— Nieszczęsna! Biedaczka! — zawodził Good, a ponieważ w niczym nie mógł jej pomóc, w końcu zaczął ją zasypywać pocałunkami.

— Bougwanie — odezwała się po chwili. — Czy jest tu Makumazan? Jest tak ciemno, że nic nie widzę.

— Jestem tutaj, Foulato!

— Makumazanie, bądź na chwilę moim językiem, błagam, gdyż Bougwan inaczej mnie nie zrozumie, a chcę mu coś powiedzieć, zanim mrok mnie pochłonie.

— Mów, Foulato. Będę twoim językiem.

— Powiedz memu panu, Bougwanowi, że kocham go, ale rada jestem, iż umieram, gdyż wiem, że nie związałby swego życia ze mną taką, jaką jestem. Nie zaślubi słońce ciemności ani biel czerni. Powiedz, że od czasu gdy go poznałam, czułam w piersiach lotnego ptaka, który chciał wyfrunąć i śpiewać na cały świat. Nawet teraz, gdy ręki dźwignąć nie mogę i czuję, jak czoło mi lodowacieje, przecież nie czuję, żeby serce mi umierało, gdyż tak pełne jest miłości, że choćbym żyła dziesięć tysięcy lat, ciągle byłabym młoda. Powiedz, że w następnym życiu może go zobaczę w Gwiazdach, przeszukam je jedną po drugiej, chociaż może znowu będę czarna, a on znowu będzie biały. Powiedz, Makumazanie, powiedz jeszcze, nie... Tylko że go kocham... Och, przyciśnij mnie mocniej, Bougwanie, już nie czuję twojego dotyku... Och, och...

— Nie żyje! Nie żyje! — powtarzał w kółko zbolały Good, a łzy ściekały mu po twarzy. — Umarła!

— Nie zamartwiaj się tym tak bardzo, przyjacielu! — rzekł posępnie sir Henry.

— Jakże pan może tak mówić! — wykrzyknął oburzony Good.

— Niedługo do niej dołączymy. Nie rozumie pan, że jesteśmy pogrzebani żywcem?

Wydaje mi się, że dopóki sir Henry nie wymówił tych słów, nie zdawaliśmy sobie sprawy z naszego tragicznego położenia, tak bardzo pochłonął nas nieszczęśliwy los Foulaty. Teraz jednak dotarła do nas straszna prawda. Przytłaczająca kamienna masa zamknęła nas najpewniej na zawsze, gdyż jedyna osoba, która znała tajemnicę poruszającego nią mechanizmu, zginęła przez nią zmiażdżona. Z tą bramą mogła sobie dać radę tylko wielka ilość dynamitu! A my byliśmy po niewłaściwej stronie!

Na kilka minut zastygliśmy nad zwłokami Foulaty, sami zmrożeni przeraźliwą perspektywą. Zdało nam się, że męstwo opuściło nas bez śladu. Jakże pogodzić się z tym, że czekało nas straszliwe i powolne konanie? Dopiero teraz zrozumieliśmy, że Gagool wszystko ukartowała od samego początku wyprawy.

Był to podstęp, który, jestem pewien, musiał uradować jej chory umysł; ależ musiała ją cieszyć wizja trzech białych mężczyzn, których z jakiegoś tylko jej znanego powodu od razu znienawidziła, a którzy będą konać z pragnienia i głodu, mając pod bokiem niewyobrażalny skarb. Teraz dopiero zrozumiałem, jak szydercze były jej słowa o jedzeniu i piciu diamentów. Najpewniej to samo groziło staremu Donowi i dlatego porzucił worek z diamentami.

— Nie ma co tak sterczeć — powiedział ochryple sir Henry. — Lada chwila lampa zgaśnie. Spróbujmy, czy nie uda nam się znaleźć sprężyny, która porusza tę skałę.

Na te słowa rzuciliśmy się z rozpaczliwą energią i rozdeptując kałużę krwi, szukaliśmy jakiegoś uchwytu czy przycisku nad sobą, pośrodku i przy podłodze. Na próżno.

— To na nic — powiedziałem, prostując się zniechęcony. — Mechanizm nie może działać od tej strony, bo przecież wtedy Gagool nie ryzykowałaby i nie przeciskałaby się pod opadającą skałą. Wiedziała, przeklęta, że nie ma innego wyjścia.

— Cóż — prychnął sir Henry — rachunki zostały szybko wyrównane. Miała koniec niewiele lepszy od tego, który czeka nas. Skoro nic tu nie poradzimy, wracajmy do skarbca.

Zrobiliśmy, jak powiedział, a, zauważywszy kosz z prowiantem, który niosła biedna Foulata, wziąłem go i zaniosłem do komnaty, która miała się stać naszym grobem. Wróciliśmy jeszcze po zwłoki dziewczęcia i ułożyliśmy je obok pudła z monetami.

Potem sami usiedliśmy, opierając się o kamienne kufry, w których znajdowały się bezcenne diamenty.

— Podzielmy jedzenie, żeby starczyło nam możliwie najdłużej.

Tak też zrobiliśmy. Nastawiliśmy się na cztery maciupeńkie posiłki dziennie, co powinno pozwolić przetrwać kilka dni. Poza suszonym mięsem mieliśmy dwa bukłaki wody, każdy mieszczący nie więcej niż kwartę.

— No cóż, na razie jedzmy i pijmy — powiedział sir Henry — na umieranie przyjdzie jeszcze czas.

Zjedliśmy swe malutkie porcje i upiliśmy po łyku wody. Nie muszę chyba mówić, że apetyt mieliśmy niewielki, chociaż dawno nic nie jedliśmy, więc poczuliśmy się lepiej, kiedy przełknęliśmy kilka kęsów. Potem wstaliśmy, by zbadać uważnie ściany i podłogę naszego więzienia w rozpaczliwej nadziei, że znajdziemy jednak jakiś sposób, aby się z niego wydostać.

Nadzieja była próżna; czyż nie byłoby to idiotyczne budować dodatkowe wejście do skarbca?

Lampa świeciła coraz słabiej; olej był na ukończeniu.

— Quatermain — odezwał się sir Henry. — Która godzina? Chodzi pana zegarek?

Wyciągnąłem chronometr; była szósta, zeszliśmy pod ziemię o jedenastej.

— Infadoos zacznie się o nas niepokoić — powiedziałem. — Gdy nie wrócimy wieczorem, zacznie nas szukać z rana.

— No i co z tego? Nie zna sekretu drzwi, zresztą nawet ich nie rozpozna. Wczoraj z żywych istot wiedziała o nich tylko Gagool, dzisiaj nikt o nich nie wie z wyjątkiem nas. Ale powiedzmy, że znajdzie drzwi. Jak ma je otworzyć? Cała armia kukuańska nie da rady pięciu stopom litej skały. Przyjaciele, moim zdaniem, nie pozostało nam nic innego, jak zdać się na wolę Opatrzności. Źle kończyli poszukiwacze tego skarbu; my do nich dołączymy.

Lampa ledwie już się tliła. Nagle wystrzelił z niej na chwilę płomień i w jego blasku wyraźnie zobaczyliśmy całe wnętrze jak wyrzeźbione: stos kłów słoniowych, pudła ze złotem, przed nimi ciało nieszczęsnej Foulaty, skórzany worek z precjozami, stłumiony blask diamentów i wydłużone, ponure twarze naszej trójki skazanej na śmierć głodową.

Po tym niespodziewanym błysku lampa zgasła.

# ROZDZIAŁ XVIII

## PORZUCAMY WSZELKĄ NADZIEJĘ

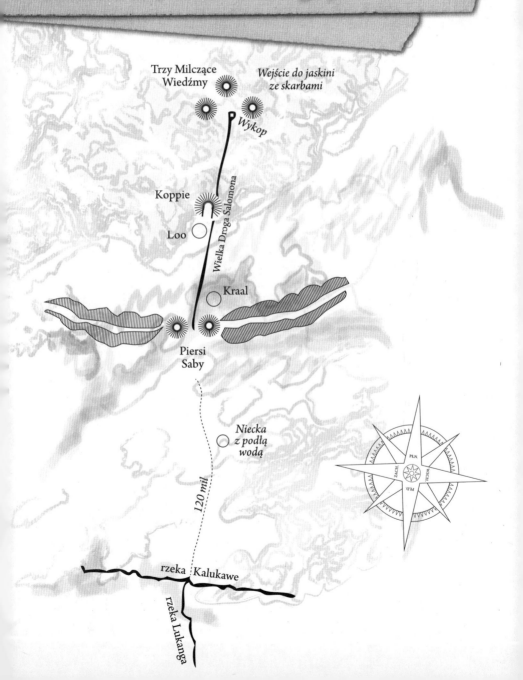

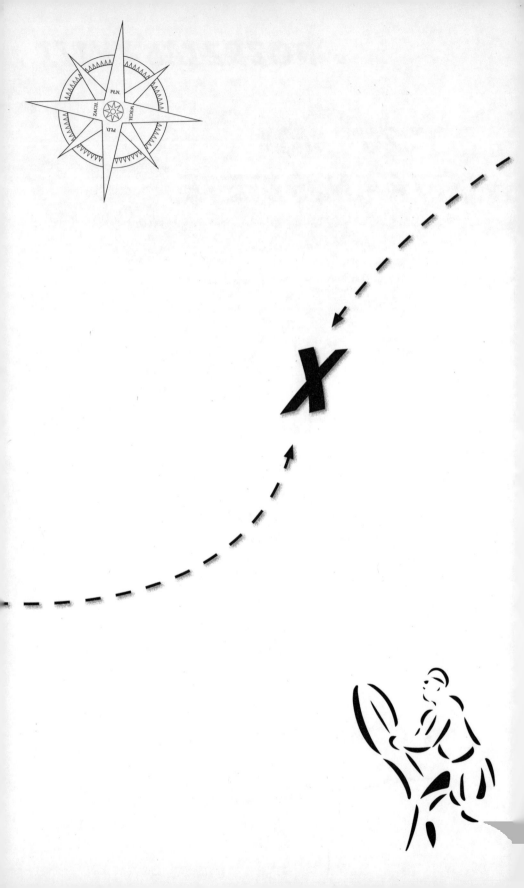

Nie potrafię opisać całej grozy nocy, która nastąpiła. Na szczęście, w pewnej mierze złagodził ją sen, gdyż nawet w takiej sytuacji natura domaga się swoich praw. Ja jednak zapadałem tylko w niespokojne drzemki. Nawet jeśli pominąć bolesne przeczucie czekającego nas losu — bowiem najdzielniejszy człowiek na świecie wzdrygnąłby się na taką perspektywę, a ja nigdy nie aspirowałem do miana najdzielniejszego — sama cisza była zbyt wielka, aby móc pozwolić sobie na sen. Czytelniku, może zdarzyło ci się zbudzić w nocy i myśleć o obezwładniającej ciszy? Jeśli tak, to zaręczam, że w zestawieniu z tym gęstym, namacalnym wręcz spokojem, który stał się naszym udziałem, było to niczym. Na powierzchni ziemi zawsze są jakieś dźwięki, poruszenia i choć są one najdrobniejsze, niezauważalne, to jednak stępiają klingę ciszy. Niczego takiego tutaj nie było. Znajdowaliśmy się pod masywem góry, której wierzchołek zawsze pokryty był śniegiem. Tysiące stóp nad nami świeże powietrze owiewało mroźną biel, tutaj jednak nic z tego nie docierało. Od straszliwej Komory Zmarłych oddzielały nas tunel i gruba na pięć stóp skalista przegroda. Trudno zresztą spodziewać się hałasu po zmarłych. Nawet gdyby zabrzmiała w zgodnym wybuchu cała artyleria ziemska i niebieska, do nas nie dotarłby żaden dźwięk; pogrzebani żywcem byliśmy odcięci od wszelkich ziemskich dźwięków.

Z wolna docierała do mnie przeraźliwa ironia sytuacji. Otoczeni skarbami, które pozwoliłyby spłacić dług państwa średniej wielkości czy wybudować flotyllę pancerników, oddalibyśmy bez chwili wahania wszystko za najmniejszą szansę ucieczki. Jeszcze chwila, a gotowi będziemy wszystko oddać za kilka kęsów jedzenia czy łyków wody, a potem chociażby za litościwe skrócenie naszych męczarni. Bogactwa, za którymi ludzie uganiają się przez całe życie, pod jego koniec okazują się nic niewarte.

I tak powoli upływała noc.

— Good — odezwał się sir Henry, a w masywnej ciszy głos jego zabrzmiał okropnie. — Ile ma pan jeszcze zapałek?

— Osiem, sir Curtisie.

— Niech pan zapali jedną, zobaczymy, która godzina.

Malutki płomyczek niemal nas oślepił. Piąta; na zewnątrz świt lśnił na śnieżnych czapach, a wiaterek rozwiewał nocne mgły.

— Może przekąśmy coś, żebyśmy zupełnie nie osłabli? — zaproponowałem.

— A jaka niby korzyść z jedzenia? — spytał Good. — Im szybciej tu umrzemy, tym prędzej będziemy mieli to za sobą.

— Póki życia, póty nadziei — rzekł surowo sir Henry.

Przekąsiliśmy więc i zwilżyliśmy usta wodą. Znowu upłynęło trochę czasu, po czym sir Henry zasugerował, że może jednak powinniśmy się przenieść pod same drzwi i wołać w nadziei, że usłyszy nas ktoś z zewnątrz. Good z racji swej praktyki na morzu miał głos najdonioślejszy; po omacku poszedł tunelem i zabrał się do roboty. Muszę wyznać, że nie słyszałem nigdy bardziej diabelskiego wycia, efekt jednak był taki, jakby bzykał komar.

Po jakimś czasie zrezygnował i wrócił do nas bardzo spragniony. Napiwszy się, zrezygnował z krzyków, widząc, jak bardzo w efekcie uszczupliły się zapasy wody.

Plecami oparci o kamienne kufry siedzieliśmy w zupełnej bezczynności, a niemożność zajęcia czymkolwiek myśli była jednym ze straszliwych aspektów naszego losu. Nie waham się wyznać, że pogrążyłem się w czarnej rozpaczy. Oparłszy głowę na ramieniu sir Henry'ego, gorzko zapłakałem i zdaje mi się, że po drugiej stronie to samo robił Good, złorzecząc sobie za tak niemęskie zachowanie.

Jakąż jednak odwagą i siłą ducha wykazał się nasz towarzysz, sir Curtis. Gdybyśmy byli dwoma przerażonymi chłopaczkami, nie zatroszczyłby się o nas z większą delikatnością. Niepomny tego, że czekał go taki sam los, starał się ukoić nasze nerwy opowieściami o ludziach, którzy, znalazłszy się w podobnie tragicznej sytuacji, mimo wszystko zostali cudownie uratowani. Kiedy zaś poczuł, że wcale nie wzbiera w nas otucha, zaczął tłumaczyć, iż ostatecznie zbliża się koniec, który i tak nas czeka, niedługo będzie po wszystkim, a śmierć z wyczerpania jest łagodniejsza od innych (co nie jest prawdą). Na koniec tonem, który tylko raz wcześniej u niego słyszałem, wezwał, abyśmy zdali się na łaskę Najwyższego, co zrobiłem z wielką pasją.

Doprawdy, cóż za wspaniały charakter, pełen spokoju, a zarazem siły!

I tak powoli przemijał dzień, jak przeminęła noc, jeśli w ogóle jest jakikolwiek sens, by używać podobnych terminów tam, gdzie panował nieprzenikniony mrok. W świetle zapałki zobaczyłem, że jest siódma.

Znowu posililiśmy się i napiliśmy, a wtedy przyszła mi do głowy pewna myśl.

— Musi tutaj którędyś docierać powietrze — zauważyłem. — Duszne i ciężkie, ale jednak świeże.

— Wielkie nieba! — ożywił się Good. — W ogóle o tym nie pomyślałem! Przecież nie przez drzwi, bo w tych nie ma najmniejszej szczeliny. Gdyby nie było wymiany powietrza, zaraz po wejściu byśmy to zauważyli. Trzeba poszukać!

To prawdziwy cud, jaki efekt wywołał ten wątły płomyczek nadziei. Porwaliśmy się z miejsca i na czworakach zaczęliśmy szukać śladu przeciągu. W pewnej chwili moja dłoń dotknęła czegoś zimnego. Okazało się, że to twarz martwej Foulaty.

Po jakiejś godzinie z okładem ja i sir Henry poddaliśmy się, mając już dość nieustannego uderzania głową w kły słoniowe, kufry i ściany skarbca. Good jednak nie ustawał w poszukiwaniach, niemal radośnie oświadczywszy, że lepsze to niż bezczynność.

— Przyjaciele — odezwał się wreszcie z napięciem w głosie. — Chodźcie tutaj.

Nie muszę chyba dodawać, że w mig znaleźliśmy się obok niego.

— Quatermain, niech pan zbliży swoją głowę do mojej. Czuje pan coś?

— Chyba powiew powietrza.

— A teraz posłuchajcie.

Good wyprostował się i kilka razy tupnął nogą. W sercach rozbłysła nam nadzieja, gdyż odpowiedzią był głuchy dźwięk.

Trzęsącymi się rękami potarłem zapałkę; zostały mi już tylko trzy. Byliśmy w samym rogu skarbca i pewnie dlatego nie zauważyliśmy pustego brzmienia przy wcześniejszych poszukiwaniach. W migotliwym świetle uważnie przyjrzeliśmy się temu zakątkowi. W litej skale podłogi widać było rysę, dostrzegliśmy też kamienny pierścień. Good miał nóż, na którego końcu znajdował się hak używany do usuwania wierzchowcom kamieni z kopyt. Otworzył ostrze, podważył nim pierścień, nałożył hak i zaczął ciągnąć, uważając, aby go nie złamać ani nie urwać. Pierścień drgnął. Jakież szczęście, iż był z kamienia, każdy bowiem metal przez wszystkie te wieki zardzewiałby albo zaśniedział. Kiedy krążek całkiem się już wyprostował, Good chwycił za niego rękami i szarpnął z całej siły. Bez efektu.

— Teraz ja spróbuję — powiedziałem niecierpliwie, gdyż pierścień był tak ulokowany, iż niepodobna było za niego ciągnąć we dwóch. Zaparłem się, jak umiałem, ale również bez skutku.

Przyszła pora na sir Henry'ego, ale z takim samym rezultatem.

Znowu Good chwycił za pierścień, miotając się w ciasnym kącie, gdy jednak nic to nie dało, zwrócił się do sir Henry'ego.

— Sir Curtisie, niech pan jeszcze raz spróbuje, jest pan silniejszy od nas obu. Ale zaraz... — Wyjął z kieszeni chusteczkę, którą zachował nawet w takiej sytuacji, i owinął ją wokół uchwytu. — Quatermain, niech pan chwyci Curtisa w pasie, ja zrobię to samo. Na mój znak ciągniemy ze wszystkich sił. Teraz!

Sir Henry użył swej wielkiej krzepy, to samo zrobiłem ja z Goodem na miarę tego, czym obdarzyła nas natura.

— Jeszcze, jeszcze — sapał sir Henry. — Idzie!

Słyszałem niemal, jak napinają mu się mięśnie na grzbiecie, potem nastąpił przeciągły zgrzyt, do środka wtargnął strumień powietrza, my polecieliśmy na plecy. Na Curtisie wylądowała ciężka kamienna płyta. Oto co sprawiła siła sir Henry'ego; nigdy muskuły nie posłużyły lepszej sprawie.

— Niech pan zaświeci zapałkę, Quatermain — sapnął. — Tylko ostrożnie.

Zrobiłem, jak polecił, i co zobaczyłem? Wielkie nieba! Pierwszy stopień kamiennych schodów!

— I co teraz robimy? — spytał z lękiem Good.

— Zejdziemy, oczywiście, schodami, wzywając na pomoc Opatrzność! — zawołałem, ale sir Henry nie tracił opanowania.

— Stop! Panie Quatermain, niech pan przyniesie to, co nam zostało z bitongu i wody; może nam się jeszcze przydać.

Popełzłem z powrotem do kamiennych kufrów, a po drodze przyszła mi do głowy pewna myśl. Przez ostatnie cztery godziny niewiele zastanawialiśmy się nad diamentami, a sama myśl o nich nawet przyprawiała o mdłości, gdyż to one sprowadziły nas w tę pułapkę. Teraz jednak uznałem, że mogę wziąć trochę do kieszeni na wypadek, gdyby jednak udało nam się jakoś wyjść z tej opresji. Zacząłem zatem nabierać je garściami z pierwszego kufra, upychając we wszystkich kieszeniach kurtki myśliwskiej i spodni, a na koniec dorzuciłem jeszcze trochę z trzeciej skrzyni. Już chciałem wracać, gdy cofnąłem się jeszcze i napełniłem kosz Foulaty, wcześniej wyjąwszy z niego tę resztkę jedzenia i wody, jaka nam jeszcze została.

— Przyjaciele! — krzyknąłem. — A wy nie weźmiecie trochę klejnotów? Ja załadowałem do kieszeni i kosza.

— Niechże pan idzie tutaj, Quatermain, i da spokój diamentom — żachnął się sir Henry. — Mam nadzieję, że już nigdy w życiu ich nie zobaczę!

Good nic nie odpowiedział; przypuszczam, że w milczeniu żegnał się z nieszczęśniczką, która tak go kochała. Czytelnika siedzącego spokojnie w zaciszu domowym, któremu dziwne może się wydać, że porzucaliśmy tak gigantyczny skarb, mogę zapewnić, że, spędziwszy jak my dwadzieścia osiem godzin bez jedzenia i picia, nie bardzo by się troszczył o kosztowności, mając w perspektywie zagłębienie się z nimi w nieznane trzewia ziemi, aby tylko uniknąć powolnego konania. Zarazem jednak dotychczasowe życie musiało we mnie wyrobić nawyk, aby nigdy nie zostawiać niczego wartościowego, jeśli tylko jest najmniejsza choćby szansa, że można to uratować, inaczej bowiem nawet bym nie pomyślał o chowaniu diamentów w ubraniu.

— Panie Quatermain! — ponaglił mnie sir Henry, który stał już na schodku. — Uwaga, idę pierwszy.

— Niech pan ostrożnie stawia kroki — poradziłem. — Tam może się czaić otchłań.

— Raczej jakieś następne pomieszczenie — powiedział sir Henry, a głos dobiegł już odrobinę z dołu.

Odliczał, a gdy dotarł do piętnastu, umilkł, by po chwili zawołać:

— Jestem już na dnie. Dzięki Bogu, wydaje się, że to jakieś przejście. Chodźcie, chodźcie!

Good poszedł drugi, ja na końcu, niosąc kosz. Na dole zaświeciłem przedostatnią zapałkę. W jej świetle zobaczyliśmy, że stoimy w ciasnym tunelu, pod kątem prostym odchodzącym w prawo i lewo od schodów, po których zeszliśmy. Zanim zdążyliśmy zobaczyć coś więcej, poczułem piekący dotyk ognia i zapałka zgasła. Pojawiła się więc delikatna kwestia, w którą stronę mamy się udać. Nie wiadomo było, rzecz jasna, co to za tunel ani dokąd prowadził, ale przecież mogło tak być, że wybór jednej drogi oznaczał ratunek, podczas gdy drugiej — zgubę. Staliśmy tak, nie mogąc się zdecydować, aż nagle Goodowi przypomniało się, że kiedy płonęła zapałka, powiew odchylił ją w lewo.

— Chodźmy zatem w przeciwnym kierunku — powiedział. — Powietrze dmucha do wnętrza, a nie na zewnątrz.

Przyznaliśmy mu rację i, trzymając się rękami ściany, a także starannie obmacując podłoże przed każdym nowym krokiem, zostawiliśmy za sobą przeklęty skarbiec i ruszyliśmy przed siebie w nadziei, że to droga do normalnego świata. Jeśli w komnacie tej zjawi się jeszcze kiedyś jakiś człowiek — w co bardzo wątpię — znajdzie nasze ślady w postaci otwartych kufrów z klejnotami, lampy bez oleju i białych kości biednej Foulaty.

Szliśmy jakiś kwadrans, gdy korytarz gwałtownie wykręcił, czy też raczej dołączył do innego, a my podjęliśmy decyzję, kierując się zasadą, by iść naprzeciw strumieniowi powietrza. Po pewnym czasie sytuacja się powtórzyła raz, drugi, trzeci... I tak to trwało godzinami. Mieliśmy wrażenie, że bez celu kroczymy jakimś kamiennym labiryntem. Jedynym wytłumaczeniem dla tak licznych rozgałęzień, jakie przychodziło nam do głowy, było to, że stanowiły połączenia z różnymi pokładami i sztolniami dawnej kopalni.

Wreszcie zatrzymaliśmy się kompletnie wyczerpani, czując, jak nadzieja w nas zamiera; zjedliśmy resztki pożywienia i wypiliśmy ostatek wody, gdyż gardła mieliśmy wyschnięte niczym piece do wypalania wapna. Coraz mocniejsze nawiedzało nas przekonanie, że uszliśmy wprawdzie śmierci w czarnym skarbcu, ale tylko po to, aby jej zaznać w nie mniej mrocznym tunelu.

Staliśmy zdeprymowani, kiedy wydało mi się, że słyszę jakiś dźwięk, na który natychmiast zwróciłem uwagę innym. Także oni potwierdzili, że wprawdzie bardzo cichy i daleki, ale był to bez wątpienia jakiś odgłos. Nie jestem w stanie opisać, jaka opanowała nas euforia po tylu godzinach w zupełnej, straszliwej ciszy.

— Słuchajcie! — mówił podniecony Good. — To woda, bieżąca woda. Musimy tam iść.

Z nowym zapałem ruszyliśmy w tamtym kierunku, obmacując skałę rękami jak poprzednio. Pamiętam, że w pewnym momencie zostawiłem koszyk z diamentami, gdyż za bardzo mi ciążył, ale już w następnej chwili wróciłem po niego. Równie dobrze można umrzeć jako biedak i jako bogacz, pomyślałem. Dźwięk nieustannie przybierał na sile, aż wreszcie stał się całkiem głośny i wreszcie nie ulegało już wątpliwości, że słyszymy chlupot wody. Ale jak to możliwe, żeby głęboko pod ziemią wartko płynęła woda? Teraz, gdy byliśmy już blisko, Good gotów był przysiąc, że czuje jej zapach.

— Niech pan uważa, Good — ostrzegł sir Henry. — Już jesteśmy niedaleko.

Chlup! I okrzyk Gooda.

Wpadł.

— Good! Good! Co z panem?! — wołaliśmy obydwaj.

— Już w porządku; chwyciłem się czegoś. Poświećcie, żebym wiedział, gdzie jesteście.

Potarłem ostatnią zapałkę. W jej słabym blasku zobaczyliśmy ciemną masę wody toczącej się pod naszymi stopami. Jej szerokości nie sposób było ocenić, ale niedaleko zobaczyliśmy, jak nasz towarzysz trzyma się sterczącej skały.

— Będziecie musieli mnie wyciągnąć! Uwaga, płynę!

Usłyszeliśmy plusk, potem odgłos walki z prądem, aż wreszcie Good pojawił się przy nas. Sir Henry nachylił się z wyciągniętą ręką, ja też pospieszyłem z pomocą i wspólnie wyciągnęliśmy kapitana na brzeg.

— Niewiele brakowało! — wysapał. — Gdybym nie chwycił się tej rafy i nie umiał pływać, byłoby już po mnie! Prąd jak przy młynie, nie ma dna pod nogami.

Nie mieliśmy dalej odwagi podążać brzegiem podziemnej rzeki, gdyż baliśmy się, że w ciemności znowu do niej wpadniemy. Gdy Good odpoczął chwilę, napełniliśmy po brzegi bukłaki, obmyliśmy twarze, które bardzo tego potrzebowały, i, zostawiając za sobą afrykański Styks, zawróciliśmy tunelem, którym przyszliśmy. Prowadził ociekający wodą Good. Po dłuższej chwili doszliśmy do korytarza odchodzącego w prawo.

— Idźmy nim — powiedział zrezygnowany sir Henry — wszystkie drogi tutaj są podobne. Będziemy szli tak długo, aż padniemy.

Kroki stawialiśmy teraz wolno, często się potykaliśmy; prowadził sir Henry. Znowu poczułem chęć, by zostawić kosz, i znowu się jej oparłem.

Sir Henry przystanął tak raptownie, że obaj na niego wpadliśmy.

— Spójrzcie — wyszeptał chrapliwie. — Umysł odmawia mi posłuszeństwa, czy rzeczywiście widać tam światło?

Wytężyliśmy wzrok i naprawdę — daleko przed nami lśnił malutki punkcik. Był to blask tak słabiutki, że wątpię, abyśmy go dostrzegli, gdybyśmy od kilku dni nie byli zdani na zupełną ciemność.

Czując przypływ nadziei i energii, począłapaliśmy najszybciej, jak potrafiliśmy. Po pięciu minutach nie mieliśmy już żadnych wątpliwości: przed nami było światło. Jeszcze minuta i wyraźnie poczuliśmy powiew świeżego powietrza. Parliśmy przed siebie, a tymczasem tunel zaczął się zwężać. Sir Henry opadł na kolana, ale przejście coraz bardziej się kurczyło, nabierając w końcu rozmiarów lisiej jamy. Tak, wiem, co mówię, jamy lisiej, gdyż mieliśmy w tej chwili dookoła ziemię, a nie skałę.

Szamotanina, gwałtowne szarpnięcie — i oto sir Henry już był na zewnątrz, zaraz po nim Good, a na końcu ja, ciągnąc za sobą koszyk. A nad nami rozgwieżdżone niebo, w nozdrzach zaś słodki zapach powietrza. Nagle ziemia ustąpiła pod stopami i potoczyliśmy się po trawie, krzewach i miękkiej, wilgotnej glebie.

Koszyk zaczepił o coś i zatrzymałem się. Usiadłem i wrzasnąłem radośnie, na co odpowiedzią był równie szczęśliwy okrzyk z dołu, gdzie płaski teren zatrzymał koziołkujące ciało sir Henry'ego. Kiedy dotarłem do niego, stwierdziłem, że nic mu się nie stało, chociaż z trudem łapał oddech. Teraz rozejrzeliśmy się za Goodem; szybko znaleźliśmy go uwięzłego w rozczapierzonym korzeniu. Był dość poobijany, ale szybko się pozbierał.

Usiedliśmy obok siebie na trawie, a było nam tak wesoło, że chyba krzyczeliśmy z radości. Uciekliśmy z lochu, który miał się stać naszym grobem. Jakaś łaskawa Moc musiała nas poprowadzić do tej nory szakala, gdyż, jak się zdaje, nią właśnie kończył się ów tunel. I oto wstawał nad górami różowawy blask, którego nie spodziewaliśmy się już zobaczyć.

Po zboczach staczał się szary świt i wnet zorientowaliśmy się, że jesteśmy na dnie — albo tuż nad nim — wielkiej jamy, na której skraju siedzieli gigantyczni Milczący. Niewątpliwie korytarze, po których się błąkaliśmy, były jakoś związane z dawną kopalnią diamentów. Bóg tylko jeden wie, jak się w trzewiach ziemi pojawiła rzeka, a także skąd i dokąd płynęła. Co do mnie, ani mi się śni rozwiązywać tę zagadkę.

Z każdą chwilą robiło się coraz jaśniej, dzięki czemu mogliśmy nareszcie dokładniej przyjrzeć się sobie. Nigdy nie widziałem okropniejszego widoku. Zapadnięte policzki, podkrążone oczy, wszędzie usmarowani błotem i pyłem, pokrwawieni, ze śladami trwogi przed rychłą śmiercią na twarzach — doprawdy każdy mógłby się nas przestraszyć. A przecież monokl niezłomnie tkwił w oku Gooda. Wątpię, by choćby na chwilę go wyjmował. Ani mrok, ani kąpiel w podziemnej rzece, ani koziołkowanie po stoku nie były w stanie oddzielić Gooda od jego monokla.

Powstaliśmy wreszcie, bojąc się, że zaraz mogą nam zesztywnieć kończyny, i powoli zaczęliśmy się wspinać po zboczu krateru. Przez dobrą godzinę mozoliliśmy się w niebieskawej glinie, łapiąc się korzeni i kęp trawy. Jednak ani na chwilę nie zaświtała mi myśl o porzuceniu koszyka, który teraz tylko śmierć mogłaby mi wyrwać z ręki.

I wreszcie mieliśmy tę mordęgę za sobą: wypełzliśmy z jamy na wielką drogę. Po przeciwległej stronie jamy widać było wielkie posągi.

O sto jardów od nas, przed jakimiś ruderami płonęło ognisko, wokół którego siedzieli ludzie. Poszliśmy ku nim, opierając się na sobie i przystając co kilkanaście kroków. Jedna z postaci powstała na nasz widok, a potem padła znów na ziemię z okrzykami zgrozy.

— Infadoosie! Infadoosie! To my, twoi przyjaciele!

Poderwał się i wybiegł nam na spotkanie, ale nadal dygotał z trwogi.

— Och, panowie, moi panowie prześwietni, a więc umknęliście śmierci! Umknęliście!

Stary wojownik rzucił się sir Henry'emu do kolan, płacząc ze szczęścia.

# ROZDZIAŁ XIX

# ROZSTANIE Z IGNOSIM

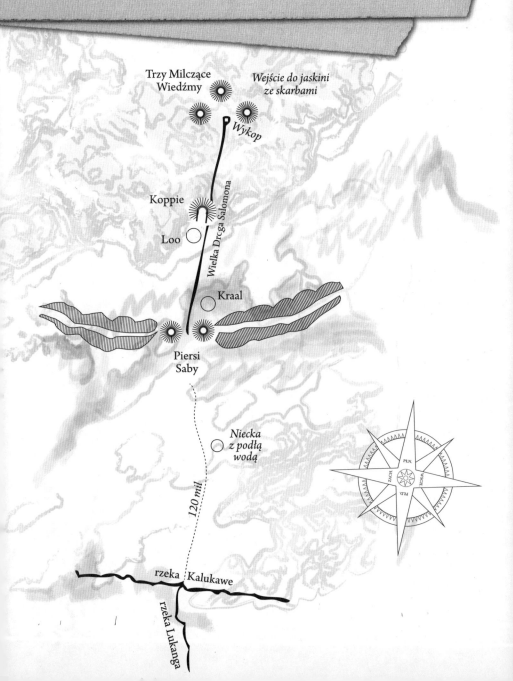

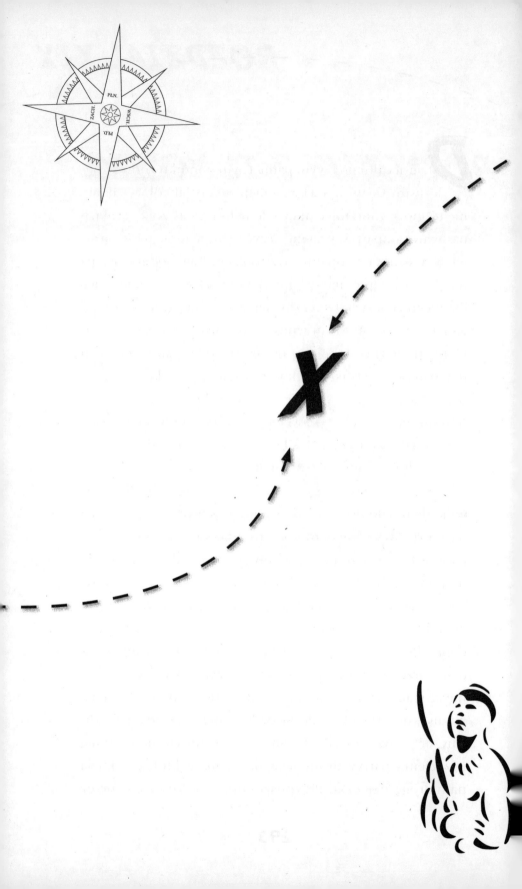

Dziesięć dni po owym pamiętnym poranku znowu znaleźliśmy się w swych kwaterach w Loo. Jakkolwiek dziwnie to może zabrzmieć, niewiele było po nas znać, z jakich uszliśmy tarapatów, jeśli nie liczyć tego, że moje włosy posiwiały w skarbcu i kopalni o trzy odcienie, a Good nie był już nigdy taki sam po śmierci Foulaty, która, jak się okazało, wiele dla niego znaczyła. Jako człowiek, który niejedno w świecie widział, ośmielam się przypuścić, że jakkolwiek było to zdarzenie tragiczne, dobrze, iż od nas odeszła, inaczej bowiem pojawiłyby się straszliwe komplikacje. Nie była normalną dzikuską, przeciwnie, błyszczała niezwykłą urodą i zaletami umysłu, ale największe nawet jej atuty nie mogły pobłogosławić związku z Goodem, jak bowiem sama powiedziała: "Nie zaślubi słońce ciemności ani biel czerni".

Muszę oznajmić wyraźnie, że nigdy nie znaleźliśmy się już w skarbcu Salomona. Kiedyśmy się wykurowali, co zabrało nam czterdzieści osiem godzin, udaliśmy się do wielkiej jamy w nadziei, że odnajdziemy miejsce, gdzie wyszliśmy na powierzchnię, ale szukaliśmy bez skutku. Po pierwsze, ulewny deszcz zatarł nasze ślady, po drugie, w stoku pełno było dziur po mrówkojadach i innych zwierzętach; niepodobna było rozstrzygnąć, której zawdzięczmy ratunek. Na dzień przed powrotem do Loo raz jeszcze zbadaliśmy jaskinię ze stalagnatami i, wiedzeni jakąś trudną do wyjaśnienia pokusą, dotarliśmy aż do Siedziby Śmierci. Kiedy znaleźliśmy się za włócznią Białej Śmierci, z trudnym do opisania uczuciem wpatrywaliśmy się w skalną masę, która zamknęła nam drogę ucieczki. Przypuszczam, że każdy z nas przez chwilę pomyślał o znajdujących się po drugiej stronie bezmiernych skarbach, o starej wiedźmie, która leżała tu zmiażdżona, a także o pięknej dziewczynie, która znalazła tam swój grób. Dobrą godzinę strawiliśmy na poszukiwania owej tajemniczej dźwigni, wszystkie usiłowania na nic jednak się zdały. Musiał to być niezwyky mechanizm, zarazem prosty i niezawodny, skoro funkcjonował jeszcze po wielu wiekach, w żaden jednak sposób nie potrafiliśmy sobie wyobrazić, na czym on polegał, a nawet wątpię, czy jest jeszcze na świecie jakiś drugi mu podobny.

W końcu się poddaliśmy, aczkolwiek muszę wyznać, że nawet gdyby nagle rozwarły się przed nami owe skalne wrota, wątpię, byśmy zdobyli się na odwagę, przeszli nad zmasakrowanymi resztkami Gagool i raz jeszcze wkroczyli do skarbca pomimo wiedzy o zgromadzonych w nim niezliczonych kosztownościach. Zresztą, co tu dumać o skarbie, być może największym w dziejach świata, skoro tylko niezła masa dynamitu mogłaby się uporać z kamienną zaporą grubą na pięć stóp.

Odeszliśmy więc. Być może w nienarodzonym jeszcze stuleciu bardziej fortunny poszukiwacz znajdzie właściwe „Sezamie, otwórz się" i zaleje świat diamentami, chociaż, mówiąc szczerze, bardzo w to wątpię. Czuję, że owe warte dziesiątki milionów funtów klejnoty nigdy nie zalśnią na śmiertelnej szyi. Aż po koniec świata będą im towarzyszyć tylko kości Foulaty.

Westchnąwszy więc z rezygnacją, wyruszyliśmy nazajutrz w drogę powrotną do Loo. Trzeba powiedzieć, że byłaby to wielka niewdzięczność, gdybyśmy desperowali i rozpaczali, jak bowiem czytelnik może pamięta, kiedy opuszczaliśmy nasze więzienie, zapobiegliwie napełniłem kamieniami kieszenie spodni i kurtki myśliwskiej, a także kosz Foulaty, acz trochę miejsca zajmował w nim bukłak na wodę. Jakaś ich część wysypała się, kiedy się turlałem po zboczu, włącznie z tymi największymi, które dorzuciłem na koniec. Zostało ich jednak całkiem sporo, a jeśli chodzi o owe najdorodniejsze, to doliczyłem się dziewięćdziesięciu trzech, waga ich zaś wahała się od dwustu do siedemdziesięciu karatów. Mówiąc inaczej, starczyło mych kieszeni i spodni, aby uczynić nas, nawet jeśli nie milionerami w amerykańskim stylu, to przecież ludźmi zamożnymi i właścicielami trzech najznakomitszych kolekcji diamentów w Europie. Nie wyszliśmy koniec końców źle na całej wyprawie.

Po powrocie do Loo zostaliśmy bardzo serdecznie powitani przez Ignosiego. Miewał się dobrze, poważnie zajęty umacnianiem władzy i odbudowywaniem oddziałów, które największych doznały uszczerbków podczas wojny z Twalą.

Z wielkim zainteresowaniem wysłuchał naszej opowieści, bardzo jednak spoważniał, gdy usłyszał o strasznym końcu Gagool.

— Chodź tutaj — zwrócił się do jednego z *Induna,* czyli doradców, który razem z innymi zasiadł w kręgu, ale w takiej odległości, że niczego nie mógł słyszeć.

Tamten podszedł, skłonił się i usiadł.

— Wiekowy jesteś — zagaił Ignosi.

— Tak, panie i władco. Twój dziad i ja urodziliśmy się tego samego dnia.

— A kiedy byłeś mały, znałeś Gagool, wiedźmę i czarownicę?

— Tak, panie i władco.

— Była wtedy młoda jak ty?

— Nie, panie i władco! Była wtedy taka jak dziś, i jaka była za czasów mego pradziada: stara, wyschnięta i pełna nikczemności.

— Dzisiaj jej już nie ma. Zginęła.

— A zatem, panie i władco, wreszcie zdjęta jest klątwa z tej ziemi!

— Odejdź!

— *Koom!* Idę, o ty, Czarne Szczenię, które rozdarło krtań starego psa. *Koom!*

— Sami widzicie, bracia — powiedział Ignosi, odczekawszy, aż rozmówca się oddalił. — Dziwna to była starucha i nader jestem rad, że już nie żyje. Dałaby wam zginąć w ciemnicy, a potem spróbowałaby zabić mnie tak, jak to uczyniła z moim ojcem, aby na jego miejsce ustanowić Twalę, którego kochała swym wszetecznym sercem. Dobrze, opowiadajcie dalej, nigdym jeszcze niczego podobnego nie słyszał.

Kiedy przedstawiłem wszystkie wypadki, zgodnie z naszą wcześniejszą umową poinformowałem Ignosiego, że chcemy opuścić krainę Kukuanich.

— Cóż, Ignosi — rzekłem — czas, byśmy się pożegnali i ruszyli z powrotem, aby raz jeszcze zobaczyć swą ojczyznę. Spójrz, gdy przybywaliśmy tutaj, byłeś naszym sługą, teraz, gdy cię opuszczamy, jesteś potężnym królem. Jeśli darzysz nas wdzięcznością, to pamiętaj, byś trzymał się swej obietnicy i panował sprawiedliwie, szanując prawo i zapewniając każdemu uczciwy proces. Wtedy pomyślność nie będzie cię odstępować. Chcielibyśmy cię prosić, byś jutro o świcie przydzielił nam eskortę, która poprowadzi nas przez góry.

Ignosi na chwilę ukrył twarz w dłoniach i dopiero potem odpowiedział.

— Serce mi krwawi, wasze słowa rozdzierają je na pół. Cóż wam takiego uczyniłem, Inkubu, Makumazanie i Bougwanie, że chcecie mnie porzucić i zostawić samego? Wy, którzy stanęliście przy mnie w czas powstania i walki, chcecie mnie opuścić w dzień pokoju i zwycięstwa? Czego chcecie? Żon? Tylko wybierajcie. Posiadłości? Wskażcie tylko ziemię, którą chcecie, a już do was należy. Domów, w jakich mieszkają biali ludzie? Nauczcie tylko mych poddanych, jak je budować, a wnet staną. Bydła? Każdy żonaty mężczyzna przyprowadzi wam wołu i krowę. Zwierzyny do polowania? Czyż nie ma w mych lasach słoni, a w rzekach hipopotamów? Chcecie wojować? Moim *Impi* wystarczy jedno wasze słowo. Jeśli mogę jeszcze coś dla was zrobić, uczynię to z chęcią.

— Nie, dzięki, królu Ignosi. Nie chcemy żadnego z twych darów, chcemy natomiast udać się tam, gdzie nasze miejsce.

— Teraz widzę — rzekł gorzko Ignosi — że bardziej kochacie te błyszczące kamienie niż mnie, moi przyjaciele. Teraz, gdy już je macie, uchodzicie do Natalu, a potem przez czarną wodę, żeby je sprzedać i żyć w bogactwie, czego zawsze pragnie serce białego człowieka. Niechaj przeklęte będą diamenty i niechaj przeklęci będą ci, którzy ich szukają. Śmierć niech pochłonie każdego, kto, gnając za nimi, wstępuje w jej siedzibę. Rzekłem, możecie odejść.

Położyłem mu rękę na ramieniu.

— Ignosi! — powiedziałem — powiedz sam, czy kiedy byłeś między Zulusami i białymi mieszkańcami Natalu, nie tęskniło twoje serce do kraju, o którym opowiadała ci matka, gdzie zobaczyłeś światło, gdzie bawiłeś się jako dziecko, gdzie jest twoje miejsce?

— Tak było, Makumazanie.

— Tak samo, Ignosi, tęsknią nasze serca do naszego kraju. Tam nasze miejsce.

Zapadła cisza. Kiedy Ignosi ją przerwał, inny już miał głos.

— Twoje słowa, Makumazanie, jak zawsze pełne są mądrości. Kto fruwa w powietrzu, nie lubi biegać po ziemi. Biały nie będzie chciał żyć pośród czarnych i mieszkać w kraalu. Cóż, jedźcie, skoro musicie, zostawiając mnie w bólu, gdyż odtąd będziecie dla mnie jak martwi. Stamtąd, dokąd się oddalacie, nie dotrą do mnie żadne wieści o was. Posłuchajcie mnie jednak i powtórzcie to swoim braciom. Żaden biały człowiek nie przekroczy odtąd granicy gór, nawet jeśliby się żywy przez nie przedostał. Nie chcę tu kupców z ich karabinami i dżinem. Moi poddani będą walczyć dzidami i pić wodę jak przedtem ich przodkowie. Nie wpuszczę tu kaznodziejów, aby w sercach ludzi zasiali strach przed śmiercią, aby podburzali przeciw królewskiemu prawu i torowali drogę, po której zaczną napływać następni biali. Jeśli zjawi się jeden, odprawię go, jeśli zjawi się setka, odepchnę ich, jeśli nadejdzie armia, uderzę na nią całą moją siłą i nie dadzą mi rady. I niechaj nie myślą, że będą mogli zdobyć kamienie, nawet wielkie wojsko tego nie zdoła. Jeśli przyjdą, to wyślę swoich żołnierzy, aby zasypali jamę, zwalili białe kolumny w jaskiniach i zabarykadowali je kamieniami tak, by nikt już nawet nie tknął tych wrót, o których opowiadacie, a których ruszyć niepodobna. Ale dla was, Inkubu, Makumazanie i Bougwanie, droga jest zawsze otwarta, gdyż, pamiętajcie, droższi mi jesteście od wszystkich innych ludzi. Pójdzie z wami mój stryj, Infadoos, oraz *Induna*, a poprowadzą też pułk wojska. Dowiedziałem się, że jest jeszcze inna droga przez góry, którą wam pokażą. Żegnajcie, dzielni biali bracia. Ruszajcie, bo moje serce nie zniesie już tego rozstania. Chociaż nie, poczekajcie! Wydam dekret, który zostanie ogłoszony w całym kraju, że wasze imiona, Inkubu, Makumazan i Bougwan, będą odtąd *hlonipa*, tak jak imiona zmarłych królów, i że ktokolwiek je wymówi — zginie[25]. Dzięki temu zawsze będzie trwała pamięć o was w tym kraju. A te-

---

[25] Ten osobliwy, negatywny sposób okazywania wielkiego szacunku jest znany pośród różnych ludów Afryki. Jeśli, jak najczęściej w takiej sytuacji, jest to imię mające swoją wagę, trzeba użyć jakiegoś idiomu albo omówienia. W ten sposób pamięć o osobie trwa przez pokolenia albo do czasu, gdy zastępnik całkiem przesłoni swe pierwotne znaczenie (przyp. A. Q.).

raz już idźcie, bo jak kobiecie puszczą mi się łzy z oczu. Kiedy nadejdzie chwila, że spojrzycie wstecz, na drogę swego życia, gdy będziecie już starzy i garnąć się będziecie do ogniska, bo nie starczać już będzie wam ciepła słonecznego, wspomnijcie chwile, jak ramię przy ramieniu stanęliście w wielkiej bitwie mądrze zaplanowanej przez ciebie, Makumazanie; jak byłeś, Bougwanie, końcem rogu, który drasnął bok Twali; jak trwałeś mężnie między Szarymi Wojownikami, Inkubu, a wrogowie walili się pod twym toporem jak zboże pod kosą, i jakżeś w pył powalił chełpliwą pychę Twali. A teraz bywajcie już, moi panowie i moi przyjaciele.

Ignosi powstał i przypatrywał się nam kilka sekund, a potem zarzucił róg karrossa na głowę, aby schować twarz.

Oddaliliśmy się w milczeniu.

Nazajutrz o świcie wyjechaliśmy z Loo, eskortowani przez starego przyjaciela Infadoosa, któremu serce pękało na myśl o rozstaniu się z nami, oraz przez pułk dowodzonych przez niego Bawołów. Chociaż godzina była bardzo wczesna, na ulice wylęgło mnóstwo ludzi, którzy oddawali nam królewskie hołdy, gdy tak jechaliśmy na czele oddziału, kobiety zaś ciskały nam kwiaty pod nogi w podzięce za to, że oswobodziliśmy kraj od Twali. Byliśmy bardzo wzruszeni, gdyż niczego takiego nie spodziewaliśmy się po Kukuanich.

Wydarzyło się jednak coś, co mnie i sir Henry'ego rozbawiło bardziej niż serdecznie.

Byliśmy już na skraju miasta, gdy z ciżby wybiegła piękna młoda dziewczyna z naręczem lilii i rzuciła się ku Goodowi, aby mu je ofiarować — zdaje się, że przypadł on do gustu wszystkim dzierlatkom, a mniemam, że uwodzicielski wygląd zawdzięczał monoklowi i pojedynczemu bokobrodowi — i spytała, czy może o coś prosić.

— Mów, proszę.

— Błagam, żeby wielmożny pan zechciał pokazać swojej służebnicy cudowne białe nogi, żeby mogła je zobaczyć, zapamiętać aż po koniec swoich dni i opowiadać o tym swoim dzieciom i wnukom. Pańska służebnica jechała aż cztery dni, aby je tylko zobaczyć, gdyż ich sława rozeszła się po całym kraju.

— Niechaj mnie diabli, jeśli to zrobię! — zawołał rozsierdzony Good.

— A gdzie wymogi dżentelmenerii, przyjacielu? Jak może pan odmówić podobnej drobnostki tak nadobnej damie? — ofuknął go sir Henry.

— Mowy nie ma — zaperzył się Good. — To nieprzyzwoite.

Ostatecznie zgodził się jednak podwinąć spodnie do kolan, co spotkało się z okrzykami zachwytu wszystkich widzących to niewiast, a zwłaszcza owej damy, i tak przysposobiony musiał kroczyć aż do chwili, gdy opuściliśmy miasto.

Obawiam się, że nigdy już nogi Gooda nie będą się cieszyć takim zachwytem. Kukuani mniej zachwycali się jego ruchomymi zębami i przejrzystym okiem niż nogami.

Po drodze Infadoos objaśnił nam, że jest jeszcze inne przejście przez góry, na północ od Wielkiej Drogi Salomona, miejsce, gdzie można w miarę bezpiecznie zejść po skalnej ścianie w łańcuchu, który oddziela kraj Kukuanich od pustyni, a do którego należą dumne Piersi Saby. Okazało się, że dwa lata wcześniej grupa kukuańskich myśliwych zeszła tamtędy w poszukiwaniu strusi pustynnych, których pióra wielce są cenione jako wojenna ozdoba głowy, ale, bardzo się oddaliwszy od gór, zaczęli być nękani przez straszliwe pragnienie. Dostrzegłszy na horyzoncie jakieś drzewa, tam się skierowali i znaleźli — dziw nad dziwy! — dużą, rozległą na kilka mil oazę, gdzie pod dostatkiem było wody pitnej. Tam radził nam się udać Infadoos, na co przystaliśmy z wielką chęcią, licząc, że w ten sposób uda nam się uniknąć cierpień, jakich zaznaliśmy poprzednio. Miało nam towarzyszyć kilku z owych myśliwych, którzy twierdzili, że z oazy widać na horyzoncie inne podobne miejsce[26].

Nie napotkaliśmy po drodze żadnych przeszkód i wieczorem czwartego dnia podróży, o jakiejś dwadzieścia pięć mil na północ od Piersi Saby, wspięliśmy się na szczyt łańcucha górskiego, po którego drugiej stronie sfalowana wydmami ciągnęła się pustynia.

O brzasku poprowadzono nas do ujścia skalnego komina, którym można było, zachowując odpowiednią ostrożność, zejść ponad dwa tysiące stóp i znaleźć się na piaszczystej równinie.

Tutaj trzeba nam było pożegnać się z prawdziwym przyjacielem i mężnym wojownikiem, jakim okazał się Infadoos, który szczerze życzył nam powodzenia i z najwyższym trudem zapanował nad łzami.

— Nigdy już, panowie prześwietni, którzy raczycie darzyć mnie przyjaźnią, nie będzie mi dane zobaczyć kogoś takiego jak wy. Ach, jakże Inkubu ścinał w bitwie nieprzyjaciół! I ten cios, którym mój brat odrąbał głowę Twali! To było piękne,

---

[26] Zachodziliśmy w głowę, jak udało się matce Ignosiego, gdy miała pod opieką kilkuletniego synka, pokonać góry i pustynię, skoro my, mężczyźni, omal nie przypłaciliśmy tego życiem. Gdy otrzymałem wspomnianą informację od Ignosiego, przyszło mi do głowy — a czytelnik niech sam oceni racjonalność tego przypuszczenia — że musiała wybrać tę drugą drogę, niczym Hagar wypuściwszy się na pustynię. Jeśli istotnie tak postąpiła, to nie byłaby jej historia tak tajemnicza, jak nam się zrazu zdawało, gdyż — o czymś takim napomknął wszak Ignosi — mogli łowcy strusi napotkać ich, zanim ją i dziecko dopadło skrajne wyczerpanie, i doprowadzić do oazy, z której następnie, przemieszczając się tak od jednego wododajnego miejsca do drugiego, wędrowała na południe, ku krainie Zulusów (przyp. A.Q.).

przepiękne! Nigdy już niczego takiego nie zobaczę, a jeśli, to co najwyżej we śnie.

Także i nam bardzo szkoda było się z nim żegnać. Good był taki wzruszony, że w podarunku dał mu — zgadniecie co? — monokl! Dopiero potem okazało się, że miał jeszcze jeden. Infadoos był zachwycony, przewidując, że posiadanie takiego skarbu ogromnie zwiększy jego prestiż. Kilka pierwszych prób było nieudanych, ale w końcu udało mu się umieścić szkło w oczodole. Jeszcze nigdy w życiu nie widziałem niczego bardziej do siebie niepasującego niż stary wojownik i monokl; możecie mi wierzyć: monokl kłóci się z lamparcią skórą i strusim pióropuszem.

Potem, upewniwszy się, że nasi przewodnicy są zaopatrzeni w wodę i prowiant, żegnani gromkim okrzykiem przez Bawoły mocno potrząsnęliśmy rękę Infadoosa i zaczęliśmy schodzić. Nie była to łatwa droga, wymagała bowiem uwagi i staranności, bez żadnego jednak wypadku wieczorem znaleźliśmy się u podnóża skały.

— Wiecie, panowie — odezwał się sir Henry, gdy siedzieliśmy przy ognisku, wpatrując się w piętrzące się nad nami urwisko — jestem zdania, iż są na świecie gorsze miejsca od krainy Kukuanich, mnie zaś zdarzały się gorsze chwilę niż ten ostatni miesiąc czy półtora, aczkolwiek bardziej niezwykłych z pewnością nigdy nie przeżyłem. A wy?

— Niemal chciałbym wrócić — oznajmił z westchnieniem Good.

Co do mnie — myślałem — dobre wszystko, co się dobrze kończy. Życie się ze mną nie cackało, a przecież bardziej dramatycznych zdarzeń nigdy wcześniej nie doświadczyłem. Na samą myśl o bitwie czuję zimny dreszcz, a kiedy wspomnę okropną komorę skarbca...!

Następnego ranka zaczęliśmy mozolną wędrówkę przez pustynię, mając spory zapas wody niesionej przez pięciu naszych przewodników. Nocowaliśmy pod gołym niebem, a o świcie znowu podjęliśmy marsz.

W południe trzeciego dnia wędrówki dostrzegliśmy drzewa oazy, o której nam opowiadano, a na godzinę przed zachodem słońca znowu mieliśmy pod nogami trawę, a w uszach dźwięk płynącej wody.

# ROZDZIAŁ XX

# ODNALEZIONY

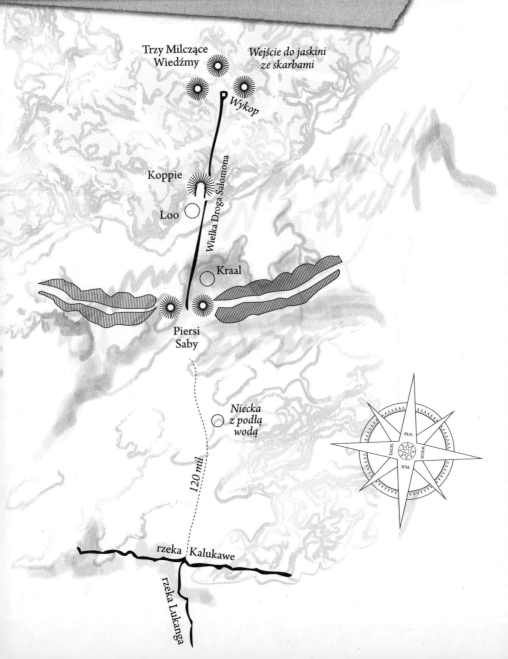

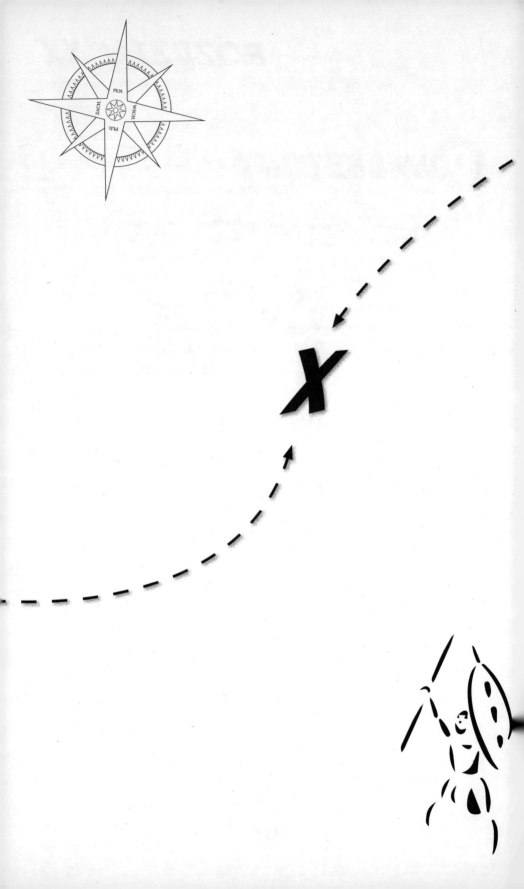

Czas teraz na najdziwniejsze może zdarzenie w całej naszej wyprawie, chociaż czytelnik pewnie zgodzi się ze mną, że przecież zdarzeń takowych los nam nie poskąpił.

Odrobinę przed dwójką towarzyszy szedłem sam brzegiem strumienia, który wypływał z oazy i ginął gdzieś w żarłocznych piaskach pustyni, gdy nagle zatrzymałem się i zacząłem ze wszystkich sił przecierać oczy rękami. Niecałe dwadzieścia jardów przede mną, w cieniu drzewa figowego, spoglądała na strumień mała chatka zbudowana mniej więcej na sposób Kafirów, tyle że zamiast dziury wejściowej miała jak najzwyklejsze w świecie drzwi!

— Co ona może tu robić!? — mruknąłem do siebie, a gdy tak stałem skonfundowany, drzwi się otworzyły i wykuśtykał z nich biały, odziany w skóry zwierzęce mężczyzna z wielką czarną brodą. Pomyślałem, że dostałem udaru słonecznego. Żaden myśliwy nigdy tak daleko nie zawędrował, a nawet jeśli, to żaden by się tu przecież nie osiedlił. Patrzyłem na niego w osłupieniu, podobnie jak on na mnie i w tej właśnie chwili dołączyli do nas sir Henry i Good.

— Panowie! — powiedziałem. — Czy też widzicie przed sobą białego człowieka, czy w oczach mi się troi?

Wpatrywał się sir Henry, wpatrywał się Good, a tu nagle ów brodacz krzyknął w niebogłosy i, potykając się, zaczął biec, by na kilka kroków przed nami paść, jakby go nagle opuściły siły.

Sir Henry znalazł się przy nim jednym susem.

— Wielki Boże! — zawołał. — To George! Bracie mój, bracie!

W tym momencie z chatki wyszedł drugi mężczyzna, także w skórach. W ręku trzymał strzelbę, a na nasz widok również puścił się biegiem, krzycząc po drodze:

— Makumazan! Nie poznajesz mnie, *Baas*? To ja, Jim, myśliwy. Szukam i szukam tej kartki, co mi ją *Baas* dał dla mego pana i nijak znaleźć nie mogę, a jesteśmy już tu ze dwa lata.

Rzucił mi się do nóg i kołysał na klęczkach, zalewając się łzami.

— Ty nicponiu! — powiedziałem. — Przydałby ci się *sjambock*!

Czyli odarcie ze skóry.

Tymczasem czarny brodacz doszedł do siebie na tyle, by się podnieść, i teraz padli sobie w ramiona z sir Henrym, by trwać tak czas jakiś w milczeniu. O cokolwiek się kiedyś pokłócili — a przypuszczam, że poszło o kobietę, ale nigdy nie pytałem — teraz nie miało to już żadnego znaczenia.

— Och, mój drogi, mój drogi! — wykrztusił wreszcie sir Henry. — Byłem pewien, że już nie żyjesz. W poszukiwaniu ciebie przedarłem się nawet przez Góry Salomona, ale potem straciłem już wszelką nadzieję, że cię jeszcze kiedykolwiek zobaczę, a tu, proszę, nagle znajduję cię na pustyni, gdzieś się zaszył jak jakiś *assvögel*[27].

— Dwa lata temu i ja myślałem, żeby pokonać te góry — odrzekł George Curtis z wahaniem, jak ktoś, kto dawno nie używał rodzimego języka — ale gdy tu dotarłem, zwalił mi się na nogę wielki głaz i tak mnie okaleczył, że już w ogóle nie mogłem się stąd ruszyć.

Teraz ja do niego podszedłem.

— Witam, panie Neville — powiedziałem. — Pamięta mnie pan jeszcze?

---

[27] Sęp (przyp. A. Q.).

— Oczywiście — odrzekł — to przecież dzielny myśliwy Quatermain, nieprawdaż? A tu, oczy mnie przecież nie mylą, kapitan Good? Poczekajcie, poczekajcie chwilę, drodzy przyjaciele, bo znowu zaczyna mi się kręcić w głowie. Jakie to dziwne, przedziwne, i to wtedy, kiedy już straciłem wszelką nadzieję.

Wieczorem przy ognisku George Curtis opowiedział nam swoją historię, która nie mniej była burzliwa od naszej i co najmniej jej dorównywała. Przed niecałymi dwoma laty wyruszył z Kraalu Sitandy, aby dotrzeć do Bergu Sulimana. Notatki, którą wręczyłem Jimowi, nigdy nie otrzymał, a nawet aż po dziś dzień nic o niej nie słyszał, kierując się jednak radami krajowców, udał się nie ku Piersiom Saby, lecz ku kominowi, którym zeszliśmy my, gdyż bez wątpienia lepsza to droga od tej, którą naszkicował Don Silvestra. Wiele się wycierpieli na pustyni, dotarli jednak w końcu do oazy, ale tu właśnie George Curtis uległ fatalnemu wypadkowi. W dniu przyjazdu zasiadł nad strumieniem, podczas gdy Jim usiłował dobrać się do miodu pustynnych pszczół pozbawionych żądła. Robiąc to, obluzował wielki kamień, który zwalił się George'owi na prawą nogę, okropnie ją kalecząc. Chodzić mógł tylko z najwyższą trudnością, uznał więc, że lepiej już zostać w oazie, niż umrzeć w cierpieniach na pustyni.

Z jedzeniem nie mieli kłopotów, gdyż wzięli ze sobą wielki zapas amunicji, do oazy zaś, szczególnie w nocy, ściągało mnóstwo zwierzyny, aby się napoić. Strzelali do niej lub łapali ją w sidła, posilając się mięsem, a kiedy zdarły się ubrania, wykorzystali też skóry.

— I tak — kończył George Curtis — żyjemy tutaj od dwóch lat jak drugi Robinson Cruzoe z Piętaszkiem, na przekór wszystkiemu karmiąc się nadzieją, że w końcu zjawią się tu jacyś krajowcy. Ponieważ jednak nic takiego nie nastąpiło, dlatego wczoraj ustaliliśmy z Jimem, że zostawi mnie i spróbuje się dostać do Kraalu Sitandy, aby ściągnąć pomoc. Wyruszyć miał jutro, ale, mówiąc szczerze, nie liczyłem, że go jeszcze kiedykolwiek zobaczę. I oto kto się zjawia? Ty — ty, o którym byłem przekonany, że zupełnie o mnie zapomniałeś i żyjesz sobie wygodnie w Anglii — zjawiasz się z najbardziej nieoczekiwanej strony i w najbardziej nieoczekiwanym momencie. To najcudowniejsza rzecz, o jakiej kiedykolwiek słyszałem, niczego lepszego nie mogłem sobie wymarzyć.

Potem inicjatywę przejął sir Henry i opowiedział mu o naszych przygodach, co potrwało aż do późnej nocy.

— Na Jowisza! — zawołał George Curtis, kiedy pokazałem mu diamenty. — Przynajmniej w zamian za swoje trudy masz coś więcej, bracie, niż tylko moją bezwartościową osobę.

Sir Henry roześmiał się wesoło.

— Należą do Quatermaina i Gooda. Tak żeśmy się umówili, że jeśli wyjdziemy z tego z życiem, oni dzielą między siebie łupy.

Po cichu naradziłem się z Goodem, po czym oznajmiłem sir Henry'emu, że jest naszym wspólnym życzeniem, aby przyjął trzecią część diamentów, a jeśli on się na to nie zgodzi, niech zrobi to jego brat, który ostatecznie nacierpiał się więcej od nas. Zgodził się po namowach na to drugie rozwiązanie, ale George dowiedział się o tym dopiero po jakimś czasie.

Cóż, czas już chyba, żebym kończył swoją historię. Droga powrotna do Kraalu Sitandy była żmudna, zwłaszcza że musieliśmy transportować George'a Curtisa, z którego prawą nogą było naprawdę niedobrze, gdyż ciągle spod skóry wychodziły odłamki kości. Nie będę się wdawać w szczegóły, gdyż w wielkiej mierze byłoby to powtórzenie tego, o czym już opowiadałem.

W Kraalu Sitandy spokojnie czekały na nas broń i inne nasze rzeczy, aczkolwiek łajdak, który miał je pod swoją opieką, był bardzo rozczarowany naszym zjawieniem się. Sześć miesięcy później bezpiecznie dotarliśmy do mojego małego domku w Berea koło Durbanu, gdzie teraz kreślę te słowa. I to stąd ślę słowa pożegnania do tych wszystkich, którzy towarzyszyli mi w najbardziej zdumiewającej wyprawie, w jakiej zdarzyło mi się kiedykolwiek uczestniczyć.

PS Właśnie kreśliłem ostatnie słowa, gdy w alejce między drzewkami pomarańczowymi pojawił się Kafir, który w rozczepionym kiju niósł przyniesiony z poczty list. Okazało się, iż jest od sir Henry'ego, a ponieważ mówi sam za siebie, więc przytaczam tu go w całości.

*1 października 1884*
*Brayley Hall, Yorkshire*

*Drogi Panie Quatermain!*

*Zasyłam tych kilka linijek, aby poinformować, że cała nasza trójka, George, Good i ja, spokojnie dotarliśmy do Anglii. Zeszliśmy na ląd w Southampton, gdzie też się zatrzymaliśmy. Jaka szkoda, że nie mógł Pan zobaczyć, jakim widowiskiem uraczył nas nazajutrz Good, gładziutko ogolony, we fraku przylegającym jak rękawiczka do dłoni, z nowiuteńkim monoklem etc., etc. Udałem się z nim na spacer po parku, a napotkawszy kilku znajomych, nie omieszkałem opowiedzieć im o jego „cudownie białych nogach".*
*Bardzo się zeźlił, gdyż ktoś złośliwie rzecz całą przedstawił w rubryce towarzyskiej.*
*Teraz o sprawach bardziej materialnych. Wraz z Goodem udaliśmy się do pana Streetera, aby, zgodnie z naszą umową,*

wycenił diamenty, i muszę powiedzieć, że najpewniej chodzi tu o wielki majątek. Zarzekają się, rzecz jasna, że to tylko przybliżona ocena, gdyż nie pamiętają, by kiedykolwiek pojawiły się na rynku tak wspaniałe klejnoty w takiej liczbie. Ich zdaniem, jeśli nie liczyć dwóch czy trzech największych, są wspaniałej czystości i w niczym nie ustępują najlepszym kamieniom brazylijskim. Spytałem, czy by je nabyli, na co padła odpowiedź, że przekraczałoby to ich możliwości, natomiast radzą, byśmy sprzedawali je stopniowo, w ciągu kilku lat, aby gwałtowna podaż nie obniżyła ich wartości. Tak czy owak, za malutką część proponują sto osiemdziesiąt tysięcy.

Najlepiej byłoby, Panie Quatermain, aby Pan zjechał do kraju, wszystko zobaczył na własne oczy, a jeśli będzie Pan obstawał przy swoim zamiarze, to także zrobił ów wspaniały prezent memu bratu z jednej trzeciej diamentów (która bynajmniej do mnie nie należy). Z Goodem, na przekór jego nazwisku, wcale dobrze nie jest. Mnóstwo czasu poświęca na golenie się, pudrowanie i inne czynności związane z próżną troską o ciało, aczkolwiek przypuszczam, że próbuje w ten sposób stłumić w sobie wspomnienie Foulaty. Wyznał mi kiedyś, że w kraju nie zobaczył ani jednej niewiasty, która mogłaby się z nią równać, jeśli chodzi o kształtność figury czy słodycz oblicza.

Bardzo namawiam Pana, drogi towarzyszu, aby przyjechał Pan i nabył gdzieś w pobliżu dom. Natrudził się Pan już dość, nie brak już teraz Panu pieniędzy, a nieopodal jest na sprzedaż posiadłość, która, moim zdaniem, bardzo by Panu przypadła do gustu. Niechże Pan przyjeżdża, im prędzej, tym lepiej, a opowieść o naszych przygodach może Pan dokończyć na pokładzie statku. My o niczym nie opowiadamy, czekając na Pańskie dzieła, po części i dlatego, iż nikt pewnie nie chciałby dać nam wiary. Jeśli wyruszy Pan zaraz po otrzymaniu tego listu, dotrze Pan na Boże Narodzenie, które, mam nadzieję, spędzi Pan u mnie. Będzie Good, będzie George, będzie też pański Harry (oto i kolejna zachęta!). Zajrzał tu do mnie, aby przez tydzień zapolować, i, muszę powiedzieć, że bardzo przypadł mi do gustu. Ma dużo zimnej krwi; postrzelił mnie w nogę, wydobył śrut, a potem zauważył, że dobrze jest mieć na polowaniu studenta medycyny!

Bądź zdrów, druhu! Nic więcej nie powiem poza tym, że z pewnością Pan przyjedzie, chociażby po to, aby nie zawieść swego wiernego przyjaciela, którym pozostaje

Henry Curtis

PS Kły słonia, który zabił biednego Khivę, sterczą teraz w hallu, a pod nimi para rogów bawołu, które mi Pan podarował; prezentują się wspaniale. Topór, którym ściąłem głowę Twali, wisi nad moim biurkiem. Szkoda, że nie pomyśleliśmy o zabraniu naszych kolczug. I niech Pan aby nie wyrzuca kosza Foulaty, do którego zapakował Pan diamenty.

Mamy dziś wtorek. W piątek odpływa parowiec, a ja myślę, iż pójdę za sugestią sir Henry'ego i ruszę nim do Anglii, jeśli nie po coś więcej, to chociażby po to, aby zobaczyć mojego Harry'ego, a także doglądnąć druku tej opowieści, czego nie chciałbym scedować na kogokolwiek innego.

ALLAN QUATERMAIN

# SPIS TREŚCI

Wstęp ___ 9
I Spotykam sir Henry'ego Curtisa ___ 11
II Legenda kopalń Salomona ___ 25
III Nasz nowy służący Umbopa ___ 39
IV Łowy na słonie ___ 55
V Wyruszamy na pustynię ___ 69
VI Woda! Woda! ___ 87
VII Droga Salomona ___ 101
VIII W kraju Kukuanich ___ 121
IX Król Twala ___ 133
X Polowanie na czarowników ___ 149
XI Dajemy znaki ___ 167
XII Przed bitwą ___ 185
XIII Atak ___ 199
XIV Ostatnie starcie Szarych Wojowników ___ 211
XV Good zmożony chorobą ___ 233
XVI Siedlisko Śmierci ___ 247
XVII Skarbiec Salomona ___ 261
XVIII Porzucamy wszelką nadzieję ___ 277
XIX Rozstanie z Ignosim ___ 291
XX Odnaleziony ___ 305